新　潮　文　庫

小説家の休暇

三島由紀夫著

新　潮　社　版

2817

目次

小説家の休暇……七
重症者の兇器……一四五
ジャン・ジュネ……一五五
ワットオの《シテエルへの船出》……一七一
私の小説の方法……一八九
新ファッシズム論……二〇七
永遠の旅人――川端康成氏の人と作品……二二一
楽屋で書かれた演劇論……二三九
魔――現代的状況の象徴的構図……二六一
日本文学小史……二七五

解説　田中美代子

小説家の休暇

小説家の休暇

六月二十四日（金）

快晴で、酷暑である。今年の梅雨は空梅雨らしい。久々で神田の古本屋歩きをし、高野辰之氏と黒木勘蔵氏の校訂にかかる「元禄歌舞伎傑作集」上下を買う。珍本なり。カッとした夏の日のなかを、日光に顔をさらして歩くのが好きだ。どこまでもこうして歩きたいと思う。そうして歩いていると、戦後の一時期、あの兇暴《きようぼう》な抒情《じよじよう》的一時期のイメージが、いきいきとよみがえって来る。

夏という観念は、二つの相反した観念へ私をみちびく。一つは生であり活力であり、健康であり、一つは頽廃《たいはい》であり腐敗であり、死である。そしてこの二つのものは奇妙な具合に結びつき、腐敗はきらびやかな心象をともない、活力は血みどろの傷の印象を惹《ひ》き起す。戦後の一時期は正にそうであった。だから私には、一九四五年から四七、八年にかけて、いつも夏がつづいていたような錯覚がある。

あの時代には、骨の髄まで因習のしみこんだ男にも、お先真暗な解放感がつきまとっていた筈《はず》だ。あれは実に官能的な時代だった。倦怠《けんたい》の影もなく、明日は不確定であり、およそ官能がとぎすまされるあらゆる条件がそなわっていたあの時代。

私はあのころ、実生活の上では何一つできなかったけれども、心の内には悪徳への共感と期待がうずまき、何もしないでいながら、あの時代とまさに「一緒に寝て」いた。どんな反時代的なポーズをとっていたにしろ、とにかく一緒に寝ていたのだ。それに比べると、一九五五年という時代、一九五四年という時代、こういう時代と、私は一緒に寝るまでにいたらない。いわゆる反動期が来てから、私は時代とベッドを共にしたおぼえがない。

作家というものは、いつもその時代と、娼婦《しょうふ》のように、一緒に寝るべきであるか？もちろん小説には、まぬがれがたい時世粧《じせいそう》というものは要る。しかし反動期における作家の孤立と禁欲のほうが、もっと大きな小説をみのらせるのではないか？……それにしても、作家は一度は、時代とベッドを共にした経験をもたねばならず、その記憶に鼓舞される必要があるようだ。

六月二十五日（土）

曇。暑い。三時から京橋で、青年座の人たちに、自作「白蟻《しろあり》の巣」の本読みをする。三幕の本読みは、まことに苦しい。

完全な戯曲というものは、小宇宙のようであるべきだ。小説もそうだろう。しかし小説の世界は戯曲のそれほど閉鎖的ではなく、時間の流れも自由であり、その世界のすみずみにまで、一種の宇宙的法則の雛型《ひながた》が支配している必要がない。その逆のあらわれとして、小説では、戯曲におけるほど、偶然を濫用《らんよう》することができない。つまり偶然が必然化されるには、作品を必然的法則がつらぬいていなければならないから。戯曲で、その噂《うわさ》をされていた人物が、都合よく登場したりして不自然でないのは、戯曲のほうが小説よりも、はるかに緊密な必然的法則を、形式上からも、要請されているからである。

戯曲文学が古代から栄えたのは、理由のないことではない。ギリシアでは、戯曲と彫刻とは同じ理念に立っていた。自然および自然構造、宇宙および宇宙構造の、忠実な模写の理念なのだ。そこでは芸術の理想は、物の究極の構造に達することだった。人間ギリシア芸術を、簡単に、人間的だなどという人を信用することができない。人間がそれまでやってきたことはもっと別なことだ。プロメテウスの神話だけが、かかる意味で人間的である。プロメテウスは神から火を盗んだ。神から、全的なものの雛型をではなく、神の一機能を盗んだのだ。

火は人間の炊事や煖房《だんぼう》や、獣から身を守る用心に役立った。原始的な人間は、自分の生活をよりよく、より便利にしようとのぞみ、自分の腕を延長して道具を発明し、これの使用によって技術を会得した。人間のやったことは、自然力から、人間生活に役立つ効用を発見し、機能を引出すことだった。道具や機械にとっては、物の究極の構造などはどうでもよいのだ。自然の一機能が、ただグロテスクに誇張されていればよいのだ。

科学が誕生した。科学の目的は、宇宙的法則および宇宙構造の認識に在るとしても、それを模写し、その雛型をつくることに在るのではない。そんな全的なものは、何の役にも立たないのだ。

小説というジャンルは、さすがに、科学的実証主義時代の落し児《ご》だけのことはある。このジャンルには、一種、機能的なものがあり、そのことが、小説のまぬがれがたい卑《いや》しさになっている。

それはそれとして、原子力時代が到来して、科学の人間的要請、つまり自然の効用と機能を盗むことが、いいしれぬ非人間的な結果におちいり、逆に、非人間的要請から出発した芸術が、唯一《ゆいいつ》の人間的なものとして取り残されたのは、逆説的なことである。しかし原子力研究が発見したような物の究極の構造へ、芸術は新らしい方法によって達するべきであるか？　あくまで可視的な自然にとどまることが、芸術の節度でもあり、倫理でもあるのではないか？　原子爆弾は、人間の作ったもっともグロテスクな、誇張された自然である。

六月二十六日（日）

曇。風すずしくさわやかに、湿度も低く、温度は俄《にわ》かに降下し、夜は小雨になった。「細雪《ささめゆき》」についての好評論が、まことに少ない。武田泰淳《たいじゅん》氏と中村真一郎氏の二評論ぐらいのものだ。

私は、光琳《こうりん》、宗達《そうたつ》の芸術と、「細雪」との親近性を考える。つまり世間で考えられているのと反対に、写実主義と装飾主義とは楯《たて》の両面なのだ。日本的美学というものは、この一つの根から生い出た二つの花によって説明される。共に極度に反ゴシック的なもの。

六月二十七日（月）

小雨。涼しい。午後、Y君が来て、序文をたのまれる。

私は自分自身が、世間の西も東もわからぬうちから小説を書き出したのだから、Y君のように若い人が小説を書くのに反対しない。自作をかえりみて、今ならこうは書くまいと思うところを、表現の上にも、人間認識のうちにも、人生の考え方の上にも、しばしば発見する。しかしそれが明白な誤謬《ごびゅう》であってもよいのだ。小説家は小説を書くことによって、現実を発見してゆくより仕方がない。

今私が赤と思うことを、二十五歳の私は白と書いている。しかし四十歳の私は、又それを緑と思うかも知れないのだ。それなら分別ざかりになるまで、小説を書かなければよいようなものだが、現実が確定したとき、それは小説家にとっての死であろう。不確定だから書くのである。四十歳になって書きはじめる作家も、四十歳に達したときの現実が、云おうようなく不安に見えだすところで書きはじめる。真の諦念《ていねん》、真の断念からは、小説は生れぬだろう。

プルウストはコルク張りの部屋に入って「失われし時を索《もと》めて」を書きはじめた。それを一種の断念、人生に対する決定的な背離だと考えてはならない。

小説を書くことは、多かれ少なかれ、生を堰《せ》き止め、生を停滞させることである。私は、二十代に、かくもたびたび、生を堰き止め、生を停滞させたことを後悔しない。しかし純然たる芸術的問題も、純然たる人生的問題も、共に小説固有の問題ではないと、このごろの私には思われる。小説固有の問題とは、芸術対人生、芸術家対生、の問題である。今世紀にあって、トオマス・マンが代表的作家であるゆえんは、この問題をとことんまで追究したからだ。プルウストもそうである。

十九世紀の作家では、バルザックもスタンダールも、この問題を背後に隠しながら、それを小説の霊感の源泉とした。ひとりフロオベルがこの問題性をするどく意識した。小説固有の問題は、かくて、われわれが生きながら何故《なぜ》又いかに小説を書くか、という問題に帰着する。もっと普遍的に云えば、われわれが生きながら何故又いかに芸術に携わるか、という問題に帰着する。過去の芸術でこういうことを問うたものはない。

別の見方から云うと、小説とは、本質的に、方法論を模索する芸術である。戯曲のような方法論と型式を自らのうちにそなえた芸術とちがうところだ。プルウストの「失われし時」は、話者がこの方法論を発見するところで巻を閉じる。何故小説を書くか、ということが、小説の唯一の主題であるようなこの事情は、今世紀にいたってますます尖鋭化《せんえいか》している。日本には、人生にだけしか関心をもたない小説が多すぎる。又、芸術にだけしか関心をもたない小説が多すぎる。

六月二十八日（火）

酷暑。のんべんだらりんと暮す。

奇妙な男の話。ある若い美しい夫人が、ある若い医師に口説かれた。医師は自動車をもっている。さて、その夫人は警戒して、あいびきの場所へ、女友達と二人でなら行ってもいいと答えた。あいびきの場所は、某喫茶店である。夫人とその友達の女の二人が、喫茶店で待っていると、なかなか男はあらわれず、むこうのボックスから一人の中年の女が、ときどき実に不愉快な目つきで彼女等二人を見る。しばらくして男がやってきた。男は待たしておいた女二人に、「一寸失礼《ちょっと》」とあいまいな挨拶《あいさつ》をして、その中年の女のところへまっすぐに行き、ながながと話をしている。やっと立上ったと思うと、「一寸失礼」と又言って、女と一緒に出て行った。のこされた女二人が、狐につままれた思いでいると、やがて男はかえってきて、「失礼しました。話をつけましたから、もう大丈夫です」と言って、二人を自分の車のところへ案内した。すると、さっきの女が、ちゃんと助手台に坐っていて、こちらをじろりと見る。男の顔色がかわった。しかしやむなく、夫人をその中年女に紹介する。中年女は、「私、この方にお世話になっている某と申します」と切口上で自己紹介をした上、きくにたえぬ侮蔑《ぶべつ》的な言辞を弄《ろう》した。夫人は相手が下等な女だと思ったので、いい加減に受け流しているうち、男が「車にお乗り下さい」と言うまま、友だちと一緒に車に乗った。車は走りだし、夜の広大な公園のなかほどに止った。すると男が、助手台の中年女に、「すこし運転の練習をして来ないか」と言った。女は案外簡単に承諾して、三人を公園に下ろし、自分で車を運転して立去った。

さて、若い医師は、夫人の友達のいる前で、公園のベンチにかけたまま、「あなたにはほんとうに感心した。よくあんな罵詈讒謗《ばりざんぼう》をたえしのんで下さった。それでますますあなたが可愛《かわい》くなった」と夫人に言った。

やがて夫人と女友達は、男を一人のこして家へかえった。

その晩おそく、夫人の家へ男から電話がかかってきた。一目会いたいから、今から二十分後に、門の前に出ていてくれ、と懇願したのである。

夫人は深夜の門前に出て待った。自動車が近づいて来て、男が下りて来て、こう言った。

「さきほどは本当に失礼しました。あれも昂奮《こうふん》がおさまると、すっかり後悔して、あなたに悪いことをした、あなたは本当にきれいな可愛いい人だ、と今では言っています。あれも根はいい奴なんですから、今後は、姉妹みたいに仲良くしてやって下さい」

夫人はあいまいな返事をし、男はまた車を運転して立去った。

この話は、実話ではあるが、(話者の潤色はさておいて)はじめからおわりまで、奇妙な謎《なぞ》に包まれている。小説家なら、こんなに一から十まで心理的必然性を欠いた物語は書かないだろう。ごく常識的な推理をすると、はじめ男は策を弄して、夫人の気を引くために、わざと同じ時間同じ場所で自分の女と待ち合せたのであろう。夫人と中年女とは互いに未知だから、男がやってきて、中年女と話をし、やがて連れ出して、何かの口実をつけてまいて了《しま》えば、中年女には何も知られずにすみ、夫人には、嫉妬《しっと》の効果を与えたであろう。しかし中年女が直感で夫人にははじめから注目していたので、第一の「一寸失礼」ですべてを見抜いて紛糾を生じ、計画は齟齬《そご》を来《きた》したのであろう。

しかし、あとで、車を運転して一人で行ってしまう中年女の心理には、また謎がある。最大の謎は（もっともこれが、一等解きやすい謎でもあるが）まだ何の関係もない男の情婦から面罵されながら、敢然とその車に乗りこんだ夫人の心理であろう。

男はそののち、その中年女と結婚したそうだ。

六月二十九日（水）

三十二度に及ぶ暑さである。某君と某君を夕食に招いてあったが、あまり暑いので、都心を避け、二子玉川の鮎《あゆ》料理T亭へ行った。川風は思ったほど涼しくなかったが、鮎は旨《うま》かった。両君はかえりに拙宅へ立寄って、酒宴は夜中の一時半に及んだ。

某君はレコード狂である。そして私は、レコードの一枚も、蓄音器の一台も持たない。

理智と官能との渾然《こんぜん》たる境地にあって、音楽をたのしむ人は、私にはうらやましく思われる。音楽会へ行っても、私はほとんど音楽を享楽《きょうらく》することができない。意味内容のないことの不安に耐えられないのだ。音楽がはじまると、私の精神はあわただしい分裂状態に見舞われ、ベートーベンの最中に、きのうの忘れ物を思い出したりする。音楽というものは、人間精神の暗黒な深淵《しんえん》のふちのところで、戯《たわむ》れているもののように私には思われる。こういう怖《おそ》ろしい戯れを生活の愉楽にかぞえ、音楽堂や美しい客間で、音楽に耳を傾けている人たちを見ると、私はそういう人たちの豪胆さにおどろかずにはいられない。こんな危険なものは、生活に接触させてはならないのだ。音という形のないものを、厳格な規律のもとに統制したこの音楽なるものは、何か人間に捕えられ檻《おり》に入れられた幽霊と謂《い》った、ものすごい印象を私に惹《ひ》き起す。音楽愛好家たちが、こうした形のない暗黒に対する作曲家の精神の勝利を簡明に信じ、安心してその勝利に身をゆだね、喝采《かっさい》している点では、檻のなかの猛獣の演技に拍手を送るサーカスの観客とかわりがない。しかしもし檻が破れたらどうするのだ。勝っているとみえた精神がもし敗北していたとしたら、どうするのだ。音楽会の客と、サーカスの客との相違は、後者が万が一にも檻の破られる危険を知っているのに引きかえ、前者はそんな危険を考えてもみないところにある。私はビアズレエの描いた「ワグネルを聴く人々」の、驕慢《きょうまん》な顔立ちを思い出さずにはいられない。

作曲家の精神が、もし敗北していると仮定する。その瞬間に音楽は有毒な怖ろしいものになり、毒ガスのような致死の効果をもたらす。音はあふれ出し、聴衆の精神を、形のない闇で、十重二十重にかこんでしまう。聴衆は自らそれと知らずに、深淵につきおとされる。……

ところで私は、いつも制作に疲れているから、こういう深淵と相渉《あいわた》るようなたのしみを求めない。音楽に対する私の要請は、官能的な豚に私をしてくれ、ということに尽きる。だから私は食事の喧騒《けんそう》のあいだを流れる浅はかな音楽や、尻振り踊りを伴奏する中南米の音楽をしか愛さないのである。

六月三十日（木）

薄暑。曇り。四五人の来客に会う。

○君は、私が太宰治《だざいおさむ》を軽蔑せずに、もっとよく親切に読むべきことを忠告する。

私が太宰治の文学に対して抱いている嫌悪《けんお》は、一種猛烈なものだ。第一私はこの人の顔がきらいだ。第二にこの人の田舎者のハイカラ趣味がきらいだ。第三にこの人が、自分に適しない役を演じたのがきらいだ。女と心中したりする小説家は、もう少し厳粛な風貌《ふうぼう》をしていなければならない。

私とて、作家にとっては、弱点だけが最大の強味となることぐらい知っている。しかし弱点をそのまま強味へもってゆこうとする操作は、私には自己欺瞞《ぎまん》に思われる。どうにもならない自分を信じるということは、あらゆる点で、人間として僭越《せんえつ》なことだ。ましてそれを人に押しつけるにいたっては！

太宰のもっていた性格的欠陥は、少くともその半分が、冷水摩擦や器械体操や規則的な生活で治される筈《はず》だった。生活で解決すべきことに芸術を煩《わずら》わしてはならないのだ。いささか逆説を弄すると、治りたがらない病人などには本当の病人の資格がない。

私には文学でも実生活でも、価値の次元がちがうようには思われぬ。文学でも、強い文体は弱い文体よりも美しい。一体動物の世界で、弱いライオンのほうが強いライオンよりも美しく見えるなどということがあるだろうか。強さは弱さよりも佳《よ》く、鞏《きょう》固《こ》な意志は優柔不断よりも佳く、独立不羈《ふき》は甘えよりも佳く、征服者は道化よりも佳い。太宰の文学に接するたびに、その不具者のような弱々しい文体に接するたびに、私の感じるのは、強大な世俗的徳目に対してすぐ受難の表情をうかべてみせたこの男の狡猾《こうかつ》さである。

この男には、世俗的なものは、芸術家を傷つけるどころか、芸術家などに一顧も与えないものだということが、どうしてもわからなかった。自分で自分の肌に傷をつけて、訴えて出る人間のようなところがあった。被害妄想《もうそう》というものは、敵の強大さに対する想像力を、強めるどころか、却《かえ》って弱めるのだ。想像力を鼓舞するには直視せねばならない。彼の被害妄想は、目前の岩を化物に見せた。だからそいつに頭をぶつければ消えて失《な》くなるものと思って頭をぶつけ、却って自分の頭を砕いてしまった。ドン・キホーテは作中人物にすぎぬ。セルヴァンテスは、ドン・キホーテではなかった。どうして日本の或る種の小説家は、作中人物たらんとする奇妙な衝動にかられるのであろうか。

七月一日（金）

晴。暑い。仕事で前夜から完全徹夜をした。夕方、文学座へ行く。きょうはアトリエ公演のモノドラマ六本、を五時から一括してやるのである。それを見に行ったのだが、完全徹夜のあとでは、眠らずに見ている自信がなかった。もし眠ってしまったら、作者にも演者にも失礼である。思い切ってそこを出て、「死刑五分前」というエドワード・G・ロビンスンのギャング映画を見に行った。この映画は眠る暇を与えなかった。

二三日前書いた音痴の自己弁護について、書き足りないところがあった。たとえば人間精神の深淵のふちで、戯れていると云えば、すぐれた悲劇もそうである。すぐれた小説もそうである。なぜ音楽だけが私に不安と危険を感じさせるかといえば、私には音という無形態なものに対する異様な恐怖心があるのである。

他の芸術では、私は作品の中へのめり込もうとする。芝居でもそうである。小説、絵画、彫刻、みなそうである。音楽に限って、音はむこうからやって来て、私を包み込もうとする。それが不安で、抵抗せずにはいられなくなるのだ。すぐれた音楽愛好家には、音楽の建築的形態がはっきり見えるのだろうから、その不安はあるまい。しかし私には、音がどうしても見えて来ないのだ。

可視的なものが、いつも却って私に、音楽的感動を与えるのは奇妙なことである。美しい自然を見たり、すぐれた芝居に接したりするとき、私は多分音楽愛好家が音楽をきいて感じるような感動をおぼえる。明晰《めいせき》な美しい形態が、まるで私を拒否するかのように私の前に現われると、私は安心してそれに融《と》け込み、それと合一することができる。しかし、音のような無形態なものがせまってくると、私は身を退《ひ》くのだ。昼間の明晰な海は私をよろこばせるが、夜の見えない海のとどろきは私に恐怖を与える。

何か芸術の享受に、サディスティックなものと、マゾヒスティックなものがあるとすると、私は明瞭《めいりょう》に前者であるのに、音楽愛好家はマゾヒストなのではなかろうか。音楽をきくたのしみは、包まれ、抱擁され、刺されることの純粋なたのしみではなかろうか。命令して来る情感にひたすら受動的であることの歓《よろこ》びではなかろうか。いかなる種類の音楽からも、私は解放感を感じたことがない。学生時代に応援歌を歌わされると、私の心身は縮小するように思われるのであった。

さて、受動的な享楽のうちでも、映画となると、私も安心してマゾヒストでいられる。このフィルムの上をうつろいゆく仮象は、人間の発明した仮象のうちで、もっとも安全な、もっともその場限りのものである。きょうの映画で、死刑五分前にギャングどもが脱獄するありさまは刺戟《しげき》的だった。しかし私は精神に毒を与えるような映画をかつて見ない。感覚を毒されるぐらいのことが、なにほどのことがあろうか。

七月二日（土）

晴。酷暑。昨夜十三時間眠り、きょうは一日家居。お向いのA医院の院長が、七十八歳で、昨夜狭心症で亡《な》くなった。つい二三日前まで、暑い日ざかりを、のろのろ歩いていられるのに道で会ったものだ。今夜は通夜《つや》で、八時ごろ急に讃美歌《さんびか》の合唱が、その庭の木立のかげから起った。

少年時代から青年期のはじめにかけて、私はいつも死の想念と顔をつき合わせていたような気がする。どうして死が、急に私の脳裡《のうり》から遠ざかってしまったのであろうか。

私は恩寵《おんちょう》を信じていて、むやみと二十歳で死ぬように思い込んでいた。二十歳をすぎてからも、この考えがしばらく糸を引いた。しかし今では、恩寵も奇蹟《きせき》も一切信じなくなったので、死の観念が私から遠のいた。いよいよ生きなければならぬと決心したときの私の絶望と幻滅は、二十四歳の青年の、誰もが味わうようなものであった。青年の自殺の多くは、少年時代の死に関するはげしい虚栄心の残像である。絶望から人はむやみと死ぬものではない。

私は青年期以後、はじめて確乎《かっこ》とした肉体的健康を得た。こういう人には、生れつき健康な人間とは別の心理的機制があって、自分は今や肉体的に健康だから、些事《さじ》に対して鈍感になる権利があると考え、そんなふうに自分を馴《な》らしてしまうのである。活動的にもなり多忙にもなったが、決してそのためだけではなくて、私には、死について考えることに対する、いわれのない軽蔑が生じた。

世間の俗人のように、いつか多忙と生とを混同しながら、一方、私の死の欲求には、ますます現実離れのした、子供らしい夢想がからまるにまかせた。丁度もう住まなくなった館《やかた》に、蔦《つた》が生い茂るにまかせておくように。そうして私は死の哲学的思考から、すっかり身を引き離してしまった。

今でも私は、暇な折には、望ましい死について考えることがある。それが私には、望ましい生活について考えるのと同じことなのだ。

ある晴れた朝、私は幸福な気持で、森の中を散歩している。念のために云っておくが、私は午前中に目をさましたこともなく、散歩をしたことは一度もなく、家の近所に森などはない。さて、森の中では、誰かが銃の手入れをしている。私はもちろんそんなことは知らない。銃が暴発する。弾丸が、全く偶然に、私の背中から入って、心臓に刺さる。私はコロリと死んでしまう。自ら死ぬとも知らずに……。

流れ玉による死、ということは、この純粋な他殺のシテュエーションは、私にとって考え抜かれたことで、幸福な精神の怠惰の全的な是認としての死なのである。少年時代には私も自分の英雄的な死を夢みたこともあった！

七月三日（日）

晴。暑い。小説の資料に要るので、午後、日本楽器へ、「歌劇名曲集」（男声篇《へん》・女声篇）を買いにゆく。

スタンダール、たとえばその覚書風の短編「ヴァニナ・ヴァニニ」をとってみてもいい。「眼の輝きと漆黒の髪とによって一目してローマのひととわかる一人の娘が父につれられて」、一八二×年の春の宵、Ｂ公爵《こうしゃく》の舞踏会へあらわれる。「その美人たちの中からそれでは第一位の美人をきめよう」ということになり、「ついに漆黒の髪と燃えるような瞳《ひとみ》をもった先刻の娘ヴァニナ・ヴァニニ姫が、当夜の女王ということになった。」

こうした物語性は、小説における描写の価値について絶望を感じさせる。ヴァニナ・ヴァニニは、その夜会でローマ第一の美女となる。その説明は、「漆黒の髪と燃えるような瞳」のほかには何も要らない。たちまち物語は、ローマ第一の美女のまわりに辷《すべ》り出し、いかなる奇矯な男の行動も、この前提のもとにやすやすと是認される。二十世紀では、ラディゲがこの方法をとった。「ドルジェル伯の舞踏会」のヒロインたるマアオについて、どんな具体的な描写もないのである。

私が数年前、フランスの映画監督アンドレ・カイヤットと議論したのもこの点であった。「美女」というとき、ある男は肥《ふと》った女を、ある男は痩《や》せた女を、ある男は背の高い女を、ある男は背の低い女を、それぞれただちに想像する。小説はかくて、最小限の描写によって、かえって感覚的想像力を無限にひろげる。映画はしかし、それを限定してしまう。映画には即物的に、一人の一定の女が登場するにすぎぬ。芝居のように扮装《ふんそう》や、照明や、観客との距離などによって、想像力の余地をのこすことをしない。映画はイメージを限定して、おしつける。だから小説の映画化には、根本的な矛盾があると云ったのだが、カイヤットは承服しなかった。

私は今でもこの理論を撤回する気持はさらさらない。しかし読者の想像力を刺戟することのような賢明な方法は、小説固有の方法かというと、そこで私はまた迷わざるをえない。

映画の即物性と逆の即物性が、スタンダールやラディゲの方法には、ひそんでいるのではあるまいか。なぜかというと、「ローマ第一の美人」という風に断定されることによって刺戟されるわれわれの想像力は、そっけない歴史の記述や、単なる科学的記述から呼びさまされるそれと同種のものではあるまいか。純然たる小説的世界の中だけの人物のアクチュアリティーを保証する方法ではなくて、それは、小説的世界をいつも現実に委《ゆだ》ね、現実的存在のアクチュアリティーを以《もっ》て、それを裏側から保証しようとする、一種の歴史的方法ではあるまいか。

バルザックははるかに思い切りがわるい。煩《はん》をいとわず引用するが、モデスト・ミニヨンの、おそるべき描写。

「艶《つや》けしの金いろの髪が人目を惹《ひ》く彼女は、たしかにエヴァを記念するために言うのだろうと思われるが、あの天女にもませほしいと称される金髪の、肌はといえば、肉の上にはられた絹紙が、手に眼をねたませて、見る目の太陽に当ると花やぎ、冬にあうと震えるのにさも似た繻子《しゅす》のような肌の女性の仲間に属している。こうのつるの羽のように軽く、イギリス風に捲《ま》き毛にしたその髪の下の額は、それこそ清らかな恰好《かっこう》をしているので、コンパスで線をひいたかと思われるばかりで、思想の光りでかがやいてはいるが、いつもつつしみ深く、静けさの極平穏なほどである。とはいうが、いつどこで、これ以上に淡白な、これほど透明な明確さをもった額をみることができたであろう。それには、真珠のように、つやがあるように思われる。灰色がかった青の、子供の眼のように澄んだ両の眼は、弓なりの眉毛《まゆげ》の線に調和して、子供らしいいたずら気と無邪気さをすっかり見せていた。その眉毛のそりが又、筆でかいたシナ画の人物の眉の根と同じような植わり方の根によって、わずかにそれと示されているだけなのだ。こういう才智にとんだあどけなさは、その上なお、眼のまわりやそちこちのくまや、こめかみの、こういう繊細な肌色にかぎって見られる、青く網目の入った真珠母いろの色調によって、一段と引き立っている。顔立ちは、ラファエロがその聖母像のためにあれほどしばしば見出《みいだ》した卵形で、頬骨の、暗い、初々《ういうい》しい、ベンガルのばらのように甘美な色のせいで特にきわだって見える。しかもその頬骨の色の上には、透きとおった瞼《まぶた》の長いまつげが、光と入れまじった影をおとしていた。頸《くび》はそのとき曲げられていたが、ほとんどひよわいと言える位で、乳のような白さを帯び、レオナルド・ダ・ヴィンチの好んだ、あの陰に消えそうな線を思い出させる。十八世紀のつけぼくろのような、こまかい幾つかのそばかすが、モデストはまさに地上の娘で、イタリヤの『天使讃美派』が夢みたあの生き物ではないということを語っている。彼女の唇は、少々人をばかにしているみたいで、才気走ってもいれば厚ぼったくもあったが、肉の快楽を現わしている。別にひよわなわけではなく、柔軟な彼女の胴体は、コルセットで病的な圧迫を加えることによって成功を乞《こ》いねがうあの娘たちの胴体のように、『母たること』の脅威とはなっていなかった。綿まじりの絹織だの、はがねだの、締め紐《ひも》だのは、この、風にゆられるポプラの若木の優美さにもなぞらえるべき優美さの、伸びつうねりつする線を純化しているだけで、作製しているのではなかった。真珠のような灰色で、さくらんぼいろの組紐を飾りにつけた、裁ち方の長いローブは、貞淑そうに胴の形を描き出し、まだ少々肉のうすい肩を肩衣《かたぎぬ》でおおい、そのおかげで、襟足《えりあし》が肩につくそのつけ根の最初のまるみしか見ることが許されなかった。ばら色の鼻口のあいた、小鼻の輪廓《りんかく》のしっかりしたギリシア型の鼻が才気走って、何かしらん実際的なものを放っている、この、おぼろげでしかも利発そうな顔つき、神秘的と言っていい位の額にみなぎる詩情が、口もとの肉欲的な表情によってなかばその偽《いつわ》りをあばかれている顔つき、あどけなさと、何もかも心得た嘲笑《ちょうしょう》とが、ひとみの変化に富んだ深々とした野面《のづら》を奪いあっている顔つきを見たら、観察者は、このあらゆる物音にめざませられる油断のない敏感な耳をそなえ、『理想』の青い花の匂《にお》いに向って鼻のひらかれている娘は、あらゆる日の出の周囲でたわむれる詩と日中の労働との間、『幻想』と『現実』との間で行われる闘いの舞台であるにちがいないと考えたことであろう。モデストは、好奇心も羞恥心《しゅうちしん》もつよく、自分の宿命を心得、貞潔さにみちた娘だったのだ。ラファエロの処女というよりむしろエスパニヤの処女だったのだ。」

(寺田透氏訳)

——何と原稿用紙四枚！

ここを読む私に思い出されるのは、旧約の雅歌や、千夜一夜物語の詩篇のような、近東風の肉体的神秘主義であって、決して十九世紀の実証主義ではないのだ。

こういう描写をするとき、バルザックは、おそろしいほど現実を信じていない。この夢想家の魂は、創造の義務と責任にかられ、何もかも自分でつくり出し、それも小説の仮構世界の内部でつくり出さなければならないのだ。こういう描写を読むと、バルザックが、まるで一定の材料でしか巣を作らない鳥のように、現実への委任を潔癖にしりぞけ、言葉だけで丹念に巣を編み上げている、その孤独な仕事が目に見えるようだ。

しかもその、まるで有機的聯関《れんかん》を犠牲に供した各細部の微視的描写は、一個の人間の肉体的魅力の解明というよりは、われわれに詩的感情をもたらす物象の組織化であり、モデスト・ミニヨンの、美しい髪、額、眉、頸、唇、胴、肩、鼻、などは、徐々にモデストの所有を離れて、バルザックの思想の形象になるのである。

私はこのごろでは、だから徒《いたず》らにスタンダールによって描写に絶望するよりも、バルザックによって、小説家が描写に対してもつべき信仰のようなものを、少しずつ理解するようになった。しかしこの方法の困難は、かくもゆきとどいたイメージが、読者に何ほどの共感を起させ、又よし起させたとしても、細部にいたるまで正確に、そのイメージが読者の心のうちに持続しうるか、という問題である。

七月四日（月）

雨がときどきぱらつく。アメリカン・ファーマシィで日除《ひよけ》眼鏡を買う。六時から有楽町レンガで、矢代静一君「壁画」の出版記念会。内輪だけの、少しも気づまりでない、勝手放題のたのしいパーティー。八時にここを辞去して、湘南《しようなん》電車に乗り、熱海ホテルに泊る。

それが別にいつもきまった習慣というのではないが、旅へはときどき、読み古した本をもってゆく。きょうはアラン・フゥルニエの「モオヌの大将」をもってゆく。読みだすと、やめられない。

十年以上をへだてて再読する本である。筋もすっかり忘れている。忘れているというよりは、初読のとき、飛ばし飛ばし読んだものらしい。

「モオヌの大将」(水谷謙三氏訳)は少年時代の私にとって、そんなに愛着の濃い小説ではなかった。それもその筈《はず》で、今になって読んでわかるが、これは少年時代の思い出をなつかしむ人のための小説である。少年が、少年時代の思い出をなつかしむ小説を読んで、面白がるわけがない。

大人ぶった少年の物語が、当時の私の愛読の書であった。ラディゲの「肉体の悪魔」の主人公たる「僕」が、いつも自分の年齢の上に爪先《つまさき》立っているあの焦躁《しようそう》、あのほうがはるかに当時の私を魅したのだ。

コクトーが「阿片」の中でこう書いている。『「モオヌの大将』と『肉体の悪魔』、優等生フゥルニエ、劣等生ラディゲ。死からほんの僅《わずか》に脱け出して、やがてまた直ぐにそこへ帰ってしまったこの二人の近眼の人間は、お互にちっとも似ていはしなかったが、彼等の残した小説は、植物や動物の世界以上にわれ等にとって未知の世界である子供の世界の神秘を伝えてくれる。教室に於《お》けるフランツ、恋の痛手を負うたフランツ、軽業師の肉襦衣《にくシャツ》を着たフランツ、夢遊病者オォギュスタン・モオヌ、屋上の狂女、イヴォンヌとマルト、怖るべき少年期によってこぼれた二人の女。」(堀口大学氏訳)

ラディゲの「僕」が鋭く分析的に書かれているのに比べ、「モオヌの大将」のヒーローは、「私」の目から、粗書《あらがき》の省筆で書かれている。少年の心に抱くヒーローは、そういうタッチでなければ描けないのだ。

そしてラディゲのえがく人物と反対に、「モオヌの大将」の登場人物たちは、一生涯奇矯な子供に他《ほか》ならぬフランツはもとより、オォギュスタンも「私」も、決して自分の少年時代から出てゆこうとせず、オォギュスタンにいたっては、少年時代の誓いを果たすために、最愛の女をも捨てて旅立ってゆくのである。永遠に大人にならない少年、ピーター・パンの群。

私はこの小説を読んで、ひさびさに「出発」という言葉に、胸のときめきを感じた。

「モオヌは突然立ち上って、……

――さあ、出発だ！　と叫んだ」

私はあの短かい世界一周旅行このかた、出発という言葉の語感に、うとくなっていた自分を恥じた。

私がこの小説で最も愛するのは、(最も美しいのは勿論《もちろん》、謎《なぞ》に包まれた第一部であるけれど)、少年の夢想に徐々に現実の苦味がまざってくる第二部である。すべてが謎のままにすぎされればいい、すべてが夢想のままにすぎされればいい、モオヌの冒険が永遠に目的物に達しなければいい、という願望を、第一部を読みながら、たえず私は心に抱いた。この小説は探偵小説のような謎解きの典型的な構成を持っているのに、読者に与える効果はまさに逆であって、探偵小説が謎解きの探偵の心理で引きずるのと逆に、謎が解かれたくないという犯人の心理にわれわれをみちびく。なぜなら謎解きは、この小説で、おそるべき残酷な効果をもっている。それはそのまま、少年期の剝奪《はくだつ》なのである。

少年の代表オォギュスタン・モオヌの、夢想と未知へのあこがれと、たえざる冒険欲と、行動への衝動……「どんな障碍《しようがい》を打ち越えても何事かに到達し、何処《どこ》かへ到着してやれと言う途方もない希望」……正に少年期のこうした典型的な衝動が、ふしぎな古城の夢のような祝典を、モオヌに体験せしめた力であったが、その同じ力、そのやみがたいデモーニッシュな力が、今度はこの体験を夢想のままにとどめず、モオヌを謎解きに熱中させ、ついには現実に直面して、モオヌ自身が傷つくところまでモオヌを引きずってゆく。少年期というものは、こうした矛盾した構造をもっている。典型的な少年は、少年期の犠牲になる。しかしこれは少年期ばかりではないかもしれぬ。典型的な青年は、青春の犠牲になる。十分に生きることは、生の犠牲になることなのだ。生の犠牲にならぬためには、十分に生きず、フランス人のように吝嗇《りんしょく》を学ばなければならぬ。貯蓄せねばならぬ。卑怯《ひきょう》な人間にならなければならぬ。

第二部で、とりさられた繃帯《ほうたい》の下からフランツの高貴な美しい顔があらわれ、モオヌは巴里《パリ》へ旅立ち、一人になった「私」は人生の最初の断念を学び、そこへモオヌの巴里からの手紙が訪れる……このあたりの静かな音楽的な絶望のモチーフは、ヤコブセンの見事な青春小説「ニイルス・リーネ」をのぞいて、他に比肩《ひけん》するものを見ない。

七月五日（火）

一日雨。南風がはげしく吹きまくる。終日ホテルにいる。

このごろ外界が私を脅《おび》やかさないことは、おどろくべきほどである。外界は冷え、徐々に凝固してゆく。そうかと云って、私の内面生活が決して豊かだというのではない。内面の悲劇などというものは、あんまり私とは縁がなくなった。まるで私が外界を手なずけてしまったかのようだ。そんな筈はない。決してそんな筈はなし、又そんなことができる筈もない。クレッチメルはこう書いている。

「分裂性変質は段階を追って進み、遂《つい》に鈍麻した冷たい方の極に達するのである。その過程において氷のように硬いもの（或《あるい》は皮革のようにごわごわしたもの）は次第に身のまわりを包んできて、過敏なぐらいに感じの強いものが次第に減弱してゆく。」

皮革のようにごわごわしたもの、とは言い得て妙である。大体において、私は少年時代に夢みたことをみんなやってしまった。少年時代の空想を、何ものかの恵みと劫《ごう》罰《ばつ》とによって、全部成就してしまった。唯《ただ》一つ、英雄たらんと夢みたことを除いて。ほかに人生にやることが何があるか。やがて私も結婚するだろう。青臭い言い方だが、私が本心から「独創性」という化物に食傷するそのときに。

七月六日（水）

曇。ときどき小雨。あいかわらず南風がはげしく、波音は高い。魚見崎の緑風閣で、天ぷらの夕食をとる。

私は天ぷらについてあまり趣味がないから、どんな店の天ぷらでも、大体旨《うま》いと思う。(ここの店のは実際旨いのであろう)。しかし世の中には、若い趣味人というものが随分ある。学生乃至《ないし》は学校を出たての人たちのなかにも、おそるべき能楽通、歌舞伎通、茶道や華道の通人がいる。こういう若い人たちの話し振りには一種の特徴があり、事自分の趣味の問題にわたると、相手に一言もさしはさむ余地を与えない。そしてその能弁にも、若さの自然の発露の代りに、歪《ゆが》められ、ひどく畸型化《きけいか》されたものがある。

思うに日本の芸道の特色は、あくまで体験的で、方法論を欠き、したがって年齢の理想は老いにあって、若い通人がこうした趣味に染まると、われしらず、不自然な老いを装《よそお》うことになるのであろう。

さて、小説は近代芸術ということになっているが、文章道に関するわれわれの既成概念には、多分に日本芸道的なものがある。そこにも学生の通人の幅を利《き》かす余地があり、若い人の小説で、われわれはたびたび、こうした通人的文章、学生歌舞伎的、学生能楽通的、学生茶人的、学生俳人的文章に出会って、それを渋いとほめたり、素直だとほめたり、達者だと感心したりしている。

私もまた、かつて、こういう学生文学通的文章を書いていたから、若い人のそんな文章に接すると、一そう恥かしく思うのである。学生にふさわしい趣味は、おそらくスポーツだけであろう。そして学生にふさわしい文章は、その清潔さにおいて、アスリート的文章だけであろう。どんなに華美な衣裳《い しょう》をつけていても、下には健康な筋骨が、見え隠れしていなくてはならない。

ところで最近私は、「太陽の季節」という学生拳闘《けんとう》選手のことを書いた若い人の小説を読んだ。よしあしは別にして、一等私にとって残念であったことは、こうした題材が、本質的にまるで反対の文章、学生文学通の文章で、書かれていたことであった。

七月七日（木）

朝のうちは狐雨などが降って、空がけわしかったが、午後は晴れ、プールのうちそとで終日すごしたために、夜は日灼《ひや》けが痛んで眠れなかった。

プルウストの人間認識にまつわるあの抜きがたい宿命論、こう言ってよければ病的な宿命論を、このごろの私は、昔ほど愛さなくなっている。すべての宿命論はリアリズムらしく見えるけれど、真のリアリズムと宿命論は本質的に相容《あい い》れないものだ。ルカーチュが、「バルザックとフランス・リアリズム」のなかで、王党派たるバルザックの思想を、バルザック自身の無意識のリアリストの目が、つぎつぎと裏切ってゆく経緯をおもしろく書いている。ルカーチュは、また、こうも言っている。「世界没落、すなわち文化の没落の幻想は常に、一階級の没落の予感に対する、観念論的にいいいいふくらまされた形式である」……これは実にうまい言い方だ。

私はルカーチュのような左翼評論家のリアリズム理論を、そのまま、宿命論に対置させせようというのではない。しかし、十九世紀の宿命論、文学における自然主義理論は、あきらかに、十八世紀の古典的合理主義が打ち建てた人間の自由意志（カントの先験的自由）のアンチテーゼであった。プルウストはベルグソンの使徒の如《ごと》く云われながら、真の自由にめざめるのは話者のみであって、シャルリュスはじめ光彩ある登場人物は、すべて自由を剝奪《はくだつ》され、登場人物の演ずる恋愛はことごとく錯覚におわっている。プルウストは、人間を客観的に眺めようとするとき、十九世紀の理論のとりこになった。

人間が一瞬でも他の人間になる可能性に対して、プルウストほど、綿密な冷笑を以て報いた作家はない。シャルリュスはどんなに変貌《へんぼう》をとげてもシャルリュスにほかならず、アルベルティヌは死を以てしてもアルベルティヌにほかならぬ。しかし、「見《み》出《いだ》された時」第二章のおわりちかく、ロベエルド・サン・ルウの戦死のくだりで、この金髪の貴公子に対する話者の哀悼のこころには、はからずも冷笑を忘れたかかる人間の変貌の可能性が語られるのである。

エドマンド・ウィルスンは、プルウストの読後感を、レオパルジの読後感の暗鬱《あんうつ》な気持と比較しているが、それが短かい間でも破られるのは、サン・ルウの死の件《くだ》りであって、幾多の批評家が、シャルリュスやアルベルティヌにばかり注目して、サン・ルウに注目しないのを、私はふしぎに思わずにはいられない。サン・ルウの見地からも、別の新らしいプルウスト論が書けるのだ。

「そうした最後の幾時間かは、サン・ルウは定めし美しかったに違いなかった。平生からも、坐っているときや、サロンを歩いているときでさえ、その三角状の頭のなかにある抑えられない意志を微笑で隠しながら、あの生々とした生命のなかに、常に突撃への躍動を秘めているように思われた彼、その彼がとうとう突撃したのだった。封建の塔は、文弱の書を一掃して、再び尚武の砦《とりで》となった。そうしてこのゲルマントの貴公子は、一躍彼自身の姿に帰り、というよりもむしろその一族の血統に帰り、単にゲルマントの一員でしかない人間として、死んだのだった。」(井上究一郎氏訳)

あれほど人間の不幸を確信したプルウストが、ほんの一瞬でも、こうした幸福な自己放棄の死について、想像しえたことは驚嘆に値いする。明らかにこのようなサン・

ルウの美しい死の可能性は、彼の理論に背馳《はいち》するものであるのに！

七月八日（金）

うすぐもり。夕方帰京。一旦帰宅して着換えをして、六時、新橋倶楽部《クラブ》におけるヴィリエルモ氏の送別会へゆく。芥川比呂志《ひろし》、奥野健男《たけお》、佐藤朔《さく》、吉田健一、山宮允、矢代静一、中村真一郎、福永武彦、桂芳久、巌谷大四《いわやだいし》ら諸氏会す。かえり矢代静一君と一時間ほど呑《の》んで帰宅。

ヴィリエルモ氏、このおそるべき日本語の達人、漱石の愛好者、高い自持《じじ》の念とぎこちない若々しい謙譲さとの混合物、暗い衝動に押しひしがれかけながら神とおのれの美貌とをまっすぐに信じている青年、……われわれは、自分たちの周囲にこういう青年らしい青年を見たことがなかったので、すぐさま彼の友人になった。彼にとって、おそらく、日本の数年の生活は、不快なものではなかったと思う。それにしても、外国人としか、青年らしい附合《つきあい》のできないわれわれ日本人とは奇妙な人種である。彼はギリシア人のように、若々しい姿のうちに、死んでしまいたいとねがっていた。そして一二年年長の私をかえりみては、もうお前は死期を逸した、というのであった。

七月九日（土）

快晴。

小説作品に対する批評家の態度ならびにその心理——。

いつも自分の抱く理想的な小説の影像に照らして、裏切られることを予感しながら、その小説の戸口に近づき、最初の三行でつまずくと、もう気むずかしくなってしまう。思わせぶりな女が現われると、ははあ又あの手かと思う。読み終って、妙な不満足な感じを咀嚼《そしやく》しつつ、その小説の構成や主題についてあれこれと灰いろの考えにふける。何か佳《よ》い一行にぶつかって作品全体を買いたくなる気にもなれば、悪い一行にぶつかって作品全体を抹殺《まっさつ》したい気にもなる。要はその作品に対する自分の態度決定の問題なのだ。これはあたかも、何も買う気がなくて、百貨店へ入る客にも似ている。この客は往々、トイレットにしか用がないのだ。そんな常習犯の目には、九階建のデパートが、一つの大きなトイレットに見えてくるそうである。

途中でいろいろと予測を立て、自分の予測どおりに運んだらこの小説は失敗だという、妙な自虐《じぎやく》的な賭《かけ》をすることもある。こんな賭は大てい当る。つまりその小説は失敗なのである。

またその小説家の、吃《ども》りとか、左ぎっちょとかの癖を知悉《ちしつ》している場合は、どんなに予測を裏切る物語が展開されても、ただその癖の反復しか目につかなくなってしまう。あまり簡単に享楽《きょうらく》させてくれる小説も疑わしく思い、あまりにも享楽させてくれない小説も疑わしく思う。あまり露《あら》わな主題が提示されると、小説から遊離しているように思われ、あまり主題が深く隠されていると、不十分な気がする。適度にもたちまち飽き、過度にもたちまち飽きる。一生懸命の態度はみんな滑稽《こっけい》に見え、なおざりな怠惰な態度は、これまた癪《しゃく》にさわる。そして合評会において、われわれの意見がうまく一致する作品は、きまって一種の「人生的な芸」とでもいうもので綴《つづ》られた小説である。その実われわれはこの種の小説を、決してありがたいとは思っていないのである。

七月十日（日）

快晴で、気温は三十二・四度に及ぶ。これで見ると、今年の梅雨は、空梅雨のままで明けたらしい。

いよいよ文学座の「葵上《あおいのうえ》」と「只ほど高いものはない」の舞台稽古《げいこ》である。二時半から十時すぎまで、冷房のよく利いた第一生命ホールに立てこもる。しかしすでに六月の大阪公演の舞台稽古と初日に立ち会っているので、はげしい不安や興奮はない。

作者にとっては自分の夢想の限界が、もうあらかたわかってしまったのである。俳優が衣裳の可否や、メーキャップの可否を質《ただ》しに来る。舞台装置が出来てからの永い照明合せ。幕あき。辷《すべ》り出すセリフ……。

俳優というものはさてもふしぎなものである。自分の芝居の稽古に立会うたびにそう思う。

俳優とは一体何物であるか？

演ずる感情においては、或る役の人物、たとえば六条御息所《みやすどころ》であり、その感情を統制している理性においては、あくまで一個の俳優である。しかも私の文学的創造である六条御息所は、自分の激情と暗い悪の衝動を、論理的に物語る。舞台の上で演ぜられる一つの感情は、このように、作者の理性と、演出家の理性と、俳優の理性とによって、三方から蝕《むしば》まれている。しかも劇は、観客の目の前にありありと見える強烈な感情によって押しすすめられてゆく必要があり、観客の感動も、こうした感情の存在そのものに触発されて生れるのでなければならない。

舞台の上にはまさに俳優の肉体がある。劇と観客とのあいだには、目に見える、はっきりした肉体的媒介がある。ところが実はそれが、もっとも抽象的な、一個の媒体であるということを、観客はほとんど忘れている。

極度にまで理性に蝕まれた感情が、しかも強力に観客に作用して、観客を引きずってゆかねばならないとは、劇の逆説的要請であるが、感情のこういう逆説の可能になる場所が、まさに俳優の肉体なのだ。そして媒体である俳優は、白《せりふ》を諳《そら》んじ、ある白のあとで退場するというようなこまごました理性の統制に服しながら、同時にその生理的機能をあげて、顔を紅潮させて怒り、あるいは時には本物の涙を流して嘆くのである。

しかし俳優の作品は極度に抽象的で、芸術家のなかでもっとも肉体（可視的）でものを言う俳優なるものが、実はもっとも抽象的（不可視的）な作品をもっている。その肉体は、彼の作品の不可欠の要素ではあるけれど、作品そのものと云うことはできぬ。なぜならそれは持って生れたものであり、たとえ隆鼻術で鼻を少し高くすることができたにしても、単なる医学的修正にとどまり、その顔も、長いあるいは短い足も、高いあるいは低い背丈も、まったく彼の作ったものではないからだが、もちろん肉体的にも、俳優のよき素質というものはある。

こうした外面的なよき素質とは、与えられたよき素材というほうが、当っていよう。俳優は自分の作品を作るに当って、その作品の素材として、自分の肉体という、まったく可塑性を欠いたものを相手にしているのである。他の芸術家は、これに反して、

(彫刻家にとっての石や粘土は代表的なものであるが)、その作品の素材として、多かれ少なかれ可塑的《プラスチック》なものを相手にしている。俳優はちがう。俳優ほど、肉体の檻《おり》にとじこめられた彼自身の存在を意識しているものはなかろう。もちろんこの非可塑性の補いは昔から考えられ、仮面と粉黛《ふんたい》は俳優芸術の本質的なものであったが、半ば素材、半ば素質であるところの、この肉体という厄介な代物《しろもの》は、彼の作品に対して、おそらく宿命的な作用を及ぼすのである。

とはいえ、肉体が宿命的であるならば、精神も宿命的でないとはいえない。俳優における肉体の宿命は、あらゆる芸術家における精神の宿命と、相似のものでないとはいえない。小説家の作品にも、作曲家の作品にも、画家の静物画にも、われわれは俳優の肉体と相似のもの、まるで肉体の宿命のようにはっきりした精神の宿命を見ないだろうか？　これらの芸術家が素材を可塑的だと思っているのは、単なる妄信《もうしん》ではなかろうか？

こう考えてゆくと、私には、俳優なるもののグロテスクな定義が思いうかんで来るのである。私は仮りに、(あくまでも仮りにだが)、こう定義したい誘惑にとらわれる。

「芸術家としての俳優は、内面と外面とが丁度裏返しになった種類の人間、まことに露骨な可視的な精神である」と。

彼は或る役を体現する。そのとき彼の内面には、彼にとっては他人の精神、劇作家の書いた白《せりふ》がいっぱい詰っている。もちろんその白は彼の心を濾過《ろか》されたものでなければならないが、一たん彼の内面は他人の精神に占められてしまう。それはわれわれが書物を読んで、著者の精神に心を占められるあの状態などを、はるかにこえた苛烈《かれつ》な状態である。どうしてこんなことが起りうるか？　彼の精神は、彼の内面を他人にゆずりわたし、外側へすっかり出て来て、彼の肉体と一体になってしまうのではないか？　彼があんなにも次々と、他人の精神に身をまかせながら、（この点では俳優は批評家に似ている）、批評と別の方向を辿《たど》るのは、彼にとってはっきりした外面、はっきりした肉体があるおかげではないか。かくて彼の精神が可視的なものにまで達すると、舞台上の彼は光りかがやき、その肉体的存在そのものが、一つの芸術作品たりうるのである。

何はあれ、芸術概念がいろんな形で崩壊の危機にある現代において、こうした事由から、俳優芸術ほど、芸術の問題を、典型的かつ象徴的に提示しているものはなく、またこれほど健全な芸術はないと思われる。

なぜ健全か？　それは明らかに、人間的規模を離れることがないからである。たとえば映画におけるクローズ・アップの技巧は、人間の顔の怪物的拡大であり、芸術の敵であるところの人間的自然の機能的誇張に陥っているのである。

俳優芸術はあくまで肉体に、われわれと同様の人体に拘束されている。舞台を見るわれわれの目は、自分に見えるところのものを信じることができ、片側に目が二つある鰈《かれい》のような女を描いたピカソの絵を前にして、われわれの感じる当惑はここにはない。今日ともするとわれわれは、「目に見えるものからまず信じる」というギリシア人の態度を忘れている。しかし俳優にとっては、観客の目に見える全体が、よかれあしかれ、彼の個性なのだ。かくて個性は彼の当然の前提であり、個性がそれ以上のものになろうとすれば、彼の肉体がピシャリと頭を叩《たた》いて黙らせるから、俳優は健全にも、現代芸術を毒している浪曼《ろうまん》派以来の個性崇拝の迷信に犯されずにすむのである。(もちろんそれに好んで犯されたがっている拙劣な知的俳優もいることはいるが)。かくて俳優は、個性の問題をただ目に見える範囲にとどめて、その内面では他人の精神へ、超個性的なものへと、没入する契機をつかむのである。

さて、俳優の理想は、俳優何某を見せることではなくて、まさに役の人物その人が、舞台の上を闊歩《かっぽ》しているように見えることであろう。その芸術表現は、「かく見えること」にとどまらず、「かく存在すること」にまで達しなければならず、そこではじめて俳優の作品が生れ、「演ずること」は、「創造すること」に一致する。

自意識にみちた俳優の心は、水に映るおのが姿を愛するナルシスのようで、ナルシスにとっては、おのれの肉体は愛の客体に他《ほか》ならないが、俳優芸術の成功をこれに喩《たと》えるなら、彼は水にとび込んだナルシス、身を以《もっ》て「表現」の世界へとび込んだ精神、客体へ身を投げた主体とも云えるであろう。実際彼と役との関係は、ナルシスの心とナルシスの水に映った肉体との関係に似ており、私が表現の健全なあり方だと考えるものも、まさにこれなのである。

さてもろもろの現代芸術、わけても小説の分野では、いたるところにまだ浪曼主義の亡霊が、コルフのいわゆる「主観主義」の亡霊が影を投げかけている。コルフはこう書いている。

「主観主義にとって『人間性』とは、即《すなわ》ち『個性』を、非合理的な独自性を意味する。」

特徴的なことは、その結果としてあらわれた、主体と客体との決定的な乖離《かいり》である。主体は表現の動機を告白にしか求めることができず、客体を媒体にした自由な表現の道筋がとざされてしまった。辛うじて主体が客体に親しむ方法として、小説における「描写」が重視されたが、描写は単なる技法として衰退の一路を辿った。作品のモデルと云っては、残されたものは個性だけであるから、作品はたちまち様式を失い、作品としての有機的一体性を喪《うしな》ってしまうのである。

これに反してスタンダールの方法は、自分の愛する客体ジュリアンやファブリスへ身を投げて、身自ら、ジュリアンやファブリスを演ずることだった。彼は告白者ではない。これらの小説中のスタンダールは、肉体の桎梏《しっこく》をもたぬ俳優であり、ただ彼の精神の宿命である「情熱」の虜《とりこ》なのである。スタンダールの表現の世界は、こうした媒体を得て自由に羽搏《はばた》いた。(こういう表現の物語を、小説の中で自由に試みたものは、バルザックの「幻滅」、あのヴォートランとリュシアン・ド・リュパンプレエの物語である。あの中では、ジュリアンとちがって、何の精神ももたない美しいだけのリュシアンが登場し、一方には精神の権化《ごんげ》であるヴォートランが、その巨大な怖《おそ》ろしい顔をさらけ出している。アンドレ・モォロアの「ジョルジュ・サンド」によると、ヴォートランはおそらくバルザック自身であり、リュシアンのモデルは、おそらく、ジョルジュ・サンドの恋人、プチ・ジュールであるように思われる)。

スタンダールのエゴティズムは、かかる客体を発見した。というのは、スタンダールは、自分の精神をはっきりした形(ほとんど人間の肉体のような)で見ることができた、ということである。かつてアレクサンドロス大王が、ホメーロスの描いたアキレウスの裡《うち》に、おのが精神の形態を見、彼の偉業は、つまり彼がアキレウスを演じたことに他ならなかったように。しかし近代的な主観主義は、精神の相貌《そうぼう》を茫洋《ぼうよう》としたものに変えてしまい、誰もナルシスの水に映る影をはっきりとつかめず、はては心理の無限の沼底に埋もれてしまうようになった。

そしてようやく一九三〇年代になって、サルトルがやって来る。

この実存主義者は、こんな混沌《こんとん》たる沼そのものを、彼の精神の相似物とみとめるような、むだな努力を拒んだ。彼は主体と客体とのこんな相対的な対立状態からは、何ものも生れぬものと見極めをつけた。サルトルは、「実存は本質に先立つ」と云い、「主体性から出発せねばならぬ」と云う。そして「人間は他者との関連において自分を選ぶ」という教義を立てたのである。こうしてふたたび小説における表現の道筋がひらけて来る。

しかし小説にとって、他の芸術にとってと同様、いつも問題なのは、批評的指標が創造にいたるその道行である。ティボーデの有名な言葉、「『ドン・キホーテ』は小説の中で行われた小説の批評なのだ」と同じ事情が、新らしい小説を生みだすかどうか、われわれはその示唆《しさ》を探している。実存主義は一種の古典主義的特色をもつ。サルトルの戯曲や小説、カミュのそれにも、明白な古典主義があり、もしヴァレリイの定義に従って、「古典派とは自己の裡《うち》に一人の批評家を擁し、これを自己の労作に親しく与《あずか》らせる作家のことである」（「ボオドレールの位置」）とすれば、実存主義こそは、一種の浪曼主義に陥った近代の分析主義の中から、批評によって選んだのである。そしてヨーロッパでは、かかる意味において、新らしい芸術には、つねに古典主義的特色が見られるのだ。

私がこんなに俳優芸術に執着したのも、俳優芸術が根本的に批評の方法に立ち、しかもそれを創造へもってゆくために、堅固な人間的規模をもつ自分の肉体というものを踏台にしているという点に、あらゆる批評の不毛からの、脱却の示唆を見たからであった。

七月十一日（月）

快晴。午後。ピカデリー劇場へ「文なし横丁の人々」という映画を見に行ったら、仲谷昇・岸田今日子夫妻と会った。そのあと、長岡輝子さんと会って、初日のいろいろの話し合いをしながら、不安を落ちつけるために、東京会館のカクテル・ラウンジでトム・コーリンスを呑《の》んでから、第一生命ホールの楽屋へ行った。荒木道子さんが病気のために、主役がつづけられるか危惧《きぐ》されているが、荒木さんはとにかく敢行する気でいる。われわれの心配は一とおりではない。

六時から「葵上《あおいのうえ》」、ついで「只ほど高いものはない」の初日である。荒木さんがどうやら元気で助かった。かえり矢代君をまじえて、四五人で、有楽町の鮨《すし》屋の二階で呑んだ。

「精神」というものには、そもそもそういう傾向があるのだが、芸術の自己否定的な傾向、芸術の反芸術的なものへの執拗《しつよう》な関心、には、一種不気味なものがある。この傾向に対するもっとも甘い誘惑が、コミュニズムであり、ファシズムであることは、天下周知の事実だ。

私は、奇妙なことだが、いつか能狂言の会で、「那須」の語りをきいたときも、そういう印象を抱いた。なぜ那須の与一の行為のような、厳密な一回的な行為、完全な生の一瞬、まさにもっとも反芸術的なものであり、芸術不要の一点であり、芸術の坐るべき場所を根本的に否定するような一瞬に、芸術は関心をもって近づくのだろうか？　こういう一瞬に対する芸術家の嗜欲《しよく》には、匂《にお》いの強い食物に対する狐の接近のようなものがある。

那須の与市の行為は、しかし、くりかえされうる行為でもなく、また単純な行為でもない。日常些末《さまつ》の行為ではない。あの扇の的の射落しは、抜きさしならぬ現実的関《かん》聯《れん》をもち、扇が射落されたとき、与市のその行為は、彼の現実認識と一つものになっていた。それがそのまま認識たりうるような稀《まれ》な行為。与市はその行為の体験によってのみ認識に達し得たのであり、その瞬間、認識と行為とはまったく同一の目的、すなわち現実を変革するという目的に奉仕した。

さて、われわれは、こういう一瞬のために生きれば足り、爾余《じょ》の人生は死にすぎない。与市がそれによって生きたような一瞬こそ、まさに純粋な生、極度に反芸術的なもの、芸術不要の一点だ、と私は言うのである。

芸術をここへもってくれば、芸術は認識の冷たさと行為の熱さの中間に位し、この二つのものの媒介者であろうが、芸術は中間者、媒介者であればこそ、自分の坐っている場所がひろびろと、居心地のよいことをのぞまず、むしろつねに夢みているのは、認識と行為とがせめぎ合い、与市のそれのように、ぎりぎり決着のところで結ばれて、芸術を押しつぶしてしまうことなのである。そして芸術がいつもかかるものから真の養分を得て、よみがえって来たという事実以上に、奇怪な不気味なことがあろうか？

七月十二日（火）

睡眠不足のうちに、来客三人に会う。六時から、又第一生命ホールへゆく。二日目は出来がわるい。

男色について、誰もが頭を悩ますのは、その一対の関係であるらしい。男役女役、能動受身という大ざっぱな概念。

男女関係でも、女が極度にまで能動的であり、男が極度にまで受動的であることが、少なくない。男色では、つまりこうした倒錯が二乗されるわけである。男色それ自体が一種の倒錯であるから、これにそうした倒錯が加味されると、正反対の二つの結果が生ずる。つまり倒錯が二倍になるか、あるいは逆にほとんど正常に近づくかである。ここに男色関係の数学的な神秘がある。

男色では、客観的な男性と主観的な男性とが交錯する。それが男女関係のアナロジイから、さまざまな寓喩《ぐうゆ》を成立たせるのである。

ここに五十歳の男と、十八歳の少年との一組があると仮定する。客観的に見るとき、この関係には二種の男女関係のアナロジイが可能である。すなわち、五十歳の男と十八歳の少女との関係。もうひとつは、五十歳の初老の女と十八歳の少年との関係。あのアナロジイをもうすこしおしすすめれば、こんな二種の区別は、実に微妙であやふやなものである。一方が一方に対してより多く男であるという較差は、心理的事実にもとづくにすぎぬからだ。ある外人と日本少年との関係は、この点でもっともアイロニカルなものであった。五十歳の外人は、堂々たる恰幅《かっぷく》の男であり、少年を男性的に庇護《ひご》し、生活の糧《かて》を与え、まったく良人《おっと》として君臨していた。一方、少年は花のような美少年であり、妾《めかけ》のように囲われていた。しかしベッドのなかでは、少年のほうが能動的に働らいていたのである。又こんな例もある。逞《たく》ましい青年で、身の丈人にすぐれ、必ず能動的な性行為をする男があった。しかし彼の愛の対象は、年長、あるいは、男色家にあらざる男で、精神的には彼はあくまで女でありたく、生活の上でも、人に庇護されることを好むのだった。

私はわざと、頭を悩ますに足りる極端な二例をあげたのであるが、この二例と、さきほどあげた二種のアナロジイとを照合してみるがいい。そこでは、男役女役とか、能動受身とかいう概念はすっかり混乱してしまい、それよりもむしろ、一対の男が、或る神秘な平衡を求めて、自分の裡の肉体的精神的な両性の要素を、支出しあうさまが見られるのである。その上に社会的経済的な力関係が加わるにおいては、混乱はますます甚《はなは》だしく、倒錯は無限の複雑さを帯びる。だから私は小説「禁色」のなかで、女装の男娼《だんしょう》などの擬異性愛的分子を払拭《ふっしょく》して、わざと簡明な定義に従い、「男色とは男が男を愛するものだ」という平凡な主題をつらぬいた。私にはプルウストのやったような、男色家における女性的要素の強調が、論理的歪曲《わいきょく》にすぎぬと思われたのである。

もちろんわれわれの目に映る範囲では、女性的特色をもった男色家はたくさんいる。熾烈《しれつ》な女装の欲望を抱いた男もあれば、男の言葉を使うことにゆえしらぬ困難を感ずる男もある。しかし無智な人間ほど、面白いことには、男色の本質的特異性がつかめず、世俗的な異性愛の常識に犯されてしまうのである。その結果、どうなるかというと、自分が男のくせに男が好きなのは、自分が女だからだろうと思い込んでしまう。人間は思い込んだとおりに変化するもので、言葉づかいや仕草のはしばしまで、おどろくほど急激に女性化してくる。田舎出の少年などは、ひとたびこの風習に染まると、それが都会のハイカラな流行だと思いちがえて、たちまち女言葉に習熟してくる。それはあたかも外国人が日本へ来て、女からばかり日本語を習って、女の言葉づかいしか出来なくなった場合に似ている。これらの変化は生理的な変化というよりも、支配的な異性愛文化の影響下にある一種の社会的変化とでも云ったほうが適当であろう。はなはだ男性的な男が、いやが上にも男性的な男に結びついたり、はなはだ女性的な男が、いやが上にも女性的な男に結びついたりする奇妙な事例は、あの「ソドムとゴモラ」の網羅的な目録にも抜けている。

私の言いたいのは、批評家のみならず世間一般が、男色の Prostitution のみを知って、政界・財界・学界にわたる、男色関係のひそかなしかし鞏固《きょうこ》な紐帯《ちゅうたい》に、たえて気づいていないということである。

近ごろの赤退治で自殺した米国人、国連事務総長の最高法律顧問エイブラハム・フェラーの証言を引用しよう。自殺前に彼の精神分析にたずさわったC・ファンティの記録「愛と性と死」（宮城《みやぎ》音弥《おとや》氏訳）からの引用。

「この数年気づいたことですが、政界の指導人物中に男色家がじつに多い。しかしなぜそうなのか、わたしには理由がわからない。わたしは、しばしば、このことを説明しようとせずに、分析しようとしました。わたしの知っている限りでは、実際政治界における性的倒錯者のパーセンテージは、芸能界におけるそれを越えているはずです。倒錯者であるということと、政治を行うということと、この二つの要素のうちどちらが、他を決定するのでしょうか」

「いつかはわかることでしょうが、ともかく、ナチスの要人たちにみられた、あの同性愛の、決定的な影響はなんだったのですか。（わたしがウィーンにいたころ、ベルリンから出たお偉方が、当地の同僚に、かわいい稚児《ちご》さんをふたりとられたというので、大笑いしたことがあります。）」

七月十三日（水）

快晴。酷暑。来客二人。散髪。六時より第一生命ホール。三日目は、今までいちばん出来がよい。東京会館ルーフ・ガーデンで夕食。

浄瑠璃《じょうるり》をよむと、日本人の構成力もまんざらではないという気がする。「寺子屋」一段の不断のサスペンスの如《ごと》き、古典小説通有の平板さと比較にならない。日本人の書く小説の構成力の脆弱《ぜいじゃく》さは、日本人の素質的欠陥というよりも、小説に関する奇妙な先入主、その写実主義的偏見から来ているように思われる。小説における「まことらしさ」の要請と、劇的な時間の観念とは、どうしても日本人の頭の中で折れ合わなかった。「まことらしさ」は、単調な羅列的な時間の経過だけが、醸《かも》し出すもののように思われてきた。時間は永遠の反復であり、一個の現実の事件がその現実性を保証されるには、一旦時間の内へ解消される必要がある。こうした仏教的無常観から、小説におけるまことらしさは、いつも時間の非構成的原理に立たなければならなかった。

つまり、こういうことである。一つの事件がある。それが小説の中に、小説世界の内的法則に包まれて存在していることは、まことらしさを失う所以《ゆえん》だと考えられる。そこで事件は裸かの形で、無秩序な形で投げ出されていなければならぬ。そうすれば、小説を読むことの緩慢な時間によって、読者が自分の内的体験のうちにその事件をとり入れて再構成し、読者自らが、それにまことらしさを与えることができる。……こういう確信を私は写実主義的偏見とよぶのである。日本の小説に構成力がないと云われる理由の大半はここに在る。

さて、劇、浄瑠璃のほぼ一、二時間に限定された一段、(私は近松などの語り物に近い浄瑠璃よりも、むしろ、出雲、半二などの演劇的な浄瑠璃のことを言っているのであるが)、……それらの劇的要請は、同時に、限定された時間の要請でもある。すべてが短時間のうちに圧縮され、解決されねばならぬとする、この一段中の小規模な三一致法則は、時間の構成的原理を導入し、そこではじめて日本人の構成力も、目ざめ、輝いたのである。

「寺子屋」は身替り物の例に洩《も》れず、それも他人の子を自分の忠義の犠牲にするという不自然な物語ではあるけれど、すべては封建道徳内部の真実の人間性に則《のっと》って進行する。

「寺入り」のさりげない抒景《じょけい》的な序曲、「源蔵戻り」の圧迫感、および身替りによる劇的解放のアイロニカルな曙光《しょこう》、というよりは追いつめられた人間の賭《か》けの行為、「首実検」の緊迫感と劇のいつわりの第一の頂点、このあとの夫婦の解放のよろこび、「千代の二度目の出」による最大の危機、及びそのどんでんがえし、「松王の二度目の出」によるその解決、悲劇の本当の頂点、「いろは送り」の静かな絶望と抒情的嗟嘆《さたん》の終曲……こういう構成の見事さは、何度見ても観客を飽きさせない。

だからといって、いきなり浄瑠璃を見習っても仕方がないので、明らかに浄瑠璃や歌舞伎の影響をうけた近世伝奇小説については、私も言及を避けないわけにはいかない。ただ面白いことは、頽廃期《たいはいき》の浄瑠璃や伝奇小説の構成が、いたずらに機巧を弄《ろう》するだけの、複雑さのための複雑さを追うことになったのは、おそらく、日本人の構成力が、本質的に方法論として育ってゆく芽をもたず、平面的な模様化に堕してゆく傾向をもっていたためだ、と疑われることである。こうした模様化こうした装飾主義は、六月二十六日の項でも暗示したように、写実主義的偏向の別のあらわれ、その楯《たて》の裏面にほかならず、日本のあらゆる芸術の分野に見られる悪循環の一例なのである。

七月十四日（木）

快晴。酷暑。午後父母と買物に出る。父母と別れて歌舞伎座へゆき、監事室から「神霊矢口渡《やぐちのわたし》」を一幕見る。

お舟は新我童（旧芦燕《ろえん》）である。義岑《よしみね》は仁左衛門《にざえもん》である。頓兵衛《とんべえ》は猿之助《えんのすけ》である。猿之助の頓兵衛は、丈の古典劇中、唯一《ゆいいつ》の佳《よ》いものだと思う。同系統の役、「珠取」の新洞でも、「実盛《さねもり》」の妹尾《せのお》でも、この人が演ずるとまるきり滋味がない。しかし唯《ただ》一つ、頓兵衛だけが佳いのは妙である。以前に見たときも佳いと思ったし、今度も佳かった。丈の癖の安手な心理表現をしようのない、単純な悪党の役で、しかも浄瑠璃にめずらしくモドリのない徹底的な悪人、金儲《かねもう》けのためには恩も義理も父性愛も何ものもない抽象的人物、ひたすら人形の見伊達《みだて》のあるように書かれた役。こういう役を忠実に演ずると、丈の舞台にも古色が生ずる。例の蜘蛛手《くもで》の引込みはすこぶる丁寧で、私を喜ばせた。

今度の矢口には佳きアンサンブルがある。仁左衛門の義岑も、東京にはこういう役をこういう風に見せる役者がもういない。新我童のお舟は勿論《もちろん》手に入った役である。技巧沢山で、後半の手負いになってから、髪ふり乱して太鼓に迫るところで、人形そっくりの激越な動きを見せた。

矢口は今度のように、単純に、お伽噺《とぎばなし》風に、そうしてグロテスクに演じられるのが本当である。私がこの狂言が好きなのもその点なのだ。舞台がまわってから、クライマックスにいたるまで、点綴《てんてい》される川音の太鼓は、私の心に、幼時、菊人形の十二段返しで見た矢口渡の場のその太鼓の音を、なつかしく思い起させる。

かえり銀座テイラーで白ズボンを誂《あつら》え、並木通りアラスカで夕食をとる。八時ちかく第一生命ホールへゆく。

九時に芝居がはねてから、父母、Y氏、A君、Y君、D君とアマンドでお茶を呑む。帰宅する父母と別れ、中谷君の家で巴里《パリ》祭の集まりがあるというので、A君らにくっついて二本榎《にほんえのき》のその家へ寄る。若い俳優たちの莫迦話《ばかばなし》は大そう面白い。十二時帰宅。

七月十五日（金）

快晴。酷暑。月例の鉢の木会の日で、鎌倉の神西《じんざい》清氏に招かれている。その前に、川端康成氏と林房雄氏の御宅へ立寄る。今月の会には、北海道講演旅行中のため、福田恆存《つねあり》氏が欠席である。その代り、ゲストに芥川比呂志氏が招かれ、のちに林房雄夫妻も加わった。十一時半に辞去して、吉田健一氏、芥川氏と三人で、東京までタクシーで帰る。帰宅は十二時半になった。

大岡昇平氏の「酸素」を読む。

たえざる追跡と、背信と陰謀、この世の価値がただ一人の女にかかっているとしか考えようのない孤独な主人公の物語。

神戸埠頭《ふとう》のコミュニスト同士の連絡の蹉跌《さてつ》から、若い主人公にかかる不安が、雅子というふしぎな女に救われるや、いつのまにか彼が憲兵の犬に身を落さざるを得なくなっている仕組の巧みさ。（良吉が思わず、憲兵にむかって「よろしくお願いします」

と云ってしまうまでの畳み込みの巧みさを見よ)。その良吉の保護者瀬川は、日仏酸素専務エミール・コランに背信を働らきつつ、コランはすべての上に立ってこの背信を見透かし、先へ先へと手を打ってくる。後半ふたたび、良吉は「運動」に加わるが、彼の心にはすでに深いニヒリズムが巣喰い、須磨の裏山におけるコミュニストの会合(作中唯一の秀抜な喜劇的場面)は、その心の反映のように、おそるべき戯画化の手法でえがかれる。そして第一部は、六甲山上の逆巻く霧の中で、外相のラジオ放送と、良吉と瀬川夫人頼子との最初の接吻を以て終っている。霧の中をぬけ出して、麓《ふもと》へ下りてゆく雅子と西海の後ろ姿は、この二人だけが何の悩みも抱かずに生きつづけるだろうという未来を思わせて、暗示的である。

私はこの小説を、大そう面白く読んだ。すべての人物が隠密な関係で結ばれ、照応はゆきとどき、主人公と女主人公の間には、誤解のもととなる「口に出せない秘密」が注意ぶかく配分されて、恋愛を成立たせる障碍《しょうがい》に事欠かない。

しかしもっともよく書けているのは、瀬川であり、コランである。瀬川はおそらく「武蔵野《むさしの》夫人」の秋山の性格の発展であるが、単なる犬儒派の秋山に比して、瀬川は事業家であり、生活と行動の智恵には事欠かず、判断力と決断力にも恵まれ、本質的に卑《いや》しさを持ち、書かれていない部分の彼をも、いつも紙背に想像させる。小説の人物とは、おそらくこういう具合に、書かれていない部分でいきいきと生活していなければならない。コランもそうである。日本の作家によってこれほど如実《にょじつ》に描かれた外国人は、多分鷗外の「普請中《ふしん》」の独乙《ドイツ》女以来であろう。コランはフランス人の智恵とシニシズムと、あらゆるものをそなえている。

瀬川とコランを描く作者の胸中には、おそらくモスカ伯爵《はくしゃく》（パルムの僧院）のイメージがあった。しかし暗愚な弱いプリンスの役は、むしろヒロインの頼子にうけつがれ、瀬川とコランがモスカの性格を、おのおの分ちあっているのである。雅子はサンセヴェリナたるには貫禄《かんろく》が足らず、良吉はファブリスたるにはあまりにも行動を縛られている。このファブリスは、はじめからおわりまで、パルムの牢内《ろうない》にいるのである。脱出の希望もなく、死するに足る幸福もなく。そしてモスカやサンセヴェリナの援助の手が、ファブリスをいつも清浄に保っているのと反対に、ここでは良吉に対する周囲の援助は、意識的にも無意識的にも、ますます彼を深い汚濁へ追いやる。ここに大岡氏の、「パルムの僧院」に対する悲痛なパロディーの意図を、見る人は見るであろう。

瀬川とコランの虚々実々の掛引は、小説的な面白味に充《み》ちたものであるが、この二人のモスカの性格は似かよい、性格の劇的な対立というものは成立たぬ。知的な勝利に対するモスカのたえざる衝動は、もちろん我身を救うためでもあるが、一方では宮廷人に対する深い軽蔑《けいべつ》が彼に鳥瞰《ちょうかん》的な位置を保たせ、事に処するモスカの心には、或る透明な無為ともいうべきものがあって、それがモスカを偉大ならしめているのであるが、瀬川にもコランにも念頭にあるものは利害だけであり、心を占めるものは変転きわまりなき現実だけである。

作者が侮蔑を愛していることが、「酸素」にあっては、作中人物の心に侮蔑を節約させるもとになった。作者がこの小説でえがきたかったものの、一つは果され、一つは挫《ざ》折《せつ》している。果されたのは一九四〇年代初頭の日本の現実の分析である。挫折したのは、この現実の裡《うち》に置かれた人間の、強い侮蔑による飛躍の契機である。自尊心である。

私はかねがね、小説における文体と現実との関《かか》わり合いについて考えてきたが、堀辰雄の文体的完成は、見るべき現実を限ってしまって、彼はせまい文体ののぞき眼鏡でしか、現実を見ることができなかった。私が小説の理想的文体と考えるものは、今ではバルザックのような夢想家兼リアリストの文体、両刃の剣《つるぎ》で現実をねじふせる強引な文体なのである。

大岡氏は、堀辰雄とちがって、見るべきもの、いや見なければならぬものを、その文体でことごとく見尽そうという、一種の倫理的衝動にかられている。小説家として、この態度は正しい。尾籠《びろう》な例で恐縮であるが、氏は第二章の冒頭で、おそらくフランス人をえがくことの言訳のように、屋上に立つコラン氏とラルー技師の顔へ、神戸市糞尿《ふんにょう》処理場の「日本的な臭《にお》い」をふくんだ微風を、故意に吹きつけている。又、第十二章で、小市民の若林をして、毎朝女房に、自分のうんこの形を報告させている。しかし第六章で、床の間に松と鶴の掛物をかけ、陶製の布袋《ほてい》を飾っている小料理屋の描写に及ぶと、日本的現実はするりと氏の文体を抜け出し、そのわずか三行でわれわれは、氏の文体から醒《さ》めるのである。第一章冒頭の港の描写では、描かれる対象、「出入する各国の船舶のさまざまの設計、船楼と構成物、乱立するデリック、港に臨んだ船台から放たれる新造船の赤と黄、霞《かす》む起重機」などが、まさに文体と一致して、見えざる透明な文体をとおして、対象のもつ詩が、直截《ちょくせつ》にわれわれの心に訴える。氏の文体がもっとも成功するのはこうした瞬間であり、正確さと詩の一致するのもこの瞬間である。しかし陶製の布袋は？……やはり文体が、言葉が、現実の対象を選択する機能をもつことは宿命なのだ。この宿命のなかに賢明に安住した堀氏より、こんな宿命を信じない大岡氏のほうを、私がはるかに多く愛するとしても、それは事実にはちがいない。

作者が第二章で、酸素工場の機械の説明をする件《くだ》りでは、われわれは小説的必要というよりも、正確さと明晰《めいせき》さへの、氏のやみがたい生理的な衝動に触れる。氏の文体は、かかってこのために在るかのようである。現実の対象にたいする認識のあいまいさは、氏の潔癖がゆるさず、この要求はだんだんに高じて、ついにはあいまいなもの、不確定なものに対する認識の放棄にまでいたる。

「酸素」は心理小説から、作者の行動小説、冒険小説への脱却の企図をもっていたように思われるのに、主人公良吉は、彼の置かれた現実的条件の苛酷な正確な認識から、自分のいるべき場所をますますせばめられ、行動は不可能になり、しかも心理の分析はほとんど剝奪《はくだつ》され、官能性にいたっては、片鱗《へんりん》も与えられない始末になる。良吉の行動を奪ったものは、かくて所与の現実的諸条件よりも、作者の態度そのものではなかったか？　つまり行動の小説を意図した作者その人が、主人公の行動を剝奪したのではなかったか？

何か一定の環境、一定の条件下に置かれた人物にとって、その環境、その条件が絶対のものにならなければ、脱出の可能性は生ぜず、また他の環境、他の条件への演繹《えんえき》も不可能であり、小説世界の象徴性のひろがりは閉ざされる。冒頭からくりかえされる、酸素製造機械のあまりにも頻繁《ひんぱん》な、不可解な故障は、巧妙な伏線であるが、第十三章の良吉の手紙で、はじめてこの犯人が高松技師とわかると、それはただちに第十四章の、まことに喜劇的なコミュニストの会合につづく。この肩外しの仕方は、何か暗示的だ。高松もおそらく、心の中では、酸素製造機械にたびたび故障を起させたところで、ファシズム国家の総力戦体制には、さほどの打撃を与えないことを知っている。冷静な瀬川はこう言う。

「馬鹿な……、あんなちっぽけな酸素製造機ぐらいこわしてみたって、何の足しになるもんか」

……そして時代の圧力の前に、すべては何の足しにもならず、建設も破壊も相対的な力にすぎず、登場人物たちの環境はついに絶対性をもたない。一方からいうと、酸素工場というシテュエーションそのものが無力になってしまう。「こんなものをこわしてみたって、何の足しになるもんか」……これは苦い目と苦い心を持った、作者その人の告白ではあるまいか？

※この作品でもっとも重要な一句は、第十章の次の句だと思われる。この一句には、作者がロマネスクに対して抱いている考えが、読みとれる。「彼（瀬川）は経験から政治と経済ほど人間を縛る強い絆《きずな》はないと思っていた。ただ丁度その政治的理由が良吉の心を頼子（瀬川夫

人）に向わせようとしていることを想像出来なかった。」

七月十六日（土）

午前中久々の雨。やや涼しくなる。

午後三時より東和映画試写室にて、「悪魔のような女」を見る。

六時、第一生命ホールへゆく。芝居がはねてから、文学座の五人と共に、すぐ隣りの日活ファミリイ・クラブの、トア・エ・モア巴里祭パーティーへゆくに、上着とネクタイを着用していないので、入場を拒否される。私はアロハを着ていたのである。やむなく六人で田村町銀馬車へゆき、呑《の》みかつ踊る。となりの卓に力道山が来ている。

「悪魔のような女」は純然たるグラン・ギニョール趣味の映画だった。鶴屋南北がこの映画を撮ればもっと愛嬌《あいきよう》も詩情もある映画になったであろう。クルーゾオという監督は、いつも導入部がうまく、そして文句なしに佳いのは導入部だけである。「恐怖の報酬」でも、佳いのはいよいよトラックが出発するまでである。「悪魔のような女」でも、佳いのは女二人が犯行の予備行為のために出発するところまでである。くさりかけた鱈《たら》料理を夫人がむりやりに喰わされる場面の生理的悪感《おかん》はのちのちまでも残り、この映画の本当に残酷な持味はここだけであろう。

世間では心理的な残酷さと、肉体上のサディズムとをごっちゃにしている。この二つの関係はしかく単純ではない。

肉体上のサディズムには、意地悪さというものはみじんもない。サディズムは、ごく正常な能動的な性欲の、観念的な拡大、類推、敷衍《ふえん》のよろこびなのである。自由な客体とは言葉の矛盾であって、性欲における対象の客体化は、多かれ少なかれ自由の剝奪を意味するということは、しばしば言われている。衣服の文化の発達は、相手を裸にするというそのことだけで、いくらか無邪気なサディズムを満足させることになった。本来的に自由を欠いた存在から自由を剝奪することが何の意味をも持たないのは、この衣服と裸体との関係に似ている。それがどんなに不自由な衣裳《いしょう》であり、男に美しく見られたいという欲求からだけ生れた衣裳であっても、女の衣服は、女の自由と主体との表現なのであって、だから女は化粧と着物に憂身《うきみ》をやつして飽かない。愛される者にとっては、裸体とは瀆《けが》された自由に他ならぬ。

相手の確実に持っている自由を剝奪するというよろこび、抵抗によってますます増大するよろこびには、社会心理のごくふつうな類例から、酸鼻なサディズムにいたるまでの無数の段階がある。

性的異常は社会的異常と同じメカニズムをもち、いつも「手段と目的のとりちがえ」から生ずるが、サディズムもその例に洩《も》れず、欲望の一要素たる相手の客体化、相手の自由の剝奪が、それ自身目的化されるにいたったもので、ひとたび目的化された手段は、たちまちそれ自体の体系をそなえるようになる。かくてあらゆる性的異常には、抽象的情熱のごときものが随伴する。哲学上の新らしい一体系は、私には性的異常の一体系と、確実に照応しているように思われる。ドイツ観念論哲学の諸体系と、ナチズムによって露呈されたドイツ人の各種の性的異常とを、ひとつひとつ照応させてみることは可能である。

さて縄や鞭打《むちうち》や拷問《ごうもん》や流血の幻想に固定したサディズムには、苦痛と血が必須のものとなって来る。ここでもサディストは、一向に意地悪ではない。たとえ相手の苦痛を永びかせるための、精妙な工夫が凝らされても、意地悪さ、心理的な残酷さとは無縁なのだ。サディストの側において、相手の苦痛を見ることが快楽であるなら、相手の苦痛は、こちらの快楽の反映としてしかもはや考えられず、彼にとっては苦痛があらゆる快楽の要素なのであるから、相手も苦痛の表現をとおしてのみおのれの快楽を愬《うった》えることができる筈《はず》だと思う。これがサディストの論理である。当然、苦痛を受けて喜びの表情をうかべるマゾヒストは、サディストにとっては相手の快楽を推測するのに難いから、(つまり快楽の表現が、彼の考えるものと逆であるから)、サディストのよきパートナアではありえない。

サディストにとっては、真実の苦痛だけが必要である。ところがマゾヒストにとっても、拷問者の真実の憤怒《ふんぬ》だけが必要なのだ。

共にその幻想には、彼自身の性的快感の原因および結果に、まったく性的ならざる衝動を仮定する必要があり、かくてサディストとマゾヒストは、馴《な》れ合いで結ばれる場合はさておき、別々に幻想を抱いて孤独に生きることを余儀なくされる。

さてサディズムに於《お》いて、自由の剥奪が、どうして苦痛へ流血へと深まってゆくかは、説明を要する。(時には、常に、対象の自殺の幻影におわるサディズムもある)。しかし、相手を客体化する者たることと、加害者たることとは五十歩百歩である。サディズムによる、殺人の過程には、相手を人間から物質に還元してしまうあらゆる快楽の段階が見られるだろう。生きている人間が、ばらばらの死屍《しし》になるまでの過程には、人間の性行為のあらゆる段階の類推が可能であろう。こんな極端な事例が、かえってサディズムと、ふつうの性行為との間の類推を可能にするのに、多くのサディズムは部分的段階的誇張であって、おのおのの好む段階に膠着《こうちゃく》している。

苦痛の享楽《きょうらく》という過程的満足に、実はサディズムの本質的な逆説があるのだ。対象の苦痛は、サディストには生のかがやきそのもののように思われる。ふつうの性行為がサディストを満足させないのは、愛の客体化があまりに安易だと思われるからで、彼は芸術家のように自ら抵抗を設定し、強いられた客体化、つまり絶対に馴れ合いではない強制された客体化の幻想をえがき、対象から、「客体化されたいという欲望」を完全に取り除きたいと夢想する。彼はかかる抵抗する客体の、精神的苦痛を肉体に飜訳《ほんやく》して、肉体的苦痛として、わが目に見、それをはっきりたしかめたいと思う。（従って、相手の自由を剝奪した上での抵抗にだけ安心を感じるという点で、サディストは弱者である）。そして苦痛なき対象は、サディストにとっては、生気のない、半ば死んだようなものとしか見えないのである。

かくて、私はサディズムの一例から、あらゆるエロティシズムは抵抗を設定し、ついには征服不可能な抵抗を設定するにいたる、ということを言おうとしている。それはあながち、その衝動の反社会性による制約ではない。性的動機だけではその幻想をみたしえないサディストは、対象の苦痛の原因を、愛欲《あいよく》だと考えるよりも、刑罰だと想像することのほうをよろこぶ。決して自分が愛されないという情況の設定が、必要不可欠のものになるのだ。サディストの孤独は絶対的なものになる。

私がこんな、憂鬱《ゆううつ》な題目をあげつらっているあいだ、脳裡《のうり》にはたえずナフタの面影があった。「魔の山」に登場する怪奇な中世主義者、徹底的な反ヒューマニスト、拷問の讃美《さんび》者《しゃ》、醜い小柄な古代語教授ナフタ氏である。

あの小説のなかで、明朗なイタリア人の人文主義的合理主義者ゼテムブリーニは、論敵ナフタにくらべて、いかにも弱い。ナフタは怖《おそ》ろしい口調で言うのである。

「時代が必要とし、時代が要求し、時代が実現させるであろうもの……それは恐怖《テロール》です」

ナフタの厳格主義、そのテロール待望心理は、むしろマゾヒストとしての彼を想像させるが、マゾヒストもサディストも、たえず絶対主義を夢みていることでは同じである。マゾヒストは、彼を苦しめる相手を、愛人としてではなく、何か怖ろしい絶対的正義の具現者と考えることをのぞみ、サディストも、自分が苦しめる相手を、自分が苦しめているのではなく、何か絶対的正義の苛酷《かこく》な命令で苦しめられていると考えることをよろこぶのである。サディストにとっても、彼自身をその正義の権化《ごんげ》であると想像する満足からは、何ほどの快感も得られない。サディストの虐殺《ぎゃくさつ》のよろこびにも、マゾヒストの受苦のよろこびにも、絶対的正義、絶対的悪、などの至上命令に対する代理のうしろめたさ、あるいは仮装の不満が伴うのである。人間は愛慾によって神となることはできぬ。ただ彼自身の愛慾が、彼自身の絶対化を妨げる。同時に、人間は愛慾によって絶対的な悪に到達することも不可能なのである。サディズムの犯行が悪を装《よそお》っているとしたら、それは必ず虚栄心のかぶせた仮面である。

かくて愛慾には、彼自身の衝動とは別の行使者、神あるいは悪魔が仮定される必然性のあることを、サディズムとマゾヒズムは明確に教えている。ナフタの夢みた中世紀の社会は、マゾヒストの夢想の極致、つまり神を媒体とした拷問の受苦のよろこびを表わしている。二十世紀の社会では、政治と民衆とは、神を媒介としないサディストとマゾヒストの不本意な結びつきにおわり、エロティシズムの社会的不満足が顕著な時代現象になり、あらゆる精神的危機の、根柢《こんてい》的な原因のひとつになった。……

七月十七日（日）

晴。暑さややうすらぐ。

中村光夫夫人を見舞に東大病院へゆく。

永福門院の歌集は、戦時中佐々木治綱氏の編纂《へんさん》によって世に出たが、その後再版の話をきかないのは惜しい。

伏見帝の妃、永福門院は、鎌倉中期の人で、玉葉集の歌人である。玉葉集の撰者《せんじや》京極為兼《きようごくためかね》は、伏見天皇皇后の歌道の師であった。

当時、両統迭立《てつりつ》の時代で、大覚寺統の後宇多天皇のあとをつがれた伏見天皇は、持《じ》明院統《みょういんとう》に属していた。

歌道でも、俊成、定家、為家ののち、為家の三子は、二条家、京極家、冷泉《れいぜい》家にわかれ、相対立して、殊《こと》に京極為兼は持明院統につき、嫡家《ちゃっけ》である二条為世は大覚寺統につき、二つの政治権力と結びついた芸術上の対立、京極派と二条派の対立が激化されたのである。

私はこういういきさつに、大そう小説家としての興味を抱いている。一体これは芸術の政治的堕落なのであるか？　それとも政治の芸術的堕落なのであるか？

為兼の歌論の実践として撰出された玉葉集は、次の室町時代にいたって、世阿弥《ぜあみ》の詞章にまで影響を与えた。玉葉の歌人たちは、かくて万葉以来の歌道の歴史と、謡曲のふしぎなアラベスク的文体とをつなぐ橋なのである。そして一方では、京極派の敵手二条家によって、中世のもっとも神秘的な伝習のひとつ、古今伝授が、為世……頓《とん》阿《な》……堯孝《ぎょうこう》……東常縁《あずまつねより》……細川幽斎というふうに伝えられてゆく。すでに鎌倉末期から、京極派も冷泉派も、二条派に吸収されて、滅びてゆくのである。（横井金男氏の「古今伝授沿革史論」）

古今伝授と能楽とお伽草子《とぎぞうし》と五山文学とは、公家《くげ》と武家と民衆と僧侶《そうりょ》との、それぞれの中世的表現の代表的なものであった。この四つは、日本の中世的なるものの、われわれの目に見える四本の柱である。なかでも古今伝授は、奇怪をきわめたもので、切紙伝授における三鳥の口伝の一例を左にあげよう。

「婬《い》名負鳥《なおほせどり》

庭敲、此《この》鳥ノ風情《ふぜい》ヲ見テ神代ニミトノマクハヒアリ、是《これ》ニ依テ此名ヲ得タリ。（秋ハ年中ノ哀ヘ行ク境也《なり》、此零落ノ道ヲ興ス所、是帝心也、仍《よつて》入秋部。） 今上。

喚子《よぶこ》鳥《どり》

筒鳥、ツツトナキテ人ヲ呼ニ似タリ、依之有此名。（時節ヲ得テ人ニ告教ル心、執政ニ譬《たとへ》、帝ノ心ヲ性トシテ、時節ニ応スル下知ノ心也。） 関白。

百千《ももち》鳥《どり》

春ハ万《よろ》ツノ鳥ノサヘツレハ百千鳥ト云、仍テ此名アリ。（万機扶翼《ふよく》ノ教令ヲ聞テ、百寮各々ノ事ヲ成スカ如《ごと》ク、春来テ百千ノ諸鳥囀《さへづる》ト云心也。） 臣。」

こんな他愛もない象徴主義が、「化現の大事」であり、「至極極中の深秘、深秘秘中の極秘」なのであった。しかしここにも、歌道と政治との象徴的つながりが歴然としており、ヨーロッパの中世で政治とキリスト教が密接につながったように、日本では宗教のみならず、芸術上の神秘主義と政治との間にも連繫《れんけい》が生じた。能楽の神秘主義は、こうした歌道の神秘化の過程と照応して、それぞれの政治的パトロンと結びついている。ここからまさに、中世がはじまるのである。

私は永福門院を、こうした中世の到来を前にした最後の古典時代の女流歌人として考えてみる。和泉《いずみ》式部や式子《しょくし》内親王の系列の最後の一人、しかもその時代の独自性をその才能の上に高度にあらわした歌人として考えてみる。

永福門院は文永八年、太政大臣西園寺《さいおんじ》実兼《さねかね》の長女として生れ、十八歳で入内《じゅだい》し、中宮となった。二十八歳の時に、伏見帝御譲位により院号を賜わり、永福門院と称せられた。京極為兼が佐渡の流謫《るたく》の地から召還されてのち、女院《にょういん》は玉葉歌風に精進し、京極派歌人の中心になる。

女院の後半生は、四十六歳で尼となる年、為兼は土佐へ流され、翌年伏見天皇は崩御せられ、後醍醐《ごだいご》帝の御代《みよ》になって、二条派の勝利が確定し、孤独に包まれて送られる。六十四歳の年、建武の中興となり、時代の奔流をよそに、七十二歳で薨《こう》じたのである。

永福門院は、和泉式部や式子内親王のような、情熱の歌人ではなかった。師の為兼は万葉へ還《かえ》れと教えたが、女院が万葉からうけた影響は、抒情《じょじょう》においてよりも、抒景においてであった。そこでわれわれは、ユニークな一人の女流抒景詩人をもつことができたのである。

永福門院の晩年の歌は、孤独のなかで、彼女自身の深奥《しんおう》に達したものであるが、ここには個性というよりも静謐《せいひつ》な没個性があり、それらの歌を、建武中興のさわがしい革命時代を背景に置いて読むと、ふしぎな効果が生ずる。

彼女はカンヴァスを、擾乱《じょうらん》の時代の前に立てた。しかるに彼女の頑《かたく》なな目は、風景をしか見なかった。そして今日われわれの見るその風景画には、「まだ霧くらき曙《あけぼの》」や、「朝明の汀《なぎさ》のあし」や、「月さしのぼる夕暮の山」しか描かれていないのに、同時にこの小宇宙の清潔すぎる秩序と、情熱をもたぬ心と、ワイルドのいわゆる「人工的な人間にだけ自明な」自然愛好心と、自分の選択したものだけを見る頑なな目と、そういうもろもろの特質から、ひとつの時代の姿が、透かし絵のように浮び出てくるのである。

大ざっぱな言い方をすると、古今集の時代には、歌人の信奉した諸観念、月、雪、花、恋、春、秋、などの諸観念は、外界の秩序との間に、完全なコレスポンデンスを保っていた。新古今集の時代になると、外的秩序の崩壊、あるいは崩壊の予感の前に、歌人はこうした観念の実在性をも疑わざるをえなくなり、言葉それ自体の秩序のなかへ逃げ込んだ。定家は言葉をさまざまにたわめて見せ、詩語による観念世界の自律性を立証した。しかし永福門院にいたって、外的秩序も内的情熱も死に絶えた。彼女は一つの世界の死の中に生き、その世界の死だけを信じた。この風景画には人物が欠けている。彼女は裸かの自然と彼女自身とのあいだに、何か人間的なものの翳《かげ》がさすのを、妬《ねた》んでいたように思われる。

私の好きな永福門院の歌。

月もなきあま夜の空の明けがたに蛍《ほたる》のかげぞ簷《のき》にほのめく
山もとの鳥の声より明けそめて花もむら〳〵色ぞみえ行く
河千鳥月夜をさむみいねずあれやめざむるごとに声の聞ゆる
みるまゝに山は消えゆくあま雲のかゝりもしける槙《まき》の一もと
ちるとなみ花おちすさぶ夕暮の風ゆるき日の二月《きさらぎ》の空
ほとゝぎすこゑも高根のよこ雲になき捨ててゆく曙の空
小山田のさなへの色はすゞしくて岡べこぐらき杉の一村
山本はまだ霧くらき曙のすそ野は霧の色にしらめる
朝嵐は外の面《とも》の竹に吹きあれて山の霞《かすみ》も春寒きころ
吹きしをり風にしぐるゝ呉竹《くれたけ》の節ながらみる庭の月かげ
むら〳〵に小松まじれる冬枯の野べすさまじき夕暮の雨

山あひにおりしづまれる白雲の暫《しば》しと見ればはや消えにけり

沈みはてぬ入日は波の上にして汐干《しおひ》に清き磯の松原

七月十八日（月）

晴。風があって涼しい。

東京会館ルーフ・ガーデンで夕食。

「リオの情熱」という日本映画を見に行った。リオ・デ・ジャネイロのロケイションの場面を見たかったからだ。私の泊ったコパカバナ・パレス・ホテルのテラスも、壁のない市内電車も、コルコバードのキリスト像も、モザイクの鋪道《ほどう》もそのままである。リオの風光がどうしてこんなに強く心に愬《うった》えるのかわからない。思い出の中のリオはますます燦然《さんぜん》として来るので、たとえ機会があっても、私は二度と現実のリオを訪れようとは思わない。

映画そのものはすばらしい愚劣さだった。人間が出てくると、とたんに私は欠伸《あくび》を催おし、欠伸をすれば涙が出て来て、涙を拭《ぬぐ》わなければならないが、それがいつもいつも、愚劣な催涙的場面にぶつかるので、私をよほど感傷的な男だと思った隣りの観客は、しばしば私の顔をのぞき込んだ。

七月十九日（火）

雨ふり、又晴れ、又曇る。颱風《たいふう》の来襲が近い空模様である。来客二人。

ジュネーヴで四巨頭会談がひらかれている。トニー・谷の子供が誘拐《ゆうかい》された。

われわれは「知的」な、概観的な時代に生きている。これはほとんど巨人時代で、世界像がこんなにひろがりを失ったことはなく、航空の発達、通信の迅速は、太平洋もひとまたぎと思わせる。もしその上、われわれが巨人の感受性にめぐまれていたら、水素爆弾の実験も線香花火のごときものであろう。

例のビキニの実験における補償問題でも感じたことであるが、その実験を非人間的といい、反人道的というときに、われわれの人間なる概念は、すでに動揺を来《きた》している。私は政治的偏見なしに言うのであるが、水爆の実験をした国の人間が、被害国の人間に補償を提供するということの行為には、国際間の問題とか、人種的偏見の問題とかを超えて、人間の或る機能が、人間の別の機能に対して、慈悲を垂れているという感を与える。「知的」な概観的な世界像に直面している人間が、自分の一部分であるところの、そういう世界像と無縁な部分に、慈悲を垂れるとは何を意味するか。私は人間相互の問題というよりも、人間一般の内部の出来事、というふうに理解するのである。

たとえばわれわれは、水爆を企画する精神と無縁ではない。われわれが文明の利便として電気洗濯機を利用することと、水爆を設計した精神とは無縁ではない。科学はそういう風に発達して来て、精神の歴史にも関《かか》わって来たのであり、火薬の発明と活字の発明は、かつて手をたずさえて、封建制を打破したのであった。

現代の人間概念には、おそるべきアンバランスが起っている。広島の原爆の被災者におけるよりも、あの原爆を投下した人間に、こうしたアンバランスはもっと強烈に意識された筈《はず》であった。被災者は火と閃光《せんこう》と死を見た。それを知的に概観的に理解する暇はなかった。相手が原爆であろうと、大砲であろうと、小銃であろうと、被害者はいつも原始的な個体に還元され、死がさらに彼を物質に還元してしまう。しかし原爆投下者はどうだったか？　彼は決して巨人の感受性にめぐまれていたわけではなかった。彼の肉体は小刀にも血を流し、うすい皮膚の下には、こわれやすい内臓が動いていた。しかし彼には距離があり、はるか高みから日本の小さな地方都市を見下ろしていた。人間の同一の条件についての意識は隠蔽《いんぺい》された。むしろ彼はそれを押しかくした。おそらくいくばくの技術と科学知識にめぐまれていた投下者は、巨大ならざる自分の感受性を、あの知的な概観的な世界像の下に押しつぶすことを知っていたのである。そしてこういう小さな隠蔽、小さな抑圧が、十分あの酸鼻な結果をもたらすに足りた。

ところがこうした投下者の意識は、今日われわれの生活のどの片隅にも侵入していて、それが気づかれないのは、習慣になったからにすぎないのである。われわれは、新聞やラジオのニュースに接したり、あるいは小さな政治問題にひそむ世界的な関聯《かんれん》に触れたり、国際聯合を論じ世界国家を夢想したりするときのみならず、ほんの日常の判断を下すときにも、知的な概観的な世界像と、人間の肉体的制約とのアンバランスに当面して、一瞬、目をつぶって、「小さな隠蔽」、「小さな抑圧」を犯すことに馴《な》れてしまった。瞬間、われわれは巨人の感受性を持っているような錯覚におそわれる。私が諷《ふう》して巨人時代というのは、このことを斥《さ》すのだ。

かくて例の水爆実験の保障は、私の脳裡《のうり》でふしぎな図式を以《もっ》て、浮んで来ざるをえない。いずれも人間の領域でありながら、一方には、水爆、宇宙旅行、国際聯合をふくめた知的概観的世界像があり、一方には肉体的制約に包まれた人間の、白血球の減少があり、日常生活の生活問題があり、家族があり、労働があるのだ。この二つのものをつなぐ橋が経済学だけで解決されようとは思われぬ。この二つのものは、現代に住む人間の条件であり、アメリカの富豪にあっても、焼津《やいづ》の漁夫にあっても、程度の差こそあれ、免れがたい同一の条件なのである。ただ例の保障の場面では、この二つのものが典型的な現われ方をし、典型的な衝突に陥って、人間にとっていずれも不可欠な二条件の、一方の条件が一方の条件に対して慈悲を垂れ、金を払ったのである。そして慈悲を垂れることが侮蔑《ぶべつ》を意味するなら、この現象は、人間が人間を侮蔑し、人間の或る価値が他の価値をおとしめつつあることに他《ほか》ならぬ。人間内部の問題だと云ったのはこのことである。

さて、こうした「巨人時代」が来てから、巨人的な精神というものは、徐々に必要でなくなり、半ば衰滅しており、政治の領域でさえ、四巨頭会談という用語は、首をかしげさせることになった。世界の国々をめぐって飛行機旅行をした人には、実感のあることであるが、そのひどく無機的な旅の印象には、われわれの統一や綜合《そうごう》をめざす精神の動きは入りこむ隙《すき》のない感を与えられる。われわれはただ地上を地図のように考え、与えられた概観に忠実であることによってしか、世界を把握《はあく》することができぬ。現代は、丁度こうして、常住飛行機に乗っているようなものである。諸現象は窓のかなたを飛び去り、体験は無機的になり、科学的な嘔吐《おうと》と目まいは、われわれの感覚を占領してしまう。

精神はどこに位置するのか、とわれわれは改めて首をかしげる。巨人的な精神とは、一個の有機体であって、こんなものを容《い》れる隙が世界にはなくなった。巨人的な精神とは、精神それ自体の法則に従って統一と綜合を成就したものであるから、その肉体的制約と世界像の間には、小宇宙と大宇宙のような相互の反映があって、しかも堅固な有機的基礎に立っていた。そういうものが人間と称されていたのに、人間概念は崩壊したのである。人間愛はかくて侮蔑的なものになった。なぜならそれは、人間が人間を愛することではなくて、誰も信じなくなった人間概念を信じているようなふりをすることであり、ひいては人間の自己蔑視に他ならなくなったからである。

それでもなおかつ、精神がどこに位置するか、という問は、さまざまな形で問われている。私がさっき挙げた二つのもののその後者、その肉体的制約のうちに、精神をおしこめて、そこから出発しようという思考の形は、二十世紀初頭からいろいろと試みられた。こうした傾向は、明らかにもう一つの傾向、つまり知的概観的世界像が形づくられようとしている時代の予感に対抗して生れたものである。その結果、二十世紀におけるほど、精神が肉体の形をなぞり、肉体に屈服したことはなかったのである。精神固有の形態は、かくてすでに十九世紀末に崩壊し、ふたたびギリシア時代が再現して、肉体と精神の親密さが取り戻されたかのようであった。しかし根本的なちがいは、ギリシアの精神が美しい肉体から羽搏《はばた》き飛立ったのに引きかえて、二十世紀では、精神がおそれおののいて、肉体の中へ逃げ込んだのである。

一方では、通信交通の発達から、精神のゆっくりとした統一と綜合の作用は追い抜かれ、哲学の使命である世界把握は、普遍的な概観的世界像によって追い抜かれた。今日、斬新《ざんしん》な哲学は、ニュースによる世界把握の上に組立てられ、哲学のみが世界像の把握に到達する唯一《ゆいいつ》の小径《こみち》であったような嘗《かつ》ての状態は消滅した。そしてこの世界像を更新し、拡張してゆく作業を、今では科学が受け持っているのである。

精神はどこに位置するか？　精神は二十世紀後半においては、人間概念の分裂状態の、修繕工として現われるほかはない。統一と綜合の代りに、あの二つのものの縫合の技術が、精神の職分になるだろう。それがどんなに不可能に見え、時にはどんなに「非人間的」に見えても、精神はこの仕事のために招かれているのである。その縫合の結果が誰に予見できよう。もし再び、肉体的制約の中へ人間が確乎《かつこ》として立ち戻り、科学のあらゆる兇暴《きようぼう》な進歩を否定することになろうと、それが簡単に精神の勝利だと云えようか？　また、万一、各人が肉体的制約を離れて、まさしく巨人の感受性をわがものにするようになろうと、それが簡単に精神の敗北だと云えようか？　精神は縫合をすませれば、いずれは本来の動きに戻って、しゃにむに統一と綜合へ進むだろう。

さて、芸術は、もっとも頑《かたく》なに有機的なもののなかに止《とど》まりながらも、もし精神がそれを命ずれば、どんな怖《おそ》ろしい身の毛のよだつような領域へも、子供じみた好奇心で、命ぜられたままに踏み込んでゆくにちがいない。

七月二十日（水）

快晴。午後逗子《ずし》へゆき、渚《なぎさ》ホテルを根拠地にして、海水浴をする。

ラシーヌの「フェードル」とエウリピデスの「ヒッポリュトス」との比較。

ラシーヌも自分で言っているように、アリスィー姫を登場させたことが、根本的な相違になっている。このことがイポリィト（ヒッポリュトス）の性格を、すっかり変えてしまい、劇の題名も、「ヒッポリュトス」から「フェードル」へ移行し、中心も移行する。

エウリピデスの作では、最初にアフロディテーの預言がある。若い武骨なヒッポリュトスは、恋の女神アフロディテーをさげすみ、処女神にして狩猟の女神アルテミスをのみ尊崇して、「此《こ》のトロイゼーンの地の市民等の中只彼一人妾《わらわ》を神々の中最も賤《いや》しき者と称し、婚姻を侮蔑し、娶《めと》ることをせぬ」がために、神罰を受けねばならず、そのカセとして、パイドラーの心に、神意によって、あやしき恋心が植えつけられたのである。

私にはラシーヌの作り変えの、二つの難点があると思われる。エウリピデスの作では、ヒッポリュトスはこんなに粗暴な少年であるから、パイドラーの恋慕を知ると、荒々しく面罵《めんば》する。この粗野な怒りと単純な正義感を見れば、パイドラーならずとも、父王への告口を予期して、対策を講じなければならぬ。ここでこういう強め方をしておかなければ、又後半の悲劇は引立たぬ。しかるにラシーヌのイポリィトは、十分都雅に、しかしあいまいな態度でフェードルの恋の告白をきき、きいているあいだから逃げ腰で、ききおわると本当に逃げ出してしまう。エノーヌの白《せりふ》ではないが、「何かと言うとすぐ逃げようとするあの恩知らず」である。こんな礼儀正しいイポリィトでは、フェードルが、彼の父王への告口を怖れようにも、ただ彼が父の名誉を重んずるから、というくらいの理由しか見当らない。「フェードル」を読むたびに、ここの大事な転調が、私には不自然でもあり、力を欠いているようにも思われる。これが第一の難点である。

次に、エウリピデスの作では、パイドラーがタイトル・ロールでないせいもあるが、劇半ばで自殺してしまう。その死を賭《か》けた讒言《ざんげん》は、ただ遺書として残されているだけであるから、テーセウス王は、他人を詮議《せんぎ》するいとまもなく、この遺書を鵜呑《うの》みにして、まっこうからその讒言を信じることが、すこしも不自然ではない。しかるにラシればならぬ。このためテゼ王の讒言の信じ方は、ひどく単純にも軽佻《けいちょう》にもなり、こんな理性の失い方は、王たる者にふさわしくないように見える。いかにテゼの目が、妻への愛のために盲目になっていようとも、息子の弁疏《べんそ》を一言も耳に入れないテゼは、愚かしい小人物としか見えないのである。これが第二の難点である。

希臘劇《ギリシア》は単純な構成で、人物のデッサンも粗書であるが、心情の自然さで、（あんなに奇怪な予言どおりに事件が進行するにもかかわらず）、ラシーヌを凌駕《りょうが》している。ラシーヌは整然たる幾何学的構成、美しい詩句、を持ちながら、登場人物の力学的関係を、同一次元で展開した結果、右のような難点を残すことになったのである。

ラシーヌがアリスィー姫を登場させたという制作心理には、人間の本来的邪悪を信じるジャンセニスムが介入していて、イポリィトの無垢《むく》を、ヒッポリュトスのような神的な完全な無垢にまで高めまいとする配慮があったのではあるまいか？　イポリィトの無垢は、「フェードル」では、ただ道具に使われている。すなわち、フェードルはまず、おのが恋の叶《かな》わぬ理由を、「誰彼の差別なく女性というものに」彼が抱いている宿命的な憎悪《ぞうお》にしか見出《みい》ださず、「それならわらわは、恋敵に負かされることもない」と揚言するのであるが、彼のアリスィーへの恋慕を発見するとき、フェードルは今度は絶望的な嫉妬《しっと》にかられる。そういう心理のどんでん返しのためにだけ、この無垢の伝説が利用されているにすぎない。かくてイポリィトは、観客の目に、最初の場面から、その超越性をはぎとられて現われるが、エウリピデスのヒッポリュトスは、超越的絶対的存在、何ものも汚すことのできぬ若さと無垢の半神なのである。

七月二十一日（木）

前夜より完全徹夜。午後読売新聞社へ小説の調査にゆく。

七月二十二日（金）

快晴。きのうから案ぜられていた豆颱風《たいふう》も悉《ことごと》く消え、トニー・谷の子供も無事に帰った。

海上保安庁の観閲式というのに招かれたので、朝六時半に起きて、八時半竹芝桟橋発の宗谷《そうや》という船に乗り込んだ。丁度、田中澄江さんも同船で、船が午後五時に帰航するまで、好い話相手ができた。

午前十一時、横浜港外で観閲式があったが、受閲船は十隻《せき》あまりであった。

「一番船ＣＳ一七山菊、二番船ＣＳ〇五皐月《さつき》、海上保安庁の小型巡視船であります」

とマイクが報ずる。

宗谷と平行に通るその巡視船の甲板には、チェスの駒《こま》のように、灰青色の制服の乗組員が同じ間隔で並んでいて、姿は不動だが、胸もとの紺のネクタイだけが、海風にひらめいている。

そのあとで、ヘリコプターによる遭難者救助作業というのが行われ、港内にぽつりと浮いている遭難者の上に、まずヘリコプターは浮袋を投げた。大そう暑い日で、この遭難者の役は、涼しく安楽にみえた。やがてヘリコプターはもう一旋回して来て、サーカスのブランコのようなものをするすると下ろし、それに遭難者が腰かけると、ブランコは引き上げられて、空中にひらいた二つの足が、まわりながら上昇して、ついにはヘリコプターの機体に吸い込まれる。みんなは拍手したが、おそらく水泳の達者なこの遭難者はひどく物馴《ものな》れていて、何か脱脂したあとの牛乳のように、遭難、椿《ちん》事《じ》、救助、というような烈《はげ》しい言葉から、エッセンスがまるで脱《ぬ》けていると謂《い》った、妙な見世物である。

……船首の上甲板で、金いろの吹奏楽器をまばゆく夏の日にかがやかせて、海上自衛隊から借りられてきたブラス・バンドが演奏をはじめた。

……それにしても、どうして私はこうまで船が好きなのかわからない。

七月二十三日（土）

一日曇。甚《はなは》だしいむしあつさは、九号と十二号の颱風の谷間に入ったためだという。夜、二階の窓から多摩川の遠い花火を見た。青と紅《あか》の乱れ柳は美しく、空いちめんにひろがる薬玉《くすだま》のような花火もあった。仕掛花火のときは、音だけがして、そのほうの空の裾《すそ》が、銀箔《ぎんぱく》を張ったように明るみ、やがて煙に包まれた。八時ちかく、俄《にわ》かに窓下の笹の葉が雨音を立て、雨になった。

七月二十四日（日）

晴。風あり。雲多し。午後、国立第一病院に中村光夫夫人を見舞う。六時より文学座千秋楽。カーテン・コールのとき、舞台へ出て、花束をもらった。かえり長岡さん、宮口氏などと、アストリアで少々呑《の》んだ。

叙事詩というものを考えると、私にはまるで硝子《ガラス》張の人体のように、行為する人間の心が、外側からもはっきり見えるという仮構が、叙事詩を成立たせる唯一《ゆいいつ》の条件だったと思われる。今日では事実の領域は不可知論の中に埋もれ、社会がひろがればひろがるほど、その謎《なぞ》は深まってくる。一つの事件に立ち会った人々の証言は、喰いちがってくるのがならわしであり、大きな社会的事件は、必ず永遠の不可解を秘めている。しかし人間世界で起る事件である以上、事件の核心には必ず人間の心がある。その心が外側からもはっきり見えるという仮構が、近代社会では成立たないだけである。強いて言えば、オリンピック競技の勝利の一瞬などというものは、その稀《まれ》な一例かも知れないが、スポーツは叙事詩の素材となりえない。古代希臘のスポーツは、武技としての終局の目的を戦場に持っていた。叙事詩は戦場を描けば足りたのである。

叙事詩を読んで今日われわれのおどろくことは、そこに語られたあらゆる行為が、少しも不可知論の影を帯びていないことである。しかし戦いであれ、犯罪であれ、人間がひとたび行為へ躍り込めば、判断は単純化され、心は外側からもはっきり見えるほどに、簡素なものになることは、現代も古代もかわりがない。しかし近代社会は行為の信仰を失ったから、たちまち人間の心は目に見えぬものになり、行為の惹《ひ》き起す結果たる事実は、不可知論に埋もれることになった。近代法律学の問題にするものは、犯行ではなくて、犯意の有無である。犯罪ではなくて、犯罪構成要件である。スポーツもまた、純粋行為というよりも、無動機性の約束の上に立った近代社会のさまざまな遊戯の一つになった。

敵に対する剣の一撃は、明瞭《めいりょう》に敵意を推測させる。叙事詩の心理法則はすべてそこに係っている。だが、近代社会の心理主義も、ようやく底をつき、叙事詩の法則が要請される時代が来ている。それは古代とは逆な事情からではあるが、心と行為とが、極端に離れ合うような事情が起ったからである。一都市を壊滅させるような爆弾を炸《さく》裂《れつ》させるボタンを遠隔地から押す人間の心には、敵意というものがあるだろうか？犯罪もまた、同じような傾向をもつ。ドイツの或る犯罪で、電話帳で引いた見知らぬ人名宛《あて》に、爆弾入りの小包を送った男があった。心を持たない行為が、独立して横行闊歩《かっぽ》するようになれば、それをあくまで人間の問題として引きとどめるために、人間に出来ることは、行為そのものの中に善や悪の心を透視するという仮構を信じることしかないのである。

さて、行為から透視される人間の心について、近代の発明したもう一つの擬制は社会であり社会機構である。一つの行為は、かくて無数の責任の遡及《そきゅう》の連鎖のうちに埋もれる。叙事詩の人物は男らしく自分の行為を、自分の上に引受けるが、行為は今や堂々めぐりをして、誰が真の行為者か不明になった。むしろ擬制としての社会機構が、それを引受けることが便利になったのである。

こうして事実の世紀と呼ばれる現代では、行為の代りに事実が繁茂している。ジャーナリズムは決して表現を試みない。事実が行為を吸収している時代では、表現の契機はつかむことがむずかしい。不可知論に埋もれている事実の領域で、ジャーナリズムの試みることとは、事実の世界と事実の世界の仲介の仕事だけであり、伝達可能の範囲で伝達にいそしんで満足している。しかし表現の真の機能は、伝達不可能のものを伝達することなのである。

叙事詩の行為、……真の行為というものは、本質的に不可知論と無縁のものなのである。一つの行為を前にして、ジャーナリストが表現の力を失うのは、行為がたちまち目の前で分解して、心は無限の心理の沼へ、行為の責任は無限の遡及へと、ばらばらに散り失せ、かくてそれを事実の範疇《はんちゅう》でつかまえるほかはなくなる、まさにその時である。これに反して表現がはじまるのは、明晰《めいせき》さの困難から、だけである。

硝子張の人体のように、行為する人間の心が、外側からはっきり見える、……このどう仕様もない明晰な状況だけが、芸術家に表現の契機をつかませるのだ。なぜなら行為は、厳密に人間の個人的な体験である。芸術家は明白にこの行為に対して他者であって、叙事詩人には、近代のジャーナリストのような何でも「われわれ共通の問題」に還元してしまう手品の技術の持ち合わせはなかった。表現の法則、芸術の法則を、真の行為はおのれを後代にのこすために、要請し、呼びもとめる。叙事詩人の任務がはじまる。彼はその行為を、英雄個人の経験主義的法則から離脱させて、英雄にとってその経験が与えられたが如《ごと》くに、人間の情念の普遍的法則に従って、一般人にその経験と同質の情念を与えようとする。事実の世紀ならぬ表現の世紀では、かかる伝達不可能なものだけが、伝達するに足りたのである。そしてわれわれが叙事詩からうけとる教訓は、こうした伝達不可能なもの、しかし鞏固《きょうこ》に明確にそこに存在するもの、行為の本質というべきものに、直面する契機をつかむことが、芸術家の任務だという教訓であろう。行為はまだ死に絶えてはいないのである。

七月二十五日（月）

快晴。風は強いが、むしあつい。午後三時より「夏の嵐」試写会。暑い試写室で、イタリア風の油っこい恋愛心理劇を見せられて、暑苦しい。おわって、「芸術新潮」が、その批評を、庄野潤三氏と、山岡久乃さんと、私にさせる。庄野氏はすっかり肥《ふと》って、中村光夫氏と見ちがえるほどよく似て来た。

東宝劇場へゆき録音室で、中幕のレビュー式所作事「春夏秋冬」を見た。家へかえると、机に置いて出た日除《ひよけ》眼鏡を、猫と犬が共同で嚙《か》みやぶってしまっていた。この眼鏡の玉は合成樹脂でできていたので、何か特別の味がしたらしい。

七月二十六日（火）

酷暑。三十四・五度にいたる。午前十一時から、演舞場へ文楽の出開帳《でかいちょう》を見にゆく。「夏祭」「千本の道行・四の切《しきり》」「野崎」などである。

夏祭は本来人形のものだが、人形で見たのははじめてである。しかし人形の演出にも、歌舞伎の演出が、相当逆輸入されているものと思われる。いつ見てもこの芝居は、単純明快で、スピーディーで、闊達で、面白い。

千本の道行は、二十一挺《ちょう》二十枚の豪華版で、静《しずか》の人形を文五郎が遣《つか》った。

次の四の切の河連館で、静が鼓《つづみ》を打つ、

「手じなもゆらに打鳴らす」

の件《くだ》りでは、私の背筋をふしぎな戦慄《せんりつ》が走った。英国人は沙翁《さおう》劇のある箇所で、フランス人はラシーヌ劇のある詩句で、同じような戦慄を感じるのであろう。

こういう瞬間、耳から入る日本語が、まさに言葉それ自体として生きているのを感じるのは、喜ばしいことである。子供のころから、狐の化現の物語に馴染《なじ》んでいる日本人の私には、こんな些細《ささい》な一句、丁度魂呼《たま》ばいの梓弓《あずさゆみ》の弓鳴りのように、狐を呼ぶ鼓の音を思わせる一句が、伝習の深い記憶と、音韻の美しさと、二つのものの神秘な複合体として心に浮ぶのである。「てじなもゆらにうちならす」・i音とa音とu音との微妙な配合のうちに、鼓を打つ静の恐怖の手が、打ち迷うさままでがうかがわれ、鼓が決然と鳴る前の、手さぐりの音のたゆたいまでが感じられる。

意味のほとんど不明な言葉で、ときどき私の記憶のなかに突如としてひびきわたり、あとまで恐怖に似た妖《あや》しい感銘をのこす一句は、これだけではない。「百石讃歎《ももさかさんたん》」という古讃の一句がそうである。

「百石に八十《やそ》石《さか》そへて給ひてし
乳房の報い今日ぞわがするや、今ぞわがするや、
今日せでは、何《いつ》かはすべき
年も経ぬべし、さ代《よ》も経ぬべし」

この古讃の表面上の意味をはなれて、初読の折、その「乳房の報い」という一句からうけた、怖ろしい感銘は、この古讃全部の感じを、爾後《じご》まるで別箇のものに変えてしまった。私は註釈《ちゆうしやく》も何もなしに、「乳房の報い」という言葉から、ただちに賽《さい》の河原の陰惨な情景を聯想《れんそう》したのである。そしてこの明るいはずの宗教的な讃歌は、血みどろの母胎や、孤独にとりのこされた黒ずんだ乳房の歎《なげ》きや、子供たちに課せられた劫罰《ごうばつ》や、どろどろした暗い陰惨な罪業のイメージを私の心に喚起してやまない。それは殆《ほとん》ど呪《のろ》いのようにきこえる。

「……たまひてし乳房の報い……」

古い母国語がその意味のあいまいさで、現代のわれわれに及ぼす異様な力には、一筋縄では行かぬものがある。伝承のあやまりにも、民族的なイメージの屈曲のうちに、或る意味がひそむにいたるのである。「潟《かた》を無《な》み」が「片男波」という具合に、明白な誤まりを犯して伝承される場合にも、一たん意味を失った言葉の音楽的要素だけが、別の意味に仮託され、それがまた新たなイメージを、言葉の上に富ますにいたったことは、中世以後の懸詞《かけことば》の流行と共に、日本文学の不可思議な、謎のような伝統の一支流を形づくった。言葉の附会や仮託から生れるイメージの転換は、ヨーロッパの超現実主義よりずっと昔から、東洋の御家芸の一つであった。

たとえば、中国の文字は一字一音一義であるのに、同じ字を重ねる「重言」や、上下の二字の子音をそろえる「双声」や、上下の二字の母音をそろえる「畳韻《じょういん》」によって、さまざまな熟語が作られるにつれ、意味内容とは離れた対偶の美が求められて、駢文《べんぶん》というものが生れることになる。

ヨーロッパのようにジャンルの分化が行われず、絶対音楽も純粋絵画も生れなかった東洋では、ついこの間まで、言葉のなかに、音楽からの要請も、絵画からの要請も、やすやすとうけ入れられるのが常であった。ある場合には言葉は音符のごときはたらきをし、ある場合には言葉が絵具の役割をうけもった。意味内容を離れた言葉のこのような越権を、みとめなくなってからすでに久しい筈《はず》だが、今なお、われわれが言葉の異様な力に魅せられ、そのとき、半ば妖精《ようせい》的ではあるが、言葉がまさに生きていると感じるのは、古語のこうした越権の作用そのものに、魅せられていることが多い。
私はここで、読者の心にも、同じような神秘な感銘を与えるために、伴信友《ばんのぶとも》の「鎮魂伝」から、怪奇な鎮魂歌を引用しよう。
「あちめ　おおおお　おおおお　おおおお　あめつちに　きゆらかすは　さゆらかふ
かみわかも　かみこそは　きねきゆう　きゆらかす
あちめ　おおおお　おおおお　おおおお　いそのかみ　ふるのやしろの　たちもか
と　ねかふそのこに　そのたてまつる
……………………。
あちめ　おおおお　おおおお　おおおお　みたまかり　いにましかみは
いまそきませる　たまはこもちて
さりたるみたま　たまかやしすやな」

「歌の始に、アチメ、オヽと云へるは、神楽《かぐら》歌に唱ふる、例の詞《ことば》なり。其《それ》を阿知女ノ法とて、古本の神楽譜に見えたり」と、伴信友は註している。

七月二十七日（水）

快晴。酷暑。前夜、胃痛で寝不足。午後、海へゆき、十時すぎ帰宅。

コンスタンの「アドルフ」こそは、再読三読に堪える小説である。最近、永らく埋もれていたコンスタンのもう一つの小説「セシル」が、窪田啓作氏によって訳された。多忙にまぎれて、私はその訳書をなかなか読まなかった。やっと読んだ。これを機に「アドルフ」も再読した。

とんでもない比較だが、アドルフの弱さと太宰治《だざいおさむ》の弱さとは、何たるちがいであろう。私がアドルフの弱さを愛してやまないのは、それと正反対の文体の強さのためである。弱さを表現し、自分の内面のこの病菌に頑強に耐え、自分の弱さをひとつも是認せず、しかもその弱さを一瞬も見張ることをやめない精神！　こういうものと、太宰のふにゃふにゃな文体の暗示するものとは何たる相違であろう。しかし私が太宰の悪口を言い出したらキリがなくなるから、ここでやくたいもない比較文学（！）に耽《ふけ》ることはやめにしよう。

「アドルフ」……多忙な政治家によって書かれた小説、しかも作者自身によって重んぜられず、後世の評価によって古典の位に昇った小説は、それ自体、いかにも数奇《さっき》な偶然によって生み出され、遺《のこ》されたものと謂《い》った印象を与える。これはカツカツの、ぎりぎりのところで芸術作品として成立ったもので、アドルフの明敏がもう少し度を過ぎ、その無能力がもう少し甚だしかったならば、芸術作品としての像を結ぶ機会は、永久に失われたのではないかと思われる。ティボーデが、だからアミエルを想起しているのは正しい。しかしそもそもコンスタンにとって、「アドルフ」のごとき珠玉の作品を成したことが、アミエル的孤独からの些《いささ》かの救済を意味したかどうかは疑われる。ティボーデはいみじくも、「この偉大なヴォー出の人物は、自らの裡《うち》に絶望的に見守っていた知力と無気力との複合物を著作に表現した」と書いているが、「アドルフ」はおそらく、また「セシル」はそれにもまして、著作と日記乃至《ないし》覚書とのすれすれの線上にあり、こんな裸かの小説は空前絶後であり、どんな小説家もコンスタンと比較すれば甘く見えることは必定である。

しかし「アドルフ」や「セシル」の読後に襲われるいいしれぬ陰惨な感銘は、その甘さの完全な欠如と共に、小説としては異様なものであるが、しかし一般的にさほど特異だというわけではない。ラ・ロシュフコオやレオパルジの読後感の陰惨さがこれに匹敵する。ただ不思議議は、なぜこれほども夢想を知らない分析が、随想やマキシムの体を成さず、ひとつの芸術作品に成ったかということなのである。「アドルフ」の稀有《けう》な点は、当時においても今日においても、およそ表現に達しない性質のものが表現されたという点にあり、いささか不まじめな比喩《ひゆ》だが、ついに捕われずに死んだ大泥棒が書きのこした告白とでもいうような特質を帯びていることである。これもおそらく文学史の犯す気まぐれの一つで、後世たまたまこうした傾向が、別種の傾向の反動として盛んになったとき、「アドルフ」がその象徴ともなり典型ともなって再評価され、それがむりやり小説として古典の座に祭られてしまったにすぎず、それでも依然として「アドルフ」は、方法論的に不可能な生産物であり、同時代のシャトオブリヤンを尻目《しりめ》に見下して、今日なお生きた古典たりつづけているのである。そしてそのことには、コンスタン自身固有の病的性格と信じたアドルフのような性格が、今日では全世界に一般化されたことも役立った。ハムレットとアドルフ。

「アドルフ」にしろ、「セシル」にしろ、たえず裏切られる情熱の不満は読者について離れず、こういう小説が十九世紀末のペシミストに与えた満足のほども察せられるが、コンスタン自身、アドルフの優柔不断が、いかにも非小説的な逆転を行うところでは、作中しばしば「人はこれを信じるだろうか？」と註している。「アドルフ」では第九章のおわりちかく、「セシル」では、訳書で第七期の、ブザンソンから一里の地点で、風雨をついて来るセシルに対する「私」の態度に、こういう逆転の劇的効果が見られる。コンスタンを熟読すると徐々に気のつくことだが、コンスタン自身こういう劇的効果を明白に意識している。これもまた「小説の中で行われた小説の批評」と言えぬこともなく、「アドルフ」や「セシル」では、主人公の反浪曼《ろうまん》的な態度、この神のごとく自分の感情の真実に忠実な男が、読者の期待を裏切って、もう一歩で成就される解放の前から、思いがけなく引返すという態度が、そのまま、この二作品のロマネスクを成しているのである。そしてこのサスペンスは、すべて主人公の性格に帰せられているので、何度濫用《らんよう》されても涸《か》れることがない。かかる主人公の突然の心変り突然の引返しは、それを宿命づける周到な分析を先立てているにもかかわらず、少くともその瞬間においては分析不可能なものであり、作者自身「人はこれを信じるだろうか？」と註しているとおり、分析の限界を超えている。この突如として背《そびら》を返すアドルフの姿には、一種の行為のごときものが感じられる、（スタンダールの主人公の行為との何たる相違！）自由意志による行為の代りに、同じく人間にとって本質的な、屈従への意志による行為の小説。しかももっと逆説的なことには、一旦背を返して、鉄のような女に対する屈従のもとへいそぐあいだ、少くともそのあいだだけは、アドルフ、この逆説的行為者の身には自由が溢《あふ》れているのだ。コンスタンの小説的配慮は、第十章のエレノールの死の前に、彼女が必死で自分の書いた手紙を探し、死後もそれを読まずに焼いてくれと、アドルフにたのむ件りに窺《うかが》われる。これはいかにも十八世紀的な小説家の配慮である。もしコンスタンが、メリメ（気質的にまさにコンスタンの双生児）のように物語的世界の造型に、何ほどかの慰藉《いしゃ》を見出していたら、アドルフの代りにサン・クレールを描き、「エトルリアの壺」を書いたであろう。しかしコンスタンの裡の批評家は自分の作った物語的世界をも、打ち壊してしまう。彼は必ずその欄外から、明敏な第三者をして、批評の鉄槌《てっつい》をふり下させるのである。

「アドルフ」の末尾についている「刊行者への手紙に対する返事」のなかで、「かつ私は、筋道さえたてばそれでいいと思い込むような男の自惚《うぬぼれ》が嫌いです。自分がなした悪を語りながら、実は自分自身のことを語り、自らを描いては人の同情を獲《え》るのだと自負し、女の苦しみの跡を平然と見下しては、悔いはせず、自己分析をするあの『虚栄』、私はああした『虚栄』が嫌いです」

さらに「セシル」において、ピエチストの従兄《いとこ》からは、「アドルフ」と「セシル」に対するもっとも簡潔な、もっとも怖るべき批評が、一言のもとに下される。

「あなたに必要なのは、あなたの意思と事件とが一致することです」

この一言は、「アドルフ」と「セシル」の文学批評上の自己否定とさえとれるのである。

まだ「セシル」を読まないうちの私は、「アドルフ」におけるあのような無能力の分析も、政治的能力ある作者の、客観視された一面の拡大であり、真率の自己分析であるとともに仮構の自伝であり、さればこそ、アドルフはエレノールの死後も、生涯為《な》すなき生活をつづけ、作者は身をひるがえして、「自由主義の使徒」としての生涯を送るのだ、と考えていた。なぜならアドルフに欠けている最大の徳は自己放棄であって、かくも明敏なアドルフも、このことについての反省はしないのである。もっとも恥ずべき告白に際してすら、平静さの矜持《きょうじ》がアドルフを支え、どんなに罵詈《ばり》雑言を吐いたあとでも、女が窮境に陥れば騎士道精神を発揮する。アドルフはいつもそれを自分の弱さだというが、この弱さには、たえて卑《いや》しさの影がなく、必ず女は彼よりももっと弱者なのである。……私は読み進みながら、何度アドルフは、この弱さの言訳のもとに、おのれの男性的美徳を衒《てら》おうとしているのだ、と疑ってみたか知れない。人が雄弁によって虚栄心を満足させるところを、コンスタンは極度の簡潔さによって、そうする。たとえば「私たちは決闘した。私は彼に深手を負わせた。私自身も傷ついた。」と殊更《ことさら》たった一行で書くコンスタンに、私はこういう衒気《げんき》を感じた。しかし「セシル」を読むに及んで、「私」が心の底では半分軽蔑《けいべつ》しながら、もっぱら精神の平静の便宜のために、敬虔主義者《ピエチスト》に近づく件《くだ》りで、アドルフの唯一《ゆいいつ》の盲点もまた、明々白々たる光線のもとに、くつがえされているのを見るのであった。

今度私がコンスタンのうちに新たに見出《みいだ》したものは、そのいかにも十八世紀風な、暗澹《あんたん》たるユーモアである。(「アドルフ」は十九世紀初頭一八〇六年に書かれた)。決して「恋」と言わず、「恋に似た昂奮《こうふん》」と書くところのユーモアである。一八〇四年十二月二十八日、「私」がセシルに再会する件りでも、「私は想っていたよりも感動しなかった」と書くコンスタンはわれわれを微笑《ほほえ》ませる。この「想っていたより」というユーモラスな一句が、「アドルフ」と「セシル」の尽きざるリフレインなのである。

ティボーデはこう書いている。

「しかも(「アドルフ」は)ナポレオンと同時代人の手に成っているのだ。というのは、『アドルフ』は同時に合意の隷属《れいぞく》の小説であり、自由への天賦《てんぷ》をそなえた人間によるこの隷属の分析であるからだ」

「アドルフ」の背後には、フランス革命とナポレオンがいる。エレノールのモデルと目されるスタール夫人は、アンシャン・レジームの最後の改革者ネッケルの娘である。

そして「アドルフ」が書かれる六年前に、ナポレオンはフランス革命にピリオドを打つ次のような言葉を参議院で吐くにいたるのである。

「われわれは革命のロマンを終結した。革命の諸原則の適用において、現実的なもの、可能なものだけを見なければならない」

ナポレオンは革命の幻滅のうちに出現したが、自由主義者たり立憲王制主義者たるコンスタンは、ナポレオンによって自由の理念の幻滅を味わった。一七九九年、ナポレオンが第一執政官になると、一旦コンスタンは護民官に任ぜられるが、やがてナポレオンの専制的計画に反対を唱えて、その地位を追われる。

「アドルフ」の中に、百ぺんもあらわれる「自由」という言葉には、自由の汚辱の観念がつきまとって離れない。コンスタンの性格と時代の政治の間に存在したこのふしぎな暗合が、「アドルフ」という簡素な心理小説に、あたかもフロオベルの「感情教育」のような、時代病の背景を与える。スタンダールは、コンスタンよりも十七歳年少であった。こんなわずかな時代の差が、(時代の差だけではないことは勿論《もちろん》だが)、「赤と黒」のジュリアンの背後には、あのように天翔《あまが》けるナポレオンの英姿を、揺曳《ようえい》させることになるのである。

ジュリアンはアドルフに比べれば、はるかに甘い。その魂ははるかに若々しい。真の芸術家の特徴をなすこのような天真さ(Naivität)を、おそらくコンスタンは、終生追い求めて、わがものとすることができなかった。

七月二十八日(木)

晴。暑い。昨夜半、しばしば雨があった。

東京会館ルーフ・ガーデンで夕食。

スランプに対する私の考えは否である。

何も私は自分に才能があるとかないとか云っているのではない。しかしいわゆる芸術的スランプなるものは、十中八九、生活に原因があると私は診断する。三文映画や三文小説に登場する芸術家の役は、髪をかきむしり、書けない書けないと絶叫し、原稿用紙や画紙や五線紙の屑《くず》をまきちらすに決っている。霊感に関する迷信、独創性なるものに関する迷信、浪曼派的天才の迷信が、かくまでも深く根を張り、通俗化していることには、おどろくの他はない。なまけものの芸術家という観念発生の根拠を知るためには、ゴオティエの「ロマンチスムの歴史」は、最適の文献である。余談だが、「なまけものの芸術家」という観念ほど、芸術愛好慾《よく》、あるいは芸術家愛好慾へむかって、婦人を鼓舞したものはなかった。これほど、婦人をして、自分のことを芸術家の霊感の泉、制作の鞭撻者《べんたつしゃ》と誤解せしめたものはなかった。この種の誤解につけ込んで、永年にわたって甘い汁を吸い、カイヤヴェ夫人の督励によっていやいやながら四十をすぎて制作の道に進んだアナトオル・フランスは、狡《ずる》い男だ。

さて、スランプとは、はじめはおそらくスポーツ用語であろう。あれほど摂生を重んじるスポーツにさえ、こうした不振《スランプ》が生ずるということは、まるでスランプというものが、宿命的であるかのような感じを与える。他面、それほど肉体的条件の吟味と精神的条件の吟味とに手ぬかりのない場合にだけ、スランプの不可避性も判然とする。逆の場合の比喩ではあるが、確乎たる理性の統制のもとに、摂生にこれつとめ、外的内的条件の吟味と調整に手をつくした末、なおかつ選手がスランプに直面するのは、知的な計算の究極に、芸術家が一種の霊感の状態を知るのとも似ていよう。

われわれがスポーツ選手の生活を知れば知るほど、試合前数週間の彼らの神経質な禁欲主義には、ともするとわれわれの精神よりも肉体のほうが、もっと手に負えない、もっと懐柔困難なものではないかと、考えさせる力がある。けだし理性を以て肉体を支配するほうが、理性を以て精神を支配するよりも、欺瞞《ぎまん》のたすけを借りるのがむずかしいに相違ない。

芸術におけるいわゆるスランプは、こうしたスポーツの摂生に比べると、その殆《ほと》んどが癒《い》やしがたい肉体蔑視の考えに基づいているようにみえる。肉体蔑視は生活蔑視とは全く別物であり、生活に対する甘え、放任、あなたまかせの態度と結びついている。無意味な不節制、過飲、覚醒剤《かくせいざい》の濫用、これらのものからスランプに陥った芸術家は枚挙にいとまがない。他方、生活の枠《わく》をつぎつぎとひろげ、ついには膨脹する生活費のためにだけ仕事をして、芸術家たることを放棄するのも、一種のスランプと呼び得ようか。しかし前者も後者もスポーツ選手のような純粋なスランプとは程遠く、ただ弱さの罪過にすぎぬ。

芸術家における生活とは、奔馬のごときものである。要するに芸術家の必要悪(das not=wendige Übel)である。どうしても御し了《おお》せなくてはならぬ。しかしあくまで、芸術のために生活を御するので、人生のために生活を御するのではない。スポーツ選手と同様、記録を更新するために生活を御するので、記録を維持するために御するのではない。作品は結果的に云って、達せられた一つの均衡であるが、その制作の行為は、古い均衡の打破なのである。芸術家の生活は、かくて均衡の実現と共に一旦死ぬが、その死からまた蘇《よみがえ》らぬものは、芸術家ではなくて、今度は生活人として生きつづけるほかはないであろう。人生のために生活を御する芸術家は、その地点で死ぬのである。このドラマを完璧《かんぺき》に演じた人が、あの志賀直哉である。永きにわたる志賀氏の沈黙も純粋なスランプとはいえず、芸術の目から見れば、ただ強さの罪過にすぎぬ。

何でもかんでも、スポーツの類推ですませるわけには行かない。芸術の衛生学はもっと微妙で逆説的で、禁欲主義だけではどうにもならぬ。スポーツの摂生法は、教訓にとどまる。

芸術制作上の良きコンディションとは、複雑で不定で、各人各様のものであるが、世のあらゆる事物と同様、どんな混乱した偶然の集積にも一種の法則があって、その法則に通暁《つうぎょう》することが、芸術家の生活の知恵でなければならない。しかしAなる作品の制作のために妥当した法則は、次のBなる作品の制作のためにも妥当するかどうかわからぬ。芸術家の明敏さとは、三つのものから成立つというのが私の考えである。第一に素材（主題と云いかえてもよい）についてすみずみまで吟味し知悉《ちしつ》すること、第二に制作の方法論について完全に通暁していること、第三に自分がそれを書く上の精神的肉体的諸条件について十分な推測のもとに立つこと、この三つである。かかる明敏さは、芸術家たるものの道徳でもあり、それのみが持続と、作品各部の均質化を可能にする。キーツのような詩人が、「エンディミオン」のような詩作に際して、毎日毎日、朝食後、二時から三時ごろまで、必ず五十行ずつ書いたことを想起されよ。

……しかも上にあげた三つのことは、ただ思弁的に理解され、支配されているだけでは、何の意味もない。芸術家にとってはかかる明敏さそのものが、すでに一種の抵抗でなければならぬ。その抵抗が弱ければ、よく出来た通俗的作品に堕してしまう。かくて三つの明敏さは、そのまま三つの抵抗の必要、と言いかえることもできよう。第一に、素材（主題）に対する抵抗、第二に制作の方法論に対する抵抗、第三に生理的諸条件の調整に対する抵抗。……なぜなら芸術の制作は、多少とも未来へむかって賭《か》ける行為であり、どんな明敏さも、その明敏さをみずから罰する方向へ進まねばならないからである。

かくて第三の抵抗が、芸術家のいわゆるスランプの最大の言訳になる。コンディションの調整のためにも、最大の難点になる。

私はわずかながら乗馬をやったことがあるが、乗馬のあとの、肉体的健康の意識、その爽快《そうかい》さ、その行くとして可ならざるなき感じ、その快い疲労、なかんずくその解放のよろこびは、制作のために確実に害となることを知った。たしかにスポーツのよろこびは、その無償性、その労力の消費とエネルギー解放のよろこび、あらゆる点について芸術に酷似している。芸術とスポーツほどよく似たものはあるまい。そこでそのあとでの制作は、重複に他ならなくなるのである。

制作には、肉体的健康と同時に、何か或る種の肉体的精神的不健康が必要とされる。晴朗と共に鬱屈《うっくつ》が、煩《わず》らわしさを免かれた感じと共に別の憂鬱が、平静な幸福と共にくすぶった怒りが、激越でない喜びと共にやはり別種の悲しみが必要とされる。およそ人力でこのような薬品の微妙な調合を、企てることができようか。しかしそれに一歩でも近づく努力は無駄ではなく、その努力の完全な放棄が「なまけもの」、霊感を待ちながらいつまでも足の爪先《つまさき》を木にかけて逆様に眠っている動物を作るのである。スランプを招来しないためには、芸術制作の明らかに重要な部分を占める、手仕事の精神を忘れてはならない。ドイツ語でいう「日々の仕事」（Tagewerk）の市民的原理を忘れてはならない。芸術の素材がいつも市民的なものからとり入れられるように、芸術家の生活も、市民的なものから良き養分をとり入れなくてはならぬ。そして日々の持続的な仕事の思いがけない効果は、芸術家の心的機制に一種のオートマティズムを生ぜしめて、実生活の生《なま》の悲しみを精練された悲しみに代え、激越な苦悩を理性的な創作の衝動に代え、あるいはまた反対に、日常生活の些細《ささい》な喜びから、創作の力強い主題をなすような、巨大な歓喜を作りだし、あらゆる感情の奔流が、ダムのごときものに堰《せ》かれて、その抵抗のエネルギーを寸分もそこなわぬまま、電力に変えられるように、われわれを馴《な》らすにいたるのである。

……しかし又しても芸術の困難さは、かかる心的機制に阻《はば》まれて、実生活のそもそもの生《なま》の感動が磨滅される危険にあるが、この点については神々の手にゆだねるほかはなく、芸術家に本来的な肉体的不安を賦与したり、適当な時期に芸術家を悲運に投げ込んだりする、あの「芸術家の聖寵《せいちょう》」と呼ばれるものに、期待するほかはないのである。

スランプに関するもっとも適切な、かつもっとも月並な教訓。

「人事を尽さずして、天命を待つこと勿《なか》れ」

七月二十九日（金）

晴。酷暑。午後来客。銀座服部《はっとり》時計店へ、修理された時計をとりにゆく。東京会館ルーフ・ガーデンで夕食。

私は自作「潮騒《しおさい》」のなかで、自然描写をふんだんに使い、「わがアルカディヤ」を描こうとしたが、出来上ったものは、トリアノン宮趣味の人工的自然にすぎなかった。

その意味で極端なもの、もっとも観念的な心象の自然描写は、ヘルデルリーンの「ヒュペーリオン」に見られる。冒頭からして、

「愛する祖国の地は、ふたたび私に哀歓をもたらす。

頃日《けいじつ》、私は朝な朝な、コリント地峡《ちきょう》の山上に立つ。花間の蜜蜂《みつばち》のように、わが魂はしばしば、大洋のあなたこなたを飛びめぐる。その海は右に左に、灼熱《しゃくねつ》の山々の足もとを冷やしている。」（拙訳）

また長詩「アルヒペーラグス」の冒頭の一節には、海神オケアーノスへの呼びかけとして、

「鶴はまたお前のもとへ帰ったのか？　おまえの岸へ
船はまた船路を辿《たど》るか？　順風は、
おまえの和める波濤《はとう》の上に吹きめぐるのか？　深みから誘い出されて
海豚《いるか》は新らしい光りに背をさらすのか？
イオニヤは花ざかりか？　その花時《はなどき》か？　春ともなればいつもいつも
生《しょう》ある者の心臓はよみがえり、人みなの初恋と
黄金《こがね》の時代《とき》の思い出は目ざめるから。
私はおまえのもとに来て、おまえの静けさの中に礼《いや》をする。老いたる者よ！」（拙訳）

…………。

およそ海風の吹きめぐるなかで読むのに、ヘルデルリーンほどふさわしいものはな

かろう。私はかつてアクロポリス丘上に立ったとき、「ヒュペーリオン」を携えて来なかったことを大そう悔んだ。

さて私は、絶対に心象にかかわりのない自然、いわば物的な自然、というごときものを仮定して、これと対蹠《たいせき》的なものにヘルデルリーンの例をあげたのである。

それについて面白い詩がある。ジュール・シュペルヴィエルの「知られぬ海」という詩である。

「誰も見ていない時
海はもう海でなく
誰も見ていない時の
僕等と同じものになる。
別な魚が住み
別な波が立つ。
それは海のための海
今僕がしているように
夢みる人の海になる」（堀口大学氏訳）

しかし古代人ならこのような場合、「海のための海」などを考えずに、すぐさまそれを擬人化したであろう。古代人にとっては、「誰も見ていない時の僕ら」とか「誰も見ていない時の彼ら」などというものは、想像の外であり、一旦擬人化してしまえば、どんなに未知の神秘の力を蔵していても、その海は他の人間たちと同じように、存在の仕方において既知のものになるのである。

古代希臘《ギリシア》のみならず、古代のあらゆる民族のあいだでは、多神教的な自然の擬人化が、唯心《ゆいしん》論的自然観を形成していた。というのは、古代人の唯心論には、協同体的な意識の裏附《うらづけ》があり、そもそもこの世界の混沌《こんとん》未分なところの状態（カオス）を作り出した運動の原因すら、プラトンによればプシュケにほかならず、まして秩序をコスモスを作り出した力は良きプシュケに他ならないのであるから、自然の擬人化が自然に心を賦与《ふよ》したことであるならば、自然はただちに人間の唯心論的秩序に組み入れられたことになる。カオスやコスモスを作ったプシュケも、人間のプシュケも同質のものだからである。

ギルバアト・マレイはその「希臘宗教発展の五段階」の中で、こんな風に言っている。

「総《あら》ゆる古代思想の大きな弱点は、――ソォクラテェス的思想もその例外ではない――、客観的実験に訴えずして或る主観的な適合感に訴えた事にあるとは、既にツェ

ラァの述べた至言である。」（第四章）

自然の偉力が多大であり、自然が畏怖《いふ》をもたらした時代ほど、自然と人間との対立感は、こうした「主観的な適合感」のうちに、融和される必要があった。

たとえば地震がある。家が倒壊し、大ぜいの人が死ぬ。人は自然的原因によって死んだのであるが、唯心論的自然観は、これを物理的原因とみとめたがらない。プシュケがプシュケを殺したのである。この点で、戦争も地震も、何ら本質的にことなることはなく、どちらも災難であり、プシュケがプシュケを殺したのである。そしてその死は、同様に自然の理法に叶《かな》っている。

自然が客観的に、物として見られることとは、ただちに、自然と人間との怖ろしい決定的な対立をみとめることである。古代人はこのような恐怖に耐えられなかった。こんな対立をみとめるようになったのは、人間が科学を生み、自然に対する安心できる武器を手にして以来である。自然の征服という観念には、物として自然を見、対象として自然をみとめることが前提になっている。科学はかくて、人間と自然との対立をわが身に引き受ける。そして人間主義なるものは、こうした自然科学的人間解釈の上に立った十八世紀の啓蒙《けいもう》主義にいたって、完全な形姿をあらわすのである。

今日われわれが考えるような「人間性」乃至「人間主義」なるものは、ギリシアにはなかった。しかしギリシア的な生の意識は、コルフによれば、「上昇してゆく人間態（Menschentum）の誇らしき自己意識、自身の力に対する信頼、人間一般に対する信仰」であった。コルフによれば、「人間性」の概念はローマのキケロにはじまったが、この人間主義は、キリスト教に対する抵抗の意味をもたないゆえに、ルネッサンス以後の人間主義とまるでちがう。そしてキリスト教なるものには、『人間性』の理念と理想との入り込む余地が全然ない、或《ある》いはあるにしても全く周辺の余地しかない」のである。

私はこうして、いわゆる人間主義の自然観に対比させて、古代希臘の世界包摂的な自然観と、キリスト教の世界逃避的な自然観との、ただ唯心論的類似を指摘しようというのではない。キリスト教は、世界と人間とから逃避しつつ、同時に自然からも逃避した。キリスト教の根本的な信念は、もっとも反自然的なものを「精神」と呼ぶことにある。ところが啓蒙主義的人間主義は、まったく唯物的な人間主義である。自然科学だけが、このような人間主義を教え、自然を物とみなし、自然を征服せしめ、自然を道具に分解し、……やがて人間をも物として見るように誘導した。なぜなら自然を物として見ることは、やがて人間をも物として見ることを意味するからである。

人間は人間をも物として見る。他人を物として見るばかりか、人から見られる自分を物として見る。ついには人間は、誰からも見られていない時だけしか、シュペルヴィエルのいわゆる「知られぬ海」の状態にある時しか、彼自身たりえない。

近代的人間のこういう孤独の救済のために、二つの方法が考えられる。キリスト教によって再び、自然から世界から人間から逃避するか、古代希臘の唯心論的自然観のうちにふたたび身をひたすか。ヘルデルリーンは後者に従ったが、もとよりギリシアはすでに死んでおり、彼の行く道は、浪曼派的個性の窄狭《さくきょう》な通路しかなかった。このミザントロープは、おのれの孤独の救済のために達した唯心論的自然における孤独さから、発狂せざるをえない。

さて私が「潮騒《しおさい》」の中でえがこうと思った自然は、「ダフニスとクロエ」に倣《なら》った以上、こうしたギリシア的自然、ヒュペーリオン的孤独を招来せぬところの確乎たる協同体意識に裏附けられた唯心論的自然であった。私は自然の頻繁《ひんぱん》な擬人化をも辞さなかった。それにもかかわらず、「潮騒」には根本的な矛盾がある。あの自然は、協同体内部の人の見た自然ではない。私の孤独な観照の生んだ自然にすぎぬ。一方、登場人物はと見ると、彼らは現代に生きながら政治的関心も社会意識も持たず、いわゆる「封建的な」諸秩序の残存にも、たえて批判の目を向けない。しかし私は現実に、そのモデルの島で、こうしたものすべてに無関心な、しかも潑剌《はつらつ》たる若い美しい男女を見たのである。たしかにこういう彼らの盲目を美しくしているものは、自然の見方、自然への対し方における、古い伝習的な協同体意識だと思われた。もし私がその意識をわがものとし、その目で自然を見ることができたとしたら、物語は内的に何の矛盾も孕《はら》まずに語られたにちがいない。が、私にはできなかった。そこで私の目が見たあのような孤独な自然の背景のなかで、少しも孤独を知らぬように見える登場人物たちは、痴愚としか見えない結果に終ったのである。

七月三十日（土）

晴。三十四度。今夜の両国の川開きへ人に招かれたが、近くで見る花火は殺風景なだけであるから、行かなかった。私には大体あんなはかないものを、酒を呑《の》んでわいわい言いながら見物するという心理がよくわからない。

稲垣足穂《たるほ》氏の仕事に、世間はもっと敬意を払わなくてはいけない。武田泰淳《たいじゅん》氏と話したときに、稲垣氏の話が出たが、武田氏は高く評価していた。そのエッセイ的小説、小説的エッセイは、昭和文学のもっとも微妙な花の一つである。

七月三十一日（日）

朝八時五十分、米国より帰国の中村光夫氏を羽田空港に出迎える。吉田、大岡、神西、福田、吉川の諸氏に空港で会う。

私はしばしば自分の中にそういう悪癖を感じるのだが、人に笑われまいと思う一念が、かえって進んで自分を人の笑いものに供するという場合が、よくある。戒めなくてはならぬ。社会生活というものは、相互に自分の弱点を提供しあい、相互にそれを笑うことを許し合って成立している。いかにも弱者の社会だが、それもやむをえぬ。そこで意識家のお先走りは、自分の意識しない滑稽《こっけい》さが人に笑われることほど意識家の矜《ほこ》りを傷つけることはないから、もし新たな弱点、新たな滑稽さを自分の中に意識し発見すると、それが人に発見されるよりさきに自分が発見したということを他人に納得させるために、わざわざその弱点を公共の笑い物に供して安心するというような悪癖に立ちいたる。

他人が私に対するとき、本当に彼にとって興味のあるものは私の弱点だけだということも、たしかな事実であるが、ふしぎな己惚《うぬぼ》れが、この事実を過大視させ、もう一つの同じ程度にたしかな事実、「他人にとって私の問題などは何ものでもない」という事実のほうを忘れさせてしまうことが、往々にしてある。そういうところに成立する告白文学ほど、醜悪なものはない。

人をして安心して私を笑わせるために、私もまた、私自身を客観視して共に笑うような傾向も、戒めなくてはならぬ。さまざまな自己欺瞞《ぎまん》のうちでも、自嘲《じちょう》はもっとも悪質な自己欺瞞である。それは他人に媚《こ》びることである。他人が私を見てユーモラスだと思うような場合に、他人の判断に私を売ってはならぬ。「御人柄」などと云って世間が喝采《かっさい》する人は、大ていこの種の売淫《ばいいん》常習者である。

意識家の陥りやすいあやまりは、自分を硝子《ガラス》の水槽《すいそう》のようだと思い込んでしまうことだ。ところがやっぱり、彼は硝子の水槽ではないのだ。この錯覚はなかなか複雑な構造をもっていて、実は意識家ほど、他人の目に決して見えない自分を信じている者はなく、しかしそのぎりぎりのところまでは、逆に他人にむかって、自己解剖の明察を誇りたく、このたえず千変万化する妥協を以《もっ》て、自分の護身術と心得ているのである。だから意識家は必ず看板をぶらさげ、その看板もまた、手のこんだ多様さを持っているのであるが、自分を意識家として他人に印象づけることにぬかりがない。その一等見やすい看板が、自嘲とか自虐《じぎゃく》とかいうものなのである。私はかつて、真のでくのぼうを演じ了《おお》せた意識家を見たことがない。

傷つきやすい人間ほど、複雑な鎖帷子《くさりかたびら》を織るものだ。そして往々この鎖帷子が自分の肌を傷つけてしまう。しかしこんな傷を他人に見せてはならぬ。君が見せようと思うその瞬間に、他人は君のことを「不敵」と呼んでまさに讃《ほ》めようとしているところかもしれないのだ。

意識家の唯一の衛生法は他人を笑うときに哄笑《こうしよう》を以てすることである。ニイチェも言っている「吾《わ》が年若き友よ、汝等《なんじら》若し徹底的に飽迄《あくまで》厭世家《えんせいか》たらんと欲するならば、笑いを学ばなければならない」（「自己批判の試み」）

八月一日（月）

晴。微風。きのう羽田の往復に乗った、S社差廻しのクライスラー・インペリアルは、冷房のよく利《き》いた贅沢《ぜいたく》な車であったので、早速風邪を引いたが、ピリベンザミン二錠を嚥《の》んで快癒《かいゆ》。

父方の祖母は旗本の娘で、言葉のことをやかましく言った。「大変」などという言葉は、お家の大事のときだけに使うべきもので、茶碗《ちゃわん》を引っくりかえして「大変、大変」などというと、叱《しか》られた。また祖母は、「とてもきれいだ」とか、「とてもうれしい」とかいう現代風の語法をきらって、「とても」の下には必ず打消をつけさせた。寝間着のことを「御寝召《おねめし》」といい、夜寝るときになると、良人《おっと》にむかって、「もう御寝《ぎょし》なされませ」と言った。「たのしいです」などは大辻司郎の漫談語で、「たのしゅうございます」と言わなくてはならぬ。女中のことを「女共《おんなども》」と言った。「全然」という言葉を、下品だと言って、むしょうに嫌った。

都会の人間は、言葉については、概して頑固な保守主義者である。或る作家たちが、小説のなかで、やすやすと流行語をとり入れているのを見ると、私はレオパルジ伯の「流行と死との対話」という対話篇を思い出さずにはいられない。そこでは流行と死は姉妹分ということになっており、この姉妹に共通な傾向、共通な作用は、「たえず世界を新規にして行く」ということなのである。

八月二日（火）

暑気猛烈。暑気中《あた》りか、腹工合がわるく、気分が悪かったのに、夕方から外出したらケロリと治った。

ニイチェの簡素な美しい小さな詩の拙訳。私のことだから、誤訳は避けられぬ。

新らしきコロンブス

「友よ」コロンブスは語った「身を委《ゆだ》ねるな、

もうどんな新らしい逸楽にも」

彼はつねに彼蒼《かのそう》へ身をそびやかす——
最《い》と遠いものは彼を誘ってやまぬ！
「地の果ての果てのものこそ私の大事。
ジェノア……その市《まち》は沈んだ。消えた。
無情であれ、心よ！　手よ、放すな舵《かじ》を！
わが前には大洋《おおうみ》。——陸地は？——陸地は？——————
われらは足を踏んばって立つ。
引返すことは叶《かな》わぬ！
見よ、かなたよりわれらに会釈する
一つの死、一つの誉れ、一つの幸《さち》！」
(Der neue Columbus)

八月三日（水）
午後海へゆく。午後四時、東京は大雷雨。一時間のうちに、気温は三十四度から二十四度へ、十度下降した由《よし》である。

私は戦争中から読みだして、今も時折「葉隠《はがくれ》」を読む。犬儒的な逆説ではなく、行動の知恵と決意がおのずと逆説を生んでゆく、類のないふしぎな道徳書。いかにも精気にあふれ、いかにも明朗な、人間的な書物。

封建道徳などという既成概念で「葉隠」を読む人には、この爽快《そうかい》さはほとんど味われぬ。この本には、一つの社会の確乎《かつこ》たる倫理の下に生きる人たちの自由が溢《あふ》れている。その倫理も、社会と経済のあらゆる網目をとおして生きている。大前提が一つ与えられ、この前提の下に、すべては精力と情熱の讃美《さんび》である。エネルギーは善であり、無気力は悪である。そしておどろくべき世間智が、いささかのシニシズムも含まれずに語られる、ラ・ロシュフコオを読むときの後味の悪さとまさに対蹠《たいせき》的なもの。「葉隠」ほど、道徳的に自尊心を解放した本はあまり見当らぬ。精力を是認して、自尊心を否認するというわけには行かない。ここでは行き過ぎということはありえない。高慢ですら、(「葉隠」は尤《もつと》も、抽象的な高慢というものは問題にしない)、道徳的なのである。「武勇と云ふ事は、我は日本一と大高慢にてなければならず。」「武士たる者は、武勇に大高慢をなし、死狂ひの覚悟が肝要なり」……正しい狂気、というものがあるのだ。

行動人の便宜主義とでも謂《い》ったものが、葉隠の生活道徳である。流行については、

「されば、その時代々々にて、よき様にするが肝要なり」と事もなく語られる。便宜主義は、異様な洗練に対する倫理的潔癖さにすぎぬ。「そげ者」であらねばならぬ。「古来の勇士は、大方そげ者なり。そげ廻り候《さうらふ》気情故《ゆゑ》、気力強くして勇気あり。」

あらゆる芸術作品が時代に対する抵抗から生れるように、山本常朝《つねとも》のこの聞書も、元禄宝永の華美な風潮を背景に持っていた。「三十年来風規相変り、若武士共の出合の節に話すことの、皆な金銀の噂《うはさ》、損得の考へ、内証事の話し、衣裳《いしやう》の吟味、色慾《しきよく》の雑談のみにて、此事《このこと》なければ一座しらけて見ゆるは、誠に是非もなき風格になり行き候」

かくて常朝が、「武士道といふは、死ぬ事と見付けたり」というとき、そこには彼のウトーピッシュな思想、自由と幸福の理念が語られていた。だから今日のわれわれには、これを理想国の物語と読むことが可能なのである。私にも、もしこの理想国が完全に実現されれば、そこの住人は、現代のわれわれよりも、はるかに幸福で自由だということが、ほぼ確実に思われる。しかし確実に存在したのは、常朝の夢想だけである。

葉隠の著者は、時代病に対する過激な療法を考えた。人間精神の分裂を予感した彼は、分裂の不幸を警告した。「物が二つになるが悪《あ》しきなり」単純さへの信仰と讃美をよみがえらさねばならぬ。どんな種類の情熱でも、あらゆる本物の情熱に正しさを認めずにはいられぬ彼は、情熱の法則について知悉《ちしつ》していた。

「又この前、寄り合ひ申す衆に咄《はな》し申し候は、恋の至極は忍恋と見立て候。逢《お》うてからは恋のたけが低し。一生忍んで思ひ死する事こそ恋の本意なれ」

「星野了哲は、御国衆道の元祖なり。弟子多しといへども、皆一つ宛《づつ》伝へたり。枝吉氏は理《ことわり》を得られ候。江戸御供の時、了哲暇乞《いとまごひ》に、『若衆好きの得心いかゞ』と申され候へば、枝吉答に、『すいてすかぬ者』と申され候。了哲悦び、『その方をそれだけになさんとて、骨を折りたり』と申され候。後年枝吉にその心を問ふ人あり。枝吉申されれ候は、『命を捨つるが衆道の至極なり。さなければ恥になるなり。然《しか》れば主人に奉《たてまつ》る命なし。それ故好きですかぬものと覚え候』由」

次の一節は、あたかもエピクロスの哲理を思わしめる。

「端的只今の一念より外はこれなく候。一念々々と重ねて一生なり。こゝに覚えつき候へば、外に忙しき事もなく、求むることもなし。こゝの一念を守つて暮すまでなり」

この行動主義者は、告白というものを信じなかった。次にあげる二節のうち、後の一節は現代の読者を愕《おどろ》かすだろうが、この二節は同じ思想から出、いずれも人間の外面に対する行動家の信頼から生れたものだ。要するに常朝は、行動の原動力としての心をしか信じなかった。あとのものは切捨てた。そこでもし外面が、内面を裏切るような場合があれば、告白を敢てするよりも、粉黛《ふんたい》を施したほうが正しいのである。「武士は、仮にも弱気のことを云ふまじ、すまじと、兼々心がくべき事なり。かりそめの事にて、心の奥見ゆるものなり」

「写し紅粉を懐中したるがよし。自然の時に、酔覚か寝起などは顔の色悪《あ》しき事あり。斯様《かやう》の時、紅粉を出し、引きたるがよきなりと」

人間の陶冶《とうや》と完成の究極に、自然死を置くか、「葉隠」のように、斬《き》り死や切腹を置くか、私には大した逕庭《けいてい》がないように思われる。行動家にとって行動が待たれているさまは、人間が「時」に耐えねばならぬという法則を、少しも加減するものではなかった。「二つ一つの場にて、早く死ぬかたに片付くばかりなり」というとき、この選択には、どんな場合でも自己放棄は最低限度の徳を保障する、という良識が語られているにすぎぬ。そして「二つ一つの場」はなかなかやって来ない。常朝が殊更《ことさら》、「早く死ぬかた」の判断をあげ、その前に当然あるべき、これが「二つ一つの場」かという状況判断を隠していることには意味がある。死の判断を生む状況判断は、永い判断の連鎖をうしろに引き、たえざる判断の鍛錬は、行動家が耐えねばならぬ永い緊張と集中の時間を暗示している。行動家の世界は、いつも最後の一点を附加することで完成される環《わ》を、しじゅう眼前に描いているようなものである。瞬間瞬間、彼は一点をのこしてつながらぬ環を捨て、つぎつぎと別の環に当面する。それに比べると、芸術家や哲学者の世界は、自分のまわりにだんだんにひろい同心円を、重ねてゆくような構造をもっている。しかしさて死がやって来たとき、行動家と芸術家にとって、どちらが完成感が強烈であろうか？　私は想像するのに、ただ一点を添加することによって瞬時にその世界を完成する死のほうが、ずっと完成感は強烈ではあるまいか？行動家の最大の不幸は、そのあやまちのない一点を添加したあとも、死ななかった場合である。那須の与市は、扇の的を射たあとも永く生きた。「葉隠」の死の教訓は、行為の結果よりも、ただ、行動家の真の幸福を教えたのである。そしてこの幸福を夢想した常朝自身は、四十二歳のとき、鍋島《なべしま》光茂の死に殉じようとして、光茂自身の殉死禁止令によって、死を阻《はば》まれた。彼は剃髪《ていはつ》出家し、葉隠聞書を心ならずも世にのこして、六十一歳で畳の上で死んだ。

八月四日（木）

昨日につづき涼し。

今までつけてきた私の日記のさまざまな題目は、私が気随気儘《きまま》に書いて来たものであるが、意地悪な人から見れば、現代日本の文化的混乱の好箇《こうこ》の見本とも見えるであろう。私は全く自分の趣味に従ったのに、個人的趣味のなかにさえ、このような混乱と矛盾撞着《どうちゃく》が渦巻いている。単なる社会現象に興味のない私は、マンボ風俗なるものにも、スマート・ボールがパチンコに変った現象にも、一切触れないで了《しま》ったが、それでも混乱はかように露呈され、何人もそれを覆《おお》うことはできない。私は「アドルフ」を読み、その足で文楽の出開帳《でかいちょう》をききに行く。時には、フランス美術展を見た足で、プロ・レスリングの試合を見に行ったり、マンボを踊って帰って、昆布《こんぶ》の茶漬を喰ったりしかねない。

ために社会的矛盾も単なる矛盾の一種と思われかねないほど、われわれの家常茶飯はありとあらゆる矛盾のなかに繰り返される。そしてこういうことは、気むずかしい社会評論家も、夙《と》うに語り飽きた問題である。

しかし現代に生きながら、もし仮りに鳥瞰《ちょうかん》的な目を与えられれば、この混乱もそのまま混乱として映るとはかぎらない。この文化的混乱と呼ばれるものは、単に、古今東西種々雑多な文化的所産の、享受《きょうじゅ》の態度について言われるにすぎない。すでに作られた作品、作られた思想が、幾多の作用反作用をわれわれに及ぼす態様の、矛盾撞着について言われるにすぎない。外国の文学者が日本の片田舎へ来て、一農村青年から、実存主義について質問され、面喰った、などという挿話《そうわ》が笑い話にされる。この優越的な知的な笑いは、農村青年の生活に、実存主義などは必要でない、という考え方、一種の文化政策的な考え方から来ている。しかし実存主義が思想であるならば、そもそも生活に必要でない思想などというものがあろうか？ たしかに軽薄さは忌《い》むべきである。が、軽薄さはある場合には、生れつつある文化の母胎であり、未整理のエネルギーである。生産的（ゲーテのいわゆる produktiv の意味）な文化は混乱を喰って生れ、われわれにとってはまだ予感もされないところの、未曾有《みぞう》の様式を形づくりつつあるのかもしれない。

私はいわゆる文化的混乱を、文化的享受の混乱だと規定した。このことから起る弊害は、むしろ人々が心配しているのと別な局面にあらわれる。つまり人々は、この混乱に禍いされて、完結的な思想の魔力をのがれられないのである。われわれが思想と呼ぶものには、すべて論理的秩序と、完成された法則と、どんな瑣末《さまつ》な現象をも解釈づける一貫した体系、普遍妥当性がそなわっている。こういうものばかりに囲まれているわれわれは未来の予見を失うのである。生れつつある思想、生れつつある文化も、すでに出来上ったもの同様の、一貫した体系を持たねばならぬような錯覚に陥ってしまう。しかしこうした弊害は、われわれが単一の、完成された文化の中に包まれているときも同様だと言われるかもしれない。そうではない。ローマにおけるキリスト教の場合のように、単一な、完成された文化の中の住人は、新たな未完成なもの、まだ体系をなさぬものに対して、われわれより敏感であり、より嗅覚《きゅうかく》が利《き》くのである。文化が新たな形態へむかって急ぐ運動は、今までとは全く別な形式をとり、全く新らしい目標に従うために、正にその渦中にいてもわれわれは容易に気付かない。その文化は、何ら統一的な理念を持たず、法則性を持たず、救済的な象徴を持たず、まさにわれわれが文化と呼ぶものの特質を一つも持たないことをその特質とするものかもしれない。文化というものが、一個の堅固な構造と理念を以て現われることは、もう二度とないのかもしれない。

ただ一つたしかなことは、現代日本の文化が、未曾有の実験にさらされているということである。小さいなりに、一つの国家が、これほど多様な異質の文化を、紛然雑然と同居せしめた例も稀《まれ》であるが、人が気がつかないもう一つの特徴は、「日本文化にとって真に異質と云えるものがあるか」という問題に懸っている。日本文化は本質的に、彼自ら、こうした異質性を欠いているのではないか。私はせっかちな啓蒙家《けいもうか》のように、日本文化の独自性は皆無で、模倣能力だけが発達している、と云おうとしているのではない。日本文化は、ともすると、稀有《けう》の感受性だけを、その特質としており、他の民族の文化とは範疇《はんちゅう》を異《こと》にしており、質の上で何らの共通性を、従ってその共通性の中に生れる異質性を、本質的に持たぬのかもしれないのだ。

どんな宗教的紐帯《ちゅうたい》にも、思想的紐帯にも、完全に繋縛《けいばく》されることなく育ってきた日本文化は、しばしば云われるとおり、無思想性、無理念性を特色としている。どんな道徳も美的判断に還元され、思想のために生きるかに見えてもその実おのれの感受性の正確さだけにたよって生きてきた日本人は、永いあいだ、生活の中へ美学を持ち込み、美学の中へ生活を持ち込んで恬然《てんぜん》として来た。前者は、すべての芸術にしみ込んでいる装飾主義であり、後者は、同じ程度にしみ込んでいる写実主義である。あたかも女の肉体と精神とが、分れ目のはっきりせぬままに、同じ次元でつながっているように、美が思想を補い、思想が生活を補い、また生活が美を補いつつ、この果てしもない堂々めぐりのうちに、精神の卓越を誇示するゴシック精神も、生活そのものにかかわる合理主義精神も、かつて実を結んだことがなかった。今後も決して、完全に実を結ぶことはなかろう。

しかし日本文化の感受性は稀有のものである。これこそ独自の、どんな民族にも見当らぬほどに徹底したものである。私にはふと、第二次大戦における敗戦は、日本文化の受容的特質の宿命でもあり、また、人が決して自分にふさわしからぬ不幸を選ばぬように、もっともこの特質にふさわしく、自ら選んだ運命ではないか、と思われることがある。なぜなら、敗北は受容的なものである。しかし勝利は、理念であり、統一的法則でなければならぬ。日本文化は、このような勝利の、理念的責務に耐え得たかどうか疑わしい。しかしそれと同時に日本の敗戦は、理念が理念に敗れたのではなく、感受性そのものが典型的態度をとって敗れたにすぎなかった。そこへゆくと、ナチス・ドイツの敗北は、完全に理念の敗北であって、日本の敗戦とその意味はまるでちがっている。ナチスの敗北は、勝利の理念と法則から、敗北の感受性と無法則性への、日本では想像も及ばぬ、堕地獄的顚落《てんらく》であった。

さて日本文化の稀有な感受性のはたらきは、つねに、内への運動と、外への運動とを、交互に、あるいは同時に、たゆみなくつづけて来たのである。内への運動は、その美的探究の、極度の求心性にあらわれた。この感受性はかつて普遍的な方法論を知らず、また、必要とせず、感受性それ自らの不断の鍛錬によって、文化の中核となるべき一理念に匹敵する、まことに具体的な或るものに到達した。日本文化における美は、あたかも西欧文化の文化的ヒエラルヒーの頂点に一理念が戴《いただ》かれるように、理念に匹敵するほど極度に具体的な或るものとして存在している。そこでは、理念は不要なのである。なぜなら、抽象能力の助けを借りずに、むしろそれと反対な道を進んで、個別から普遍へと向わず、むしろ普遍から個別へ向って、方法論を作らずに体験的にのみ探究を重ねて、しかも同じように絶対（この「絶対」という用語も、仮に比喩《ひゆ》として使ったのだが）をめざして進む精神は、理念の代りに、それの等価物たる或る具体的存在にぶつからざるをえない。私がこれを美と呼ぶのは、あくまで西欧的概念にすぎず、他に名付けようのないものに、仮りにその名称を借りたにすぎぬ。私は、このことについては他所《よそ》でもたびたび書いたのだが、日本の美は最も具体的なものである。世阿弥《ぜあみ》がこれを「花」と呼んだとき、われわれが花を一理念の比喩と解することは妥当ではない。それはまさに目に見えるもの、手にふれられるもの、色彩も匂《にお》いもあるもの、つまり「花」に他《ほか》ならないのである。

一方、日本文化の外への運動については、政治的措置にすぎぬ鎖国のかげで、その感受性の受容能力は、日本および支那の古典と、現実の風俗のみに向けられて、これが今日、あやまって「日本的」と呼びなされる、偏頗《へんぱ》な特質、似て非な独自性を形づくった。もともと感受性というものの無道徳性は、あらゆる他民族の文化の異質性をも融解してしまう筈《はず》のものなのだ。それはどんな放恣《ほうし》な娼婦《しょうふ》よりも放恣であるべき筈なのだ。江戸文化は、こうした感受性の外への運動を制約されて、日本の内部で、遠心力と求心力を働らかさざるをえなかった。その前者は、西鶴、後者は、芭蕉に代表される。

今や、しかし日本文化がこれほど裸かの姿で、世界のさまざまな思潮のうちに、さらされたことはなく、現代日本の文化的混乱は、私には、感受性の遠心力の極限的なあらわれと思われる。

ローマ人テレンティウスの有名な一句「私は人間である。人間的なるものは何一つ私にとって疎遠《そえん》ではないと思っている」をもじって言えば、「私は感受性である。感じられるものは、何一つ私にとって疎遠ではない」かのように、ギリシア思想も、キリスト教も、仏教も、共産主義も、プラグマティズムも、実存主義も、……また、シェイクスピアの劇曲も、ドストエフスキーの小説も、ヴァレリイの詩も、ラシーヌ劇も、ゲーテの抒情詩《じょじょうし》も、李白《りはく》や杜甫《とほ》の詩も、バルザックの小説も、また、トオマス・マンの小説も、……どれ一つとして、この稀有な、私心なき感受性にとって疎遠ではないのである。一見混乱としか見えぬ無道徳な享受を、未曾有の実験と私が呼ぶのは、まさにこんな極限的な坩堝《るつぼ》の中から、日本文化の未来性が生れ出てくる、と思われるからだ。なぜならこうした矛盾と混乱に平然と耐える能力が、無感覚とではなく、その反対の、無私にして鋭敏な感受性と結びついている以上、この能力は何ものかである。世界がせばめられ、しかも思想が対立している現代で、世界精神の一つの試験的なモデルが日本文化の裡《うち》に作られつつある、と云っても誇張ではない。指導的な精神を性急に求めなければこの多様さそのものが、一つの広汎《こうはん》な精神に造型されるかもしれないのだ。古きものを保存し、新らしいものを細大洩《も》らさず包摂し、多くの矛盾に平然と耐え、誇張に陥らず、いかなる宗教的絶対性にも身を委《ゆだ》ねず、かかる文化の多神教的状態に身を置いて、平衡を失しない限り、それがそのまま、一個の世界精神を生み出すかもしれないのだ。

文化の内容と形式とは不可分のものである。ギリシア文化は、ギリシア的内容と形式に厳然と守られ、キリスト教文化もそうである。しかしここで私が、文化形式と呼ぶものは、内容を規定し、選択し、ついにはそれ自ら涸渇《こかつ》するところの、死んだ形式ではなく、内容を富まし、無限に包摂するところの生きた形式である。日本文化の稀有な感受性こそは、それだけが、多くの絶対主義を内に擁した世界精神によって求められている唯一《ゆいいつ》の容器、唯一の形式であるかもしれないのだ。なぜなら、西欧人がまさに現代の不吉な特質と考えて、その前に空《むな》しく手をつかねている文化的混乱、文化の歴史性の喪失、統一性の喪失、様式の喪失、生活との離反、等の諸現象は、日本文化にとっては、明治維新以来、むしろ自明のものであって、それ以前の、歴史性と統一性と様式をもち、生活と離反せぬ文化体験をも持つ日本人は、この二つのものの歴史的断層をつなぐために、苦しい努力と同時に、楽天家の天分を駆使してきたので、こういう努力の果てに、なお古い文化と新らしい文化との併存と混淆《こんこう》が可能であるような事情は、新らしい世界精神というものが考えられるときに、何らかの示唆《しさ》を与えずには措《お》かないからである。

尤《もっと》も、右のような傾向はまだ予感にすら達せず、われわれはあと何十年かのあいだ、模索を重ねて生きるだろうが、とにかくわれわれは、断乎として相対主義に踏み止《とど》まらねばならぬ。宗教および政治における、唯一神教的命題を警戒せねばならぬ。幸福な狂信を戒めなければならぬ。現代の不可思議な特徴は、感受性よりも、むしろ理性のほうが、(誤った理性であろうが)、人を狂信へみちびきやすいことである。

重症者の兇器《きょうき》

われわれの年代の者はいたるところで珍奇な獣でも見るような目つきで眺められている。私の同年代から強盗諸君の大多数が出ていることを私は誇りとするが、こういう一種意地のわるいそれでいてつつましやかな誇りの感情というものは他の世代の人には通ぜぬらしい。みだりに通じてくれては困るのである。

しかし、いつか通じる時が来る。サナトリウムに、今までいたどの患者よりも重症の患者が入院してくる。すると今までいたあらゆる患者の自尊心は、五体の健全な人間がさわがしくそこへ入って来るのを見ることによってよりも、はるかに甚《はなは》だしく傷つけられる。かくしてかれらは一人一人のもっていた病気の虚栄心を、一転、健康の虚栄心に切りかえる。俺はお前より毎日二分ずつ熱が高いよと自慢していた男が、その日から、俺はお前より毎日二分ずつ熱が低いよと言い出した男に負けるのである。こういう価値の転換は、あの重症者を無視するための非常手段としてたしかに意味のあることである。彼等は安心して死を嘲《あざ》けるようになる。しかし万が一、第一の重症者が医者の誤診であって、一週間もするとぴんぴんして退院してしまったら、あとはどうなることだろう。

精神の世界では、こんなありえないような事件が屢々《しばしば》起るのである。そして寓話《ぐうわ》的な説明を台無しにしてしまうのがおちである。

われわれの年代――この奇怪な重症者――は、幸いにしてまだサナトリウムに入院してはいない。しかし私の直感にして誤りがないならば、サナトリウム内部では、既に無敵の重症者（リラダンの常套句《じょうとうく》に見るごとく、「もっと良い」ということは「良い」ということの敵であるから）の入院が噂《うわさ》され、この不吉な予測におびえて、早くも徐々に価値の転換が行われだしているようである。暗黙の約束による転換であれば、明示の約束よりずっと確実に実行されることと疑いない。とはいえ、賢明な彼等のうちの一人でも、来る《きた》べき第一の重症患者が、入院一週間後、第一の健康者として誰よりもはやく退院してゆく成行を、予見することができようか。

若い世代は、代々、その特有な時代病を看板にして次々と登場して来たのであった。彼らは一生のうちには必ず癒《なお》って行った。（と言っても、カルシウムの摂取で病竈《びょうそう》を固めてしまっただけのことだが。）しかしここに不治の病を持った一世代が登場したとしたら、事態はおそらく今までの繰り返しではすまないだろう。その不治の病の名は「健康」と言うのであった。

一例をあげよう。たとえば私はこの年代の一人としてこういう論理を持っている。

「苦悩は人間を殺すか？——否。

思想的煩悶《はんもん》は人間を殺すか？——否。

悲哀は人間を殺すか？——否。

人間を殺すものは古今東西唯《ただ》一つ《死》があるだけである。こう考えると人生は簡単明瞭《めいりょう》なものになってしまう。この簡単明瞭な人生を、私は一生かかって信じたいのだ。」

私は私自身、これを「健康」の論理だと感じるのだ。この論理には、あるいは逃避の、あるいは自己放棄の影が見られるかもしれない。それにしてもこの性急な「否」に、自己の病の不治を頑《かたく》なに信じた者の、快癒《かいゆ》の喜びを決して知らない者の、或るいたましい平明な思考がひそむのを人は見ないか？

戦争は私たちが小学生の時からはじまっていた。新聞というものは戦争の記事しか載っていないものと思っていたので、ある朝学校へ行って「アベのオサダ！　アベのオサダ！」と皆がさわいでいるのをきいても何のことかわからなかった。中学へ入ると匆々《そうそう》、教練の時間が二倍になった。そのうちに、ゲートルを巻かなければ校門をくぐれないようになった。銃剣術も日課の一つであった。成長しきらないわれわれの声帯から、あの銃剣を突き出すときの「ギャッ」という掛声が発せられても、嗜虐《しぎゃく》的であるべき「ギャッ」が青くさい被虐的な「ギャッ」になってしまうので、校庭には異様な凄惨《せいさん》な雰囲気《ふんいき》がただよった。

これから見ても、われわれの世代を「傷ついた世代」と呼ぶことは誤りである。虚無のどす黒い膿《うみ》をしたたらす傷口が精神の上に与えられるためには、もうすこし退屈な時代に生きなければならない。退屈がなければ、心の傷痍《しょうい》は存在しない。戦争は決して私たちに精神の傷を与えはしなかった。

のみならず私たちの皮膚を強靱《きょうじん》にした。面《つら》の皮もだが、おしなべて私たちの皮膚だけを強靱にした。傷つかぬ魂が強靱な皮膚に包まれているのである。不死身に似ている。縁日の見世物に出てくる行者のように、胸や手足に刀を刺しても血が流れない。些細《ささい》な傷にも血を流す人々は、われわれを冷血漢と罵《ののし》りながら、決して自殺が出来ない不死身者の不幸については考えてみようともしない。「生の不安」という慰めをもたぬこの魂の珍奇な不幸を理会しない。

——私は自分の文学の存在理由ともいうべきものをたずねるために、この一文を書きはじめたのではなかったか。しかしすでにその半ばを、私は自分の年代の釈明に費して来た。それは私が、文学が環境の産物であるという学説を遵奉《じゅんぽう》しているためではない。ただ何らかの意味で私たちが、成長期をその中に送った戦争時代から、時代に擬すべき私たちの兇器をつくりだして来たということを言いたかったのだ。丁度若き強盗諸君が、今の商売の元手であるピストルを、軍隊からかっさらって来たように。そして彼らが自分たちの生活をこの一挺《ちょう》のピストルに託しているように、私たちもまた、私たち自身の文学をこの不法の兇器に託する他《ほか》はないだろうから。盗人にも三分の理ということは、盗人が七分の背理を三分の理で覆《おお》おうとする切実な努力を、つまりはじめから十分の理をもっている人間の与《あずか》り知らない哀切な努力を意味している。それはまた、秩序への、倫理への、平静への、盗人たけだけしい哀切な憧《あこが》れを意味する。

先頃ある批評家が、私が文学というものを生活から離れた別のものとしてはっきり高く考えていることを指摘した。私は喜んでその指摘をうべなう。しかしそれはそれとして、「芸術」というあの気恥かしい言葉を、とりわけ作家・批評家にとってはタブウであるらしいあの言葉を、臆面もなくしゃあしゃあと素面《しらふ》で口にするという芸当は、われわれ面の皮の厚い世代が草始することになるだろう。作家は含羞《がんしゅう》から、批評家は世故から、芸術だの芸術家だのという言葉をたやすく口にしなかった。彼らは素朴な観念というものが人を裸かにすることを怖《おそ》れるあまり、却《かえ》ってその裏を掻《か》いて、素朴な観念ほど人間の本然の裸身を偽るものはないという教説を流布《るふ》させた。

「芸術」とは人類がその具象化された精神活動に、それに用いられた「手」を記念するために与えた最も素朴な観念である。しかしこの言葉がタブウになると、それは「生」とか「生活」とか「社会」とか「思想」とかいうさまざまな言替《いいかえ》の言葉で代置された。これらの言葉で人は裸かになりえたか。なりえない。何故《なぜ》なら彼等はこれらの言葉が、この場合、代置としてのみ意味を持たしめられていることに気附《きづ》いていないのだから。それに気附きつつそれに依《よ》った真の選ばれた個性は、日本ではわずかに二三を数えるのみである。

私はそのような選ばれた人々のみが歩みうる道に自分がふさわしいとする自信をもたない。だから傷つかない魂と強靱な皮膚の力を借りて、「芸術」というこの素朴な観念を信じ、それをいわゆる「生活」よりも一段と高所に置く。だからまた、芸術とは私にとって私の自我の他者である。私は人の噂をするように芸術の名を呼ぶ。それというのも、人が自分を語ろうとして嘘《うそ》の泥沼に踏込んでゆき、人の噂や悪口をいうはずみに却って赤裸々な自己を露呈することのあるあの精神の逆作用を逆用して、自我を語らんがために他者としての芸術の名を呼びつづけるのだ。これは、西洋中世のお伽噺《とぎばなし》で、魔法使を射殺するには彼自身の姿を狙《ねら》っては甲斐《かい》なく、彼より二三歩離れた林檎《りんご》の樹を狙うとき必ず彼の体に矢を射込むことができるという秘伝の模倣でもあるのである。——端的に言えば、私はこう考える。(きわめて素朴に考えたい。)生活よりも高次なものとして考えられた文学のみが、生活の真の意味を明かにしてくれるのだ、と。

こうして文学も芸術も私にとっては一つの比喩《ひゆ》であり、またアレゴリイなのであった。そこまで言ってしまっては身も蓋《ふた》もなくなるようなものだが、それは言わせる時代の方が悪いのである。解説を批評とまちがえ、祖述を文学精神ととりちがえているこの仮装舞踏会めいた奇妙な一時期は、一方また大小さまざまの彫刻展覧会で賑《にぎ》わっていて、そこでは丈余の大彫刻の裏側にかならず秘密の梯子《はしご》がかけてあって、「批評家は御随意にお上り下さい」というラテン語が刻んであるのである。ラテン語が読めるのは批評家だけだから一般大衆が上る気づかいはないが、うっかりこの梯子をかけておくのを忘れたり、梯子なんかかけるものかと意地を張ったり、もっともよくないのは、人が這《は》い上る心配がないように青銅の表面をツルツルに磨きをかけたりしてある意地わるな彫刻は、「ははあ、おびんずるが紛れ込んだな」と誤解されても仕方がない。彼はむしろ、彼一人の手でこんなに磨きあげた彫刻が、幾千幾万の無智にして無垢《むく》・迷信ぶかくして愛すべき民衆の手で磨きあげられたおびんずるに間違えられたことを、（この幸運にして名誉ある誤解を）、神および彼自身に感謝すればよいのである。

ジャン・ジュネ

朝吹三吉氏が、彫心鏤《る》骨《こつ》の訳に成る「泥棒日記」を以《もっ》て、ジュネを日本に紹介された。

ジュネは、猥雑《わいざつ》で崇高で、下劣と高貴に満ちている。知られざる父、彼を施療の産院に生んで姿を消した母、この両親の間に生れた孤児のうちに、二十世紀の最大の神秘主義者の一人が誕生したのであるが、彼をとりまく環境は感化院にはじまり、刑務所と陋巷《ろうこう》とのくりかえしであった。しかもジュネの永遠の少年らしさは、野獣の獰猛《どうもう》な顔をした天使を思わせる。スエーデンボルグが天使を説明してこう言っている。

「天界にあっては、夫妻は二人の天使ではなくして、一人の天使である。」

「天使が天界に於《お》ける服務は凡《すべ》て照応《コレスポンデンス》による」

「天使の顔面は常に東を向いている」……その通りである。ジュネは単性生殖をする。いつも自然との照応のうちに、泥棒と男色と裏切りとの彼のいわゆる聖三位一体のために、服務する。そしてその顔は、光明のほうに、いつも陽物のほうに向いているのだ。

かくも最低の条件に身を置いて、それが最高の表現に達するというのは、ふしぎなことだ。日本の私小説は、たとえ最低の貧窮をえがいても、せいぜい十九世紀の浪曼《ろうまん》主義が発明した古めかしい芸術家の矜持《きょうじ》に裏打ちをされた貧窮である。しかし文化の本当の肉体的滲透《しんとう》力とは、表現不可能の領域をしてすら、おのずから表現の形態をとるにいたらしめる、そういう力なのだ。世界を裏返しにしてみせ、所与の存在が、ことごとく表現力を以て歩み出すことなのだ。爛熟《らんじゅく》した文化は、知性の化物を生むだけではない。それは野獣をも生むのである。われわれはヨーロッパが生んだ二疋《ひき》の物言う野獣を見た。一疋はニジンスキー、野性自体による野性の表現。一疋はジャン・ジュネ、悪それ自体による悪の表現である。サルトルが、ジュネは悪について書いたのではなく、悪として書いた、と言っているのは正しい。

ジュネはまるきり教育がないが、「泥棒日記」のうちに、不可思議な照応《コレスポンデンス》によって、われわれは、西欧の悪漢《ピカレスク》小説の伝統、ローレンスが「アポカリプス論」において述べている形象思想家の異教的自然観、初期基督《キリスト》教の精神、フランスにおけるモラリストの伝統、カミュが「形而上的《けいじじよう》反抗」の中で列挙しているニヒリストと反抗的人間の系列、……さらにまた、パスカルの、ボオドレエルの影を読むのである。

ジュネの入った牢獄《ろうごく》は、思想犯の牢獄ではなかった。まるで音楽の才能のある男が音楽家になるように、牢獄へ入る才能があったから、牢獄がむしろ向うから歩いて来た。

ジュネを難解だという人があるかもしれない。しかしそれは隠語の難解さなのである。かつてバルザックは、「浮かれ女《め》盛衰記」の第四部で、泥棒の隠語に関する該博な知識を展開したが、小説のなかに素材として用いられたそれは、微妙に変質して、客観的隠語ともいうべきものになっている。ジュネは主観的隠語で小説を綴《つづ》った最初の男である。

ジュネの汚辱の本能と汚辱の体験は、通念では決して代置できない一種の純粋体験であったから、彼は通念による表現をあきらめ、自分の血肉と化した隠語を用いて、孤独な表現上の純粋さに達したものと思われる。自分が置かれた人間的悲惨からの「復権」は、ジュネのたえざる夢であったが、その復権を言語芸術によって企てようとする以上、彼は小説家であるより先に詩人であった。

復権の野心を駆り立てた目をおおいたいようなみじめさを、ジュネは、徒刑囚たちの頑丈な手がその製作の技術に熟達せしめられるあの憐《あわ》れな紙レエスに見た。肉体的外観そのものが「徒刑場の意味を最も深く表わしている」巨大な逞《たく》ましいアルマンは、その武骨な手がかつて紙レエスをつくることに習熟したことを思い出されて、耐えがたい屈辱感と戦いながら、こう呟《つぶや》く。

「もしお前が、人間は何でもわけなく覚えられるもんだと思っていやがるとしたら、お前は大馬鹿野郎だぞ」

ジュネは牢獄の中で、囚人の一人がこの紙レエスのような甘い莫迦《ばか》げた恋愛詩を作り、囚人たちがそれを讃《ほ》めそやすのを見て、最初の「復権」の野心を起した。「死刑囚」という詩が書かれたのはこのときである。いうまでもなく、と云っても、意外にも、と云っても、つまりは同じことだが、「死刑囚」は囚人たちには理解されず、それればかりか、さんざんにくたされた。

血肉と化した隠語、主観的隠語による詩的表現が、公衆からならば当然のこと、囚人たちから理解されないとは、どういうことなのか？　しかしそこでジュネが陥った孤独は、月並な「芸術家の孤独」とは多少趣を異《こと》にしている。ある状態に置かれた者の表現の行為とは何か？　状態を超脱することか、状態の示唆《しさ》する本質的なものと一体になることか？　ジュネは詩《ポエジー》をこう定義している。

「泥棒という言葉は、その主要な活動が盗みであるところの人間を指す。そういう人間から——彼がこう呼ばれているかぎり——彼の中の泥棒以外のあらゆる点を除去して、その人間を明確化するはたらきをする。彼を単純化するのである。ところで、詩《ポエジー》は、彼の泥棒という境涯への最も深い自覚にあるのだ。勿論《もちろん》、泥棒以下のいかなる境涯の場合でも、その人間に名称を与えるほどに本質的になることができる自覚ならば、それもまた同様に詩《ポエジー》であろう」

行為者であり表現者であること、表現される者であり表現する者であること、裁かれる者であり裁く者であること、死刑囚であり死刑執行人であること、かつてボオドレエルが企て、二十世紀にいたって、マルロオの「行為」の小説がその一つの典型を打ち建てた、真に今日的な文学の困難な問題がここにある。

三人の悪者《わる》の仲間と肩を並べて歩きながら、ジュネはこう感じる。

「わたしは、反映された彼等の意識だったのだ」

これは微妙な反語だ。ジュネの芸術行為は、理解されざる最初の文学的出発「死刑囚」から、世界の人々に理解されるにいたった今日まで、己れのエロティシズムの命ずるままに、芸術による芸術の克服の一線をまっしぐらに走って来ている。彼が目ざしているのは、復権の第一段階をおわった今では、聖性の獲得にしかない。聖性とは、神との合一であり、裁く者と裁かれる者とが融合されるとき、「私」は裁く者であると同時に被告であることを、やめるであろう、とジュネは云う。

ジュネはそれでよろしい。彼はいつしか聖《サン》ジュネになる。

しかし作品は、物の世界に取り残されている。

ボオドレエルが、死刑囚たり死刑執行人たる兼任を自覚したとき、彼は表現という行為がいずれは陥る相対性の地獄を予知していた。そしていずれは、表現のかかる自殺行為が、表現乃至《ないし》は芸術行為を救済する唯一《ゆいいつ》の方途になるであろう逆説的な時代を予感していた。

ジュネの男色は象徴的なものである。「泥棒日記」に描かれた恋愛は、精神と肉体との間に、人間の相異なるタイプの間に生ずる恋愛で、それは万有引力とひとしく、性別を超越している。スエーデンボルグの「天使の結婚」では天使という同一個体のなかでかかる結合が行われるが、愛する男と相擁している間のジュネは、天使の結婚に似たものを成就する。スティリターノの肉体的属性は、実はすべて「私」の創造の作用であって、スティリターノは実在しないのだ。ここでは精神が肉体を創造するところの創造作用がたまたま性慾《せいよく》の形であらわれ、かくして二つのタイプは、一方は幻影の放射により、一方は幻影の賦与《ふよ》により、しかも決して相犯すことなく、一個の形而上的結合を成就する。この結合の前には、世界は相対性のなかに打遣《うちや》られる。後段の泥棒と警官との恋、この男同士のカルメンの物語ほど、周囲の社会を相対的存在に還元してしまうものはない。

「私」は恋人の警官ベルナールにこう訊《たず》ねる。

『もしおれを逮捕しろという命令を受けたら、あんたおれを捕まえる？』

彼は六秒より長くは困った様子を見せなかった。片方の眉《まゆ》をしかめながら彼はこう答えた、

『そうしたら俺は自分で直接手を下さないですむようにするよ。誰か仲間に頼んでやってもらうよ』

このひどい卑劣さは、わたしを激昂《げっこう》させるよりはむしろわたしの愛を一層深くするものであった。

かかる結合は一個の仮設である。われわれはそこに、彼がこの書物を、「到達不可能な無価値性」の追求の書と呼んだゆえんのもの、彼の表現の行為が拠《よ》って立つ仮設を読むのだ。ジュネがいかに巧みにあの相対性の地獄から表現を生み出すか、その技術は、彼がエロティシズムを人工的に合成する技術と同じものなのである。警官と泥棒との関係は当然の背理を含むが、共犯の相棒に対してすら、ひとたびエロティシズムが導入されると、ジュネはあらゆる裏切りが、相手方から彼自身に対して可能であるような、そういう不可知の性格を相手方に賦与する。この不可知性、あるいは到達不可能の性質こそ、エロティシズムの条件をなし、その追求の無価値性を前提的に内

包しているのだ。スティリターノのあの葡萄《ぶどう》の房は、こうしたエロティシズムの機構の完全な象徴である。

ジュネは十八世紀の作家を思わしめるかかる機構を以て、対象を、物を、創造する。物の世界の最初のおどろくべき顕現は、スティリターノの魅惑が一旦うすれたのちに起ったが、その明確な発見を、ジュネは智《インテリジェンス》の目ざめと呼んでいる。

「……わたしはその頃、今述べたような精神の贅沢《ぜいたく》極まる超脱の結果、針金に一つだけ棄て置かれてあった洗濯挟《ばさ》みを見た時、或る絶対的な認識について啓示を受けたと思ったのだった。この誰でも知っている小さな物品の優雅さと奇異さが、わたしを少しも驚かさずに、わたしに顕われたのだった」

洗濯挟みが、スティリターノそれ自体の変形《メタモルフォーシス》であることは自明であろう。

「その後になって、わたしが美しい若者によって気が顚倒《てんとう》させられることを甘んじて受けながらも、これと同じ精神の超脱を適用する時、即《すなわ》ち、感動することは受け容《い》れながらも、感動にわたしを支配する権利は認めないで、それをこれと同じ澄んだ眼で観察する時、わたしはわたしの愛を真に識《し》るようになるのだ。そして、このわたしの愛から出発してわたしは世界とのもろ〳〵の関係を設定するだろう、――その時、智《インテリジエンス》が生れるだろう」

見者たることと愛することとの合致が可能なのは、芸術に於《お》てだけである。

ジュネの偏執的な即物主義は、そのまま一種の神秘主義に変貌《へんぼう》する。私はプルウストと対蹠《たいせき》的な自然描写、二十世紀文学における自然描写の一二を争うものを、カディスの突堤の岩の間にのぼる太陽や、チェッコスロヴァキヤとポーランドの国境の広闊《こうかつ》な畑に出現する一角獣の件《くだ》りに見たが、これらの個所で、ジュネは異教世界の自然を再発見していると謂《い》っていい。

この順礼者の足跡の及ぶところ、かつてハドリヤーヌス帝が「季節や気候の変化転移にこだわりなく、徒歩で無帽のまま、或《ある》いはカレドニアの雪中に、或いは上部エジプトの苦熱の沙漠《さばく》に進軍した」（ギボン「羅馬《ローマ》衰亡史」）時代とおなじ、或いは風土的なヨーロッパが展開される。游泳者《ゆうえいしゃ》が泳ぎながら見るような海、地に伏した者が草間からうかがい見るような曠野《こうや》、こういうほんのちょっとした視点の下降が世界を一変してみせ、ヨーロッパのあらゆる泥棒たちにとってそうであるように、国境などを価値なきものに見せるのである。こうして見られた無秩序の世界の広大さは比類がない。

ジュネは最下層の目が見たこの自然の秩序、海や、岩や、森や、裸麦の畑や、石の塊りとしての都会の中に、自分の作品を、自分の愛する男たちの裸像を鏤《ちりば》めたのであった。メタモルフォーシスは間断なく行われ、殴られた若い兵士の顳顬《こめかみ》から流れ出る血は、一株の桜草の茂みに変容する。肉体は、汎神論《はんしんろん》的な自然の一ディテエルなのだ。

われわれの時代は、久しくパトスから遠ざかっている。ジュネは言葉の真の意味におけるパセティックな作物を復活した。

バルザックやスタンダールが大いに鼓舞したあの能動的な情熱《パシオン》の代りに、本来の、受動的性格を帯びた感情の崇高さであるパトスが、ジュネの作品に蘇《よみがえ》っている。アリストテレスに於けるがように、それは明確にエートスに対比せられたパトスである。

あらゆる背徳にひそむ沈痛なものを、ジュネは、罪と呼ばずに、「崇高さ」と呼んでいるように思われる。ジュネは悲痛だ。感化院から中部フランスの農家に送られた時代の彼は、大人しい、やさしい、宗教的な感情にあふれた少年であった。後年あらゆる悪徳に染まりながら、泥棒の卑俗な歓喜の只中にすら、ジュネは硬い精錬された悲哀を見出《みいだ》す。彼の悲しげな歓喜の表情は、作中のいたるところに窺《うかが》われる。

古代の劇においては、神話的人物のみが悲劇を荷《にな》い、現世の人間は喜劇の裡《うち》に生きていた。その後永らく悲劇の登場人物は貴族に独占せられたが、小説の時代が来て、バルザックは、知能も膂力《りよりよく》も万人に秀《ひい》でた囚人ヴォートランに、はじめて悲劇にふさわしい情熱を賦与するのである。その情熱は失われたが、その悲劇性は、今日、ジュネによって社会の最低の人間に定着された。ここにはプルウストが描いたような、ヴウルジョアの滑稽《こつけい》さは微塵《みじん》も見られない。あらゆる状況が、「泥棒日記」の登場人物たちを、滑稽さから救っているのである。

この悲愴《ひそう》さ、悲愴の感じを深める一条の神秘的な光線はどこから来るのか？　それは単に、かれらが置かれた環境の悲愴さなのであるか？　なるほどその環境は、「港の物狂わしいまでの悲哀感」や、同囚の死を弔うために墓地の花を盗みにゆく泥棒たちの連帯感や美人局《つつもたせ》の少年が自分の体のあらゆる穴に挿《さ》して相手を挑撥《ちようはつ》する赤いカーネーションや、共棲《ともず》みの二人の若者の心と肉体とをやさしく感動させる、部屋中に張りめぐらした綱に乾《ほ》されている下着類や、そういうさまざまの抒情《じよじよう》的な背景に欠けてはいない。しかしこの悲愴さは、環境だけから来るものではない。

悲愴さは、登場人物たちが共通に持っている或る属性から来るのだ。かれらは悉《ことごと》く悲愴を身に鎧《よろ》うている。かれらは頑丈な外見と、「無道徳な精神の澄明《ちようめい》さ」を持っている。ジュネ自身にはほとんど否定的契機はないにもかかわらず、彼が愛するものは、否定者なのだ。かれらの悲愴さは、かかる否定のために用いられる莫大《ばくだい》な肉体的エネルギーの中に籠《こも》っている。そして否定者の行為、盗みや裏切りや殺人が、厳密に肉体の檻《おり》にとじこめられ、否定は終局的には無効におわる。かかる行為のエネルギーと肉体との相互のアンタゴニズムが、悲愴さの本質をなすのである。

ジュネが崇敬するのは、燦然《さんぜん》たる肉体的エネルギーであるが、結果的に彼は肉体的エネルギーの無力を愛しているのだ。事実、彼が考えた肉体とは、現代における人間存在の無力の比喩《ひゆ》でもあり、その復権の神話でもある。

育ちのよい読者は何よりも先にジュネのナチズム讃美《さんび》の口調に面喰うにちがいない。「ただドイツ人だけが、ヒットラーの時代に、同時に『警察《ポリス》』であり『罪』であることに成功した。この反対物の壮大な綜合《そうごう》、この真理の大塊は真に怖《おそ》ろしいものであった。そしてそれに充《み》ちていた磁力は今後長い間、我々を熱狂させ続けるだろう」

ジュネを熱狂させるものは、ナチズムの権力意志ではない。あの良かれ悪《あ》しかれ独創的な政治形態のうちに、危機の形で露呈された独乙《ドイツ》精神の有名な「悲劇性」なのである。私は思うのだが、ナチズムは本来、ニヒリスティックな芸術理念の無謀な現実化あるいは政治化であり、結果的にはその無力と破滅は目に見えている肉体崇拝の宗教だった。ナチスの破滅ほど、理念の破滅に似ない、膂力に秀でた青春の肉体の破滅を思わせるものはないのである。

ナチズムにはひどく耽美《たんび》的な危険がある。ナチ占領下のパリをひとり歩く男色家ダニエル（サルトル「自由への道」）は、「美、おれの宿命」と呟く。サルトルは、ダニエルをして、必然的に、ナチズムを、悪を、殺人を容認させている。ここらあたりが、小説家の悪智恵というものである。

私はまだジュネの幻視者《ヴィジョネール》の一面に触れずにいる。

ジュネによれば、徒刑囚の服は薔薇《ばら》色と白の縞《しま》になっており、花と徒刑囚の間には緊密な関係がある。汚辱のしるしが百合《ゆり》の花であった時代の百合。しかし百合はいつか復権するのだ。倫理的惨《みじ》めさの復権。その惨めさに、「貴顕社会の快楽の表現であるところのいろいろな属性を附与する」こと。

青い刺青《いれずみ》が、空に一番星を出現させる、抒情的な奇蹟《きせき》。繊細さの建築的総体である不可思議な宮殿、肉体のもつ豪奢《ごうしゃ》と、この地上の諸儀式の華麗との密接な暗合。ダイヤモンド。緋《ひ》の衣。血。精液。花。錦旗《きんき》。眼。爪。王冠。頸飾《くびかざり》。武器。涙。秋。風。幻想。水夫。雨。……礼拝。儀典。降霊。連禱《れんとう》。王権。魔術。……

これらがジュネの世界の秩序《オルドル》を形成する。

彼が好んで用いる「汚辱の豪奢」という言葉ほど、癩病人《らいびょうにん》の傷口に結晶した血と膿《うみ》の宝石の美しさを、如実《にょじつ》に伝えるものはない。

ジュネが有名になったとき、彼の刑期はまだ終っていなかった。友人たちの尽力で、彼の釈放はともかく合法的なものになった。この釈放の計画の核心、大統領宛《あて》の嘆願書の提出者は、痩《や》せた、首の長いヴォートラン、ジャン・コクトオその人であった。

ワットオの《シテエルへの船出》

1

画《え》の右方には、園の暗い森かげに、花に飾られた古代風の彫像が佇《たたず》んでいる。一本《もと》の巨樹の根方に、とてもキュピドンにはなり切れない好奇心にあふれた子供が、優雅な貴婦人の裾《すそ》につかまって、尋ねるまなざしをあげている。あと十年もたつやたたぬに、彼は恋を恋する小姓、あのシェリバンになるであろう。そこに腰かけているのは、ルウベンスの女ほど豊満でもなく、又大まかでもない、明《みん》末清《しん》初の影響をうけた支那《シノワ》趣味《ズリィ》の美女、ルウベンスよりもずっと繊細な、人形じみた美《び》貌《ぼう》の貴婦人である。女は扇を半ばひらいて、斜めに子供の顔を見下ろしている。しかし実は、彼女が見ているのは子供ではない。寄り添うた騎士の囁《ささや》きに心を奪われ、目はまだ耳の酩酊《めいてい》に逆らって、わざとあらぬ方《かた》へ向けられているのである。男の囁きは、おそらく一七〇〇年初演のダンクールの喜劇「三人のいとこ」に於《お》ける、村の娘の歌ことばに似ているにちがいない。

……

来よかし、シテエルの島へ
順礼に、われらともども
…………
そこにてぞ諸人《もろびと》はいともやさしき
逸楽の大事をすなる
…………
この旅に加わらんには
仰山の支度も無用
携えゆくはただ
わが恋と順礼杖《づえ》と
…………

その順礼杖はすでにかたわらの柔《ゆう》土に横たえられている。この騎士の船出に必要なのはあとはただ恋、優しい承諾の一揖だけだ。

左の次の一組では、騎士はもう迂遠《うえん》な慇懃《いんぎん》に見切りをつけ、黒っぽい緑の上着の貴婦人の両手をとって、シテエルへの船出を急《せ》かしている。

ピラミッド型の人物構成の頂点をなす中央の一組は、おそらくレオナルド・ダ・ヴインチの影響をうけた幽邃《ゆうすい》な神秘的な青い遠景の前に、すっくと立っている。すでに承諾を得た騎士は心もすずろに、女の背に手をまわし、船着場へ下りる道へ歩を進めている。

しかし貴婦人は自分の背後へ最後の一瞥《べつ》を投げている。ためらっているのではない。彼女はすでに恋を諾《うべな》った。彼女の前には陶酔と「逸楽の大事」Grande affaire des amusements が迫り、彼女の背後には、平和な貞潔と穏やかな無為がある。彼女はすでに前者を選んだ。しかしその面《おもて》は背後の平和と無為に、一抹《まつ》の残り惜しさを以《もっ》て、訣別《けつべつ》を告げているのである。

先へ進む五組には、喜悦の足取と、逸楽への心はやりが、おなじワットオのえがいたあの青衣の「無頓著《むとんじゃく》な人」のように、音楽的な躍動をかれらの姿態に与えている。そして画面の左端には金色燦然《さんぜん》たる船が、今や碇《いかり》をあげんとして乗船を促している。サウトマンの版画「魚類の奇蹟的牽引《きせきてきけんいん》」から取られたといわれる若い裸形の舟子《かこ》の姿が、光の中にたかだかと右腕をかかげ、恋の島への航海の水馴《みな》れ棹《ざお》をすでに水底《みなそこ》に突き立てている。

キュピドンたちは多忙である。あるキュピドンは船客を促し、ある者は艤装《ぎそう》をいそぎ、他のキュピドンたちは早くも光りかがやく天空に舞い立って、互いに戯《たわむ》れながら、恋の島シテエルへの水先案内をつとめている。かれらの向う天空は金色にかがやき、憧憬と希望に融《と》け入り、いつまでも終らない音楽の翔《かけ》りゆく方角のように思われる。ともするとシテエルへむかう船は、このたゆたう金色の空気に乗り、決してその航跡を水の上に残すことはないのかもしれない。

2

プルウストは「画家と音楽家の肖像」の中で、アントアヌ・ワットオを次のように歌った。(斎藤磯雄氏訳)

……いま黄昏《たそがれ》は青き外套《マントオ》もて、漠然たる仮面《マスク》の下《もと》に、
樹々と顔とのすべてをば隈《くま》取るなり。
人みなの疲れたる口のまわりに接吻《くちづけ》の痕《あと》、……
虚空《こくう》は和らぎ、いと近くあり、また迥《はる》かなり。
また愁いにみてる他の遠景に、仮面の群の恋の科《しぐさ》や、
虚偽《いつわり》多き恋なれど、悲しくもまた魅力あり。

詩人の移り気――はた恋する男の細心。
　恋は巧みに飾るべければ――
ここに船あり小《こ》昼餉《ひるげ》あり、はた静寂《しじま》あり音楽あり。

……………

「人みなの疲れたる口のまわりに……」とプルウストは歌っているけれど、「シテエルへの船出」には、官能の疲れ、逸楽の倦怠《けんたい》、と謂《い》ったものは片鱗《へんりん》もない。美しい風景の前に立つ楽人に耳傾ける人たちを描いた別の絵の題名にあるように、「生の《レ・シャルム・》魅惑《ド・ラ・ヴィー》」が漲《みなぎ》り溢《あふ》れている。或る純潔で、無垢《むく》で、疑いを知らない魂が、逸楽を描いたら、こんな絵になるのではないかと思われるような絵なのである。

　こんなに魂をこめて、快楽、恋の駈引《かけひき》、いつわりの恋、伊太利《イタリア》喜劇、というようなものが描かれ、それが画家の唯一《ゆいいつ》の誠実の表示にもなり、詩の具現にもなったということは、一体どういう問題だろう。

　人工的な恋なるものは、いつも宮廷生活の主題であった。ラクロの「危険な関係」のような不信の芸術、真の悪徳の芸術が成立するには、人間性の洞察に関する、もはや傷つきようのない絶望的な自尊心が必要である。十七世紀のラ・ロッシュフコオは、十八世紀のラクロを通じて、サド侯爵《こうしゃく》にまで到達するのである。そうしてパスカルのジャンセニスムから生れた人間悪の研究、人間の自愛による極度の人工的な人間関係の認識は、サドとカザノヴァの十八世紀にいたって、あえてルッソオの示唆《しさ》を俟《ま》たずとも、おのずからそのアンチテーゼへ、自然の汎神論《はんしんろん》的認識へ飛躍する。ロココはその間に成立した。ルイ太陽王の治世の末に生れ、一七〇二年に十八歳でパリへ来たワットオは、生活のために職人的技倆《ぎりょう》をきわめ、当時の時代の好尚に従って華やかな時世粧《じせいそう》をえがき、それがそのままロココの時代をひらき、また彼の後世を拓《ひら》いて、一七二一年七月十八日、宿痾《しゅくあ》の肺結核で死んだ。

絵具箱を携行して、自然をえがきに出かける習慣は、十九世紀以後のものであった。そこでワットオはプッサンなどと同じ方法で、日常手持ちの各種のデッサンを組合せ、一幅のタブロオを組立てた。ワットオの画架には、或る純粋な観念世界の下図があった。そこではとらえがたい透明な感情が、衣裳《いしょう》と仮面をつけて、人工の自然のなかを漫歩していた。

「ここに船あり小昼餉《こひるげ》あり、はた静寂《しじま》あり音楽あり」

プルウストよりもっとずっと以前に、ゴンクウル兄弟の「十八世紀芸術」に魅入られたヴェルレエヌは、ワットオの世界を文字に移し、憂愁と倦怠をその都雅に色増しして、「艶《えん》なる讌楽《うたげ》」Fêtes galantes を書いた。(鈴木信太郎氏訳)

…………

君の心は　奇《めず》らかの貴《あて》なる風景《けしき》、
仮面仮装の人の群《むれ》　窈窕《ようちょう》として行き通い、
竪琴《たてごと》をゆし按《あん》じつつ　踊りつつ　さはさりながら
奇怪《きっかい》の衣裳の下に　仄仄《ほのぼの》と心悲しく、

誇らかの恋　意のままのありのすさびを
盤渉《ばんしき》の調《しらべ》にのせて　口遊《くちずさ》み　口遊めども、
人世《ひとのよ》の快楽《けらく》に涵《ひた》る風情《ふぜい》なく
歌の声　月の光に　入り乱れ、

悲しく美《は》しき月魄《つきしろ》の光　和みて、
樹樹《きぎ》に　小鳥の夢まどか、
噴上げの水　恍惚《こうこつ》と咽《むせ》び泣き、
大理石《なめいし》の像の央《さなか》に　水の煙の姿たおやか。

…………

またヴェルレエヌは「半獣神」の題下に、恋人同士をみちびく哀愁の順礼と、かれらの未来に待つ禍《わざわ》いとに対して、半獣神の陶像が高らかにあげる嘲笑《ちようしよう》を歌っている。

しかしワットオがえがいた「伊太利の小夜曲《さよきよく》」「会話」「田園舞踏会」「恋の手ほどき」「田園奏楽」「消閑」「或る公園内の集い」「舞踏会の愉しみ」「狩の集い」「伊太利芝居の恋」そして又、この「シテエルへの船出」にも、描かれているのはいつも同じ黄昏《たそがれ》、同じ樹下のつどい、同じ絹の煌《きら》めき、同じ音楽、同じ恋歌でありながら、そこにはおそろしいほど予感と不安が欠け、世界は必ず崩壊の一歩手前で止まり、そこで軽やかに休ろうているのである。

何か厳然たる快楽の法則めいたものが、これらの絵の背後には控えている。私がさっきワットオの「透明な観念世界」と云ったのはそのことだったが、そこに描かれた快楽は予定調和のようなものを持っており、後にラクロが悪徳小説を成立させた同じ場所で、ワットオは破滅へ急ぐ心理の運動を放擲《ほうてき》して、別の全く可視的な、光が空気そのものをさえありありと見せる小世界を打建てた。

ジャンセニスムの裏返し、情熱を排除し快楽の純粋な法則に身を委《ゆだ》ねることで人間の必然的な悪から脱出すること、こういう音楽的な企図がおそらくロココの精神だった。のちの古典主義や浪曼《ろうまん》主義絵画には、必然が露呈され、画面は必然的に終結している。そこには悲劇の結末であれ、幸福な結末であれ、演劇的な帰結がある。しかしワットオの画面には、いつも偶然に支配された任意の或る瞬間が定着され、すべてはさだめなくたゆたい、当然また、人生の関心は任意の些事《さじ》に集中され、主題は恋の戯れの他《ほか》のものを追わないのである。

決して終らない音楽、決して幻滅を知らない恋慕、この同じような二つのものは、前者が音楽の中にしか存在せず、音楽そのものによってしか成就されないように、後者も情念の或る瞬間にしか存在せず、その瞬間の架空の無限の連鎖のなかにしか成就されない。こういうものが、ワットオのえがいたロココの快楽であり、又快楽の法則だったように思われる。

しかしワットオを風俗画から隔絶させているその明澄《めいちょう》な内面世界は、おそらく無垢《むく》で単純なものであった。画面の人物にも、躊躇《ちゅうちょ》、誘惑、猜疑《さいぎ》、誹謗《ひぼう》といった感情は、ところどころにかすかに流れている。とはいえそれらは、園の池のおもてに時たま落ちる雲の翳《かげ》にすぎず、支配的なのは、いつも感情の諧和《かいわ》、多くの人物の単一の内面である。溺《おぼ》れるばかりに同じ黄昏の光線に涵《ひた》ってはいるけれど、人々はほとんど語り合わない。伊太利喜劇の人物でさえ、甚《はなは》だしきは、「会話《コンヴェルサシオン》」画中の人物でさえ、語り合わない。ワットオの絵に耳をすますがいい。音楽や歌はきこえてくるが、会話は決してきこえて来ない。唖《おし》の身振で、思いをこめて、男は女を見つめ、女はあらぬかたを見つめている。ワットオは言葉を描かなかった。このクレビーヨン・ル・フィスの同時代人は、言葉だけが嘘《うそ》をつくことを知っていたから。

3

「念には念を入れるため、私たちはこの地上で、極楽に足を踏み入れておく」（ラ・ヴェリュ夫人がロココの享楽《きょうらく》主義を一言を以て道破した言葉）

……………

芸術の素材がすっかり自らを芸術化してしまっていたこの時代、芝居が舞台をはみ出して日常生活のすべてを包んでいたこの時代、こんなに描かれる対象が人工的なもので固められるとき、画家は何を描けばよいのか。対象が画面を模倣しているときに、画家がそこから自分の画を作り出そうとして、しかも諷刺《ふうし》による歪曲《わいきょく》に陥らないために、どんなことをしたらいいのか。ワットオの傑作の一つ L'enseigne de Gersaint は、幾分この間の消息をつたえている。

それは画商の店頭をえがいた絵で、客の貴婦人や搢紳《しんしん》や店子《たなこ》は鮮明な色彩で、壁にかけられた無数の売絵のおぼろげな背景の前に浮き出ている。しかし背景のひとつひとつの絵は精密にえがかれ、画家はすこしも退屈せずに、それらの多くの売絵の描写から、凡庸さの詩ともいうべきものを、にじみ出させているのである。あらゆる芸術まがいのもの、生活にまぎれこんだ卑俗な芸術、こういう素材に対するワットオの明澄な態度を、この画ほどはっきり見せてくれるものはなく、しかも意地悪な諷刺の歪《ゆが》みはすこしも見られない。

制作者と鑑賞家との幸福な合致が存在した古典主義の時代は、十七世紀と共に立去った。ロココの時代は鑑賞家が制作者に優先し、思想が趣味と化し、十七世紀の諸理念が風俗に堕《お》ちた一時期である。ワットオはこの時代の前に画架を立てた。感情生活のあらゆる隈々にしみこんだ俳優気取の前で、ワットオの目には、おそらくすべてが比喩《ひゆ》のように、ある隠された真情の寓喩《ぐうゆ》のように見えた。このはてしれない戯れは、要するにどんなに真剣な叫びもその一種にほかならない生の寓喩ではないのか。

ワットオの多くの画、あの美しい「生の魅惑」や「或る公園内の集い」までが、寓意を隠した寓意画のように見える。十九世紀ロマンチック絵画の或るもの、たとえばジェリコオの漂流者を載せた筏《いかだ》の絵に、われわれは不快な芝居じみたものを見るが、ワットオの伊太利喜劇の絵には、却《かえ》って裸の生があふれている。ワットオのつつしみ深さが、生を寓意的にしか語らなかったからである。

ここにまた一幅の美しいタブロオがある。La Leçon de Musique. 右には暗い焦茶《こげちゃ》の服の男が高く掲げたマンドリンを奏《かな》で、左には胸に薔薇《ばら》をつけた白衣の女が歌の本をめくっている。それは実に、絵の左方に楽器を奏でる男が立ち、右方に歌の本をめくっている女のいる La Leçon d'Amour と同じ画材なのだ。「音楽の手ほどき」と「恋の手ほどき」とは同じものであった。人工のもの、人から与えられたものなる楽譜があり、歌詞があり、同じものとして恋心があった。それは伊太利芝居の恋の場面で、人から与えられた台詞《せりふ》を、俳優が朗誦《ろうしょう》しているのと同じことなのである。こういう世界で音楽や歌や舞踏を描くことは、人間感情を直接にえがくことと同等の意味があった。言葉は何ものでもない。芸術に媒介された真情のほかに真情はなく、音楽のなかにしか存在しない感情が、人間感情のすべてを代弁する筈《はず》だ。ワットオの絵を寓意画と私が呼ぼうとしたのは、彼のえがく世界のこの二重の構造を、どう呼んでよいか迷ったからであった。

4

古典主義時代のあの普遍への欲求、あらゆる情念を個性から離れた情念それ自体として描きうると考えた抽象精神、そういうものから一人の画家の天才が見事に身をかわした。彼はロココを拓《ひら》く。そして十七世紀の主知主義が完全な美術的表現を獲得するのは、意外にも一世紀を隔てたナポレオン時代のダヴィッドに於てである。

ワットオもおそらく、人性批評家《モラリスト》の信じたような、人間の元素ともいうべき各種の純粋な情念の存在を信じた。しかし画家の目には、どうしてもそれらの情念が、緋《ひ》や緑や純白の絹の衣裳をつけ、あるいは扇を、あるいは楽器を携え、仮面をつけて、樹下を逍遥《しょうよう》している姿にしか見えなかった。

彼は見えるままの幻を、構成し、画布の上に定着する。彼は個性のない愛らしい繊細な女の顔をえがき、恋に余念のない多少薄馬鹿にみえる男の顔をえがき、かれらの衣裳にふりそそぐ木洩れ陽の明暗や、絹の煌めきを丹念にえがく。すると定着されたその瞬間に、衣裳の下の各種の情念は雲散霧消してしまう。画家の単一な魂がそれらを総括してしまうのだ。

ロココの世界は、画布の上でだけ、崩壊を免かれるのだった。なぜならワットオのように輝やかしい外面に憑《つ》かれた精神は、それ自身の運動によって崩壊してゆく内面的な危機から免かれていた。描かれおわった瞬間に各種の情念は揮発して消え、あとには、目に見える音楽のようなものだけが残った。

衣裳の下から、重い鬘《かつら》の下から、この画家の手によって消し去られた情念のあとの空白を、総括する画家の詩心は、そのあらゆる空白に詩を漲《みなぎ》らす。それは画中の画、詩のなかの詩ともいうべきもので、ワットオは決して抒情的《じょじょう》に詩情を描いたり詩を詠《うた》ったりしたのではなくて、画家の目を以て、まさに詩——、光のような透明な芸術作品——、を描いたのである。十九世紀末の象徴派詩人がワットオに共感を寄せたのは、理由のあることである。

5

それぞれの芸術のジャンルは、それぞれの表現の機能と職分を持っている。もしワットオが画家でありながら、詩や音楽のような画を描いたと云ったところで、褒め言葉にもなりはしない。重要なのは、彼が詩のような画を描いたことではなくて、詩そのものを描いたことにあると云ったほうがいい。

セザンヌの描いた林檎《りんご》は、普遍的な林檎になり、林檎のイデエに達する。ところがワットオの描いたロココの風俗は、林檎のような確乎《かっこ》たる物象ではなかった。彼はそのあいまいな対象のなかから、彼の林檎を創《つく》り出さなければならぬ。ワットオの林檎は、不可視の林檎だった。

実際この画家の、黄昏の光に照らし出された可視の完全な小世界は、見えない核心にむかって微妙に構成されているようにも感じられる。この画家の秘められた企てに、画中の人物は誰一人気づいていない。気づかれないほどに、それほど繊細に思慮深く、画家の手は動いたのだ。その企図がわずかながらうかがわれるのが「シテエルへの船出」なのである。

シテエルの島の画材は、ワットオの独創ではなかった。当時の職人的な画家の一人デュフロオは、すでに恋の島シテエルの愉楽をえがいた版画を物していた。のみならずこの島への船出の誘惑は、当時の喜劇にたびたび見られた主題である。

ワットオがこの一枚の傑作に費した準備は永い。恋の一組一組のデッサンは、ブリティッシュ・ミュージアムや、各地の各種のコレクションに散逸している。又彼は「シテエルの島」や、「シテエルの逸楽」を描いた。そして、幾多の習作は、「シテエルへの船出」(1717) に集中し、「シテエルへの船出」の画面は、金色の靄《もや》のかなたのシテエルの島へむかって集中しているのである。

キュピドンのみちびいてゆく彼方《かなた》には、たしかにシテエルの島がある。しかしそれは今は見えない。

黄金の靄の彼方に横たわる島には、(ワットオを愛する者なら断言できるが)、おそらく幻滅やさめはてた恋の怨嗟《えんさ》は住んではいず、破滅の前にこの小世界をつなぎとめた鞏固《きょうこ》な力が、おそらくその源を汲《く》む不可思議な泉の喜悦が住い、確実なことは、その島に在るものが、「秩序と美、豪奢《おごり》、静けさ、はた快楽《けらく》」の他のものではない、ということである。

私の小説の方法

一

　ここでは、小説の方法について古今東西の学識をふりまわせ、というのではなく、自家用の小説について、秘伝を洩《も》らせ、というほどの註文《ちゅうもん》らしいから、私はできるだけ率直に自分の工房をお目にかけようと思う。

　大体、芸術が共通の様式を失って、個々の方法意識によって生れるようになったのが、近代の特徴乃至《ないし》は通弊であり、小説が発達したのはようやく十九世紀になってからであるから、小説はそのまま方法論的芸術ということができるようである。戯曲のように、様式と方法が古典的に確立されたものは、いかに形を崩した近代戯曲といえども、厳密に方法論的芸術と呼ぶことはむずかしい。私がたえず戯曲に心を惹《ひ》かれるのは、小説のこの近代的特性からの逃避でもあるが、それはさておき、方法論的芸術というのは言葉の矛盾であって、小説の芸術としての成立ちのあいまいさは、悉《ことごと》くこの言葉によって象徴されていると言っても過言ではない。

「真の小説は小説に対して発する《否《ノン》》によって始まる。……『ドン・キホーテ』は小説の中で行われた小説の批評なのだ。」

というティボーデの有名な言葉は、いやになるほどたびたび引用されて、読者もよく御承知であろう。小説のこの発生的に孤独な状態は、いつも小説を、絵や音楽のような芸術――まちがえようのない芸術――とはちがったものにしている。絵には色彩があり、音楽には音がある。われわれは日常生活においてすら、色彩や音に対しては、芸術的選択をするように慣れている。しかし小説は、言葉、言葉、言葉であって、しかもその言葉は、詩のような音韻法則にも、戯曲のような構成的法則にも縛られていない。

小説はかくて自由である。どう仕様もないほど自由である。どんな下品な言葉を使っても、俗語を使っても外国語を使ってもよろしい。方法も放任されている。ここで私は「なぜ人は小説を書くか？」という大切な問題をわざと除外して物を言っているのであるが、小説は誰にでも書け、又、どのようにでも書ける。長い小説が書きたかったら、五千枚書こうが、（多分出版は難かしかろうが）、短いのを書きたかったら、三枚書こうが、すべて自由である。しかし、小説には古典的方法というものがないから、方法の摸索《もさく》に当って、批評精神が大きな役割を演ずるのである。「ドン・キホーテ」がそれ以前の騎士道小説に対する批評から生れたように、既成の小説に対する批評を方法論の根本におくことが、小説家の小説を書く上での最大の要請になるのである。

が、前にもいうように、批評→方法→芸術、という筋道はしかく簡単ではない。小説が、その方法論的構造をいかにして超克するかは、やはり絵描きにとって色彩と光線が問題であるように、文学の宿命的素材である言葉の問題にかかわって来るのである。

小説を芸術として成立せしめるのは、一にかかって、この言葉、すなわち文体であるといっていい。本講座は「文章講座」ということになっているようであるが、文章という言葉の日本的なあいまいな使い方が、実は私はあまり好きではない。私は私の使用法に従って、文章という言葉と文体という言葉をわけて考えている。たとえば、「志賀直哉氏はいい文章を書く」と言うのはいい。私は肯定する。しかし「志賀直哉氏は立派な文体を持っている」と言うなら、私は少し異論がある。これに反して、私の考えでは、「森鷗外はいい文章を書き、かつ立派な文体をもった作家」であり、「バルザックは、悪文家、かつ模範的文体の持ち主」なのである。

文体は普遍的であり、文章は個性的である。文体は理念的であり、文章は体質的である。個性的で体質的なものだけが、小説を芸術として成立たせるというのが、日本的な「芸」の考え方である。また文章は一個人の行為のようなもので、具体性を離れず、直感的にしか伝承されえない。日本の芸道は皆こういう伝承のされ方をし、方法論はかつて顧みられなかった。だからもし純粋に文章だけで成立った小説があるとすれば、それは方法論的芸術とは言えないから、真の小説とも言えないのである。

文体は普遍的であり、理念的である。つまり文体と言われるほどのものは、ある局限された環境の局限された行為や感覚にだけ妥当するものではなく、およそ人間に関係したあらゆるものに妥当しなければならない。浅草のお好み焼き屋の描写にだけ妥当するのは文章にすぎず、文体はもちろんそういうものをも描きうるのみならず、大工場でも政府の閣議でも北極の航海でも、あらゆるものを描き、あらゆるものに妥当する。文体とは、小説家の世界解釈の拠《よ》り所なのである。禅のいわゆる不立文字のような、具体的で直感的な世界解釈は、小説家にとっては無縁であると言わねばならない。小説家はまず言葉を、文字を、拠り所にする。そして文体によって世界を解釈する。

さっき私は文体と対比して、文章を個性的体質的であると言ったが、それはむろんニュアンスの差であって、文体こそ個性的体質的なものが、普遍的理念的なものに揚棄される媒立をするのである。だから一方、哲学や法律学の文は、文を構成する術語がもともと普遍的理念的なものを表現するために作られたものであるから、個性的体質的基盤をもっていない点で、小説の文体とことなる。従っても し、名文を書く哲学者がいれば、彼は全く体質的なものから直《じか》にその名文の味を、哲学用語のあいだににじみ出させたものと言えようから、彼は「文体の持主」と言うより「いい文章を書く」と言ったほうが適当であろう。

ここで文体の問題は、当然、小説の主題の問題に触れて来ざるをえない。小説家は文体によって世界と対決するから、おのずから彼が一生に書く小説の主題は、すべて文体の問題に含まれてくるわけである。読者はテーマ小説とよばれるテーマの露出した小説を御承知である。しかしいくら人体の中心は骨格であるとはいえ、レントゲンに映った美人の骸骨《がいこつ》は、美人とはいえまい。主題は、小説家が青年時代から徐々に自我に目ざめ、自我と世界との対決を迫られるにつれて、その対決の度合によって、さまざまな変化を示してくる。大筋は一つであるが、彼が小説を書く年齢によって、扱われる主題は多様な変化を示さざるをえない。その主題の拠り所が文体であることは先に述べたが、その主題を小説各部へ伝達するものもまた、文体なのである。

文体の普遍性と理念性なしには、主題は小説のすみずみにまで等分に滲透《しんとう》することはできない。もし文体が十分に普遍的でなく理念的でないと仮定しよう。それによって生れた主題は、当然あいまいなものになるが、小説家は自己の教養体験によって、哲学的な思惟《しい》をめぐらして、別の独立した普遍的理念的な主題を考え出すこともできよう。しかし文体はそれを伝達する力が足りない。すると小説のある部分は、具体的個性的な文章で補われるほかはなくなり、小説全体の等質性と均衡は崩れる。小説はいやに理窟《りくつ》っぽい露骨な主題と、いやに感覚的な具体的な描写との、水と油のように溶けあわない妙なごった煮になるだけである。

そこで文体は小説の構成乃至構造の問題にも触れてくる。文体なしに主題はないように、文体なしに構成もありえないのである。細部と細部を結びつけ、それをいつも全体に結びつけるはたらきが、不断にはたらいているためには、文体が活きて動いて行かなければならない。

小説に限らず、一個の作品というものはそういうものであるが、まずそれは一個の全体でなければならない。同時にあらゆる細部が活きていなければならない。そういう作品を作るために、小説家としてわれわれは、方法論をまず展開した。そこからはじめた以上、最後のどん尻《じり》まで、われわれは方法論を押しすすめて行かねばならない。細部で挫折《ざせつ》して、末梢《まつしよう》的な感覚に足をとられたり、詠嘆にわき見をしたりしていたら、すべてが瓦解《がかい》してしまうのである。

大へん原理的な、また、理想的な議論を述べたが、こういう理論によれば、必ず、全体として一個の世界であり同時に完全な細部を持った小説の一傑作が生れるかといえば、そうは行かない。

二

小説の文体は理論的に作り出されるものではない。言葉の使用法に関する技倆《メチエ》は、不断の訓練からしか生れないのである。

そのためには画家が絵具を、作曲家が音を扱うのとまったく同様な訓練が要る。私はこういう話をきいたが、画家がフランスへ修行に行って帰朝して長足の進歩を見せるということは、必ずしも泰西の傑作に数多く触れたり、海外の新機運に身近かに触れたりした結果ではなくて、実に単純なこと、毎朝きちんと、(描きたい気持があってもなくても)、一定の時間を、画架を前にして坐るという習慣が、外国で自然についてきて、帰朝後もその習慣を遵奉《じゅんぽう》するときに、そういう習慣をもたぬ、行き当りばったりの気分本位で画を描いている画家に比較して、はるかに著しい進歩が見られるということらしい。

実際、小説の方法と言っても道は一つしかなく、かかる不断のメチエの鍛錬がすべてなのである。こういうものを抜きにして語られた小説の方法は空中楼閣に等しい。しかし世の中には、音痴というものがあるように、言葉の感覚の生れつき鈍感な人もある。そういう人は小説を書かなければよいようなものだが、言葉は日常使っているものであるから、誰でも自由に使いこなせるという迷信があって、文章もなければ文体もない堂々五百枚の自称傑作などが生れて、原稿用紙をいたずらに費消させることになる。

言葉のそれぞれの比重、音のひびき、象形文字の視覚的効果、スピードの緩急、……こういう感覚を生れつき持った人が、訓練に訓練を重ねて、ようやく自分の文体を持ち、はじめて小説を書くべきなのである。インスピレーションや人生経験からいきなり小説を書こうという人が跡を絶たないのは、前にも言うように、言葉というものを誰でも自由に扱えるという錯覚、言葉に対する尊敬の欠如に由来するものであろう。こういう錯覚を押し進めたことが、日本の自然主義文学の最大の罪過であったと言っていい。それまでの日本文学の伝統では「言霊《ことだま》の幸《さき》わう国」というように、言葉に対する敬愛の念がいつも払われてきた。フランスでは今日も払われている。

自然主義文学が作り出した小説の「素朴なリアリティー」が、何故《なぜ》こうまで現代日本人の頭に深くしみ込んでいるのか、私にはほとんど理解しがたい。小説における「まことらしさ」という問題が、大てい、作者とその小説との密着した関係によって保証されるという現状である。

私には、自然主義文学、及びその末流私小説が毒したものは、作家その人よりも、小説の読者であると思われる。小説は正当な読者を失ったのである。つまり読者は小説を小説として読む習慣を失ったのである。

この問題に深入りすると、本題の小説の方法を外れてくるから、近代小説と告白との関係、私小説と近代小説の告白性との関係などの大問題は、伊藤整氏にお任せすることにして、私は日本における小説の読者が、いかに「素朴なリアリティー」にとらわれて小説を読むことを愛するか、という言い古された現象をもう一度提示するにとどめる。

私は小説の方法を論ずるに当って、小説が全く近代的な芸術であり、輸入芸術であって、その点では洋画や洋楽や新劇と少しもかわらないという点を強調したつもりである。こういう強調の仕方は、私が近代小説というものを、芸術上の史的一ジャンルとして限定する態度からきている。この態度を現在もっとも強力に、また論理的に押しすすめつつある批評家が中村光夫氏である。

日本人が西欧文化を輸入するに当って、もっともなおざりにされた問題は、西欧文化の体系性であると思う。なるほど哲学と法律の分野では、それはかなり見事に継受され消化された。しかし芸術の分野では、この点がもっとも閑却されたのである。

大体日本の芸術史は、ほとんどがジャンルの混淆《こんこう》の上に成立ってきた。初期の物語は、歌の詞書《ことばがき》の進化したものであった。戯曲は、文学としてなかなか独立せず、繁多で豊饒《ほうじょう》な演劇性のなかに放置しておかれた。皮肉にも文学として独立した近松の戯曲は、戯曲というよりも語り物に属するものである。音楽はいつも歌詞に従属してきた。また小説にしても、(ここで故意に小説という定義をひろげるが)、短篇小説と長篇小説は弁別があいまいであり、「堤中納言物語」や後代の「雨月物語」「春雨物語」のような純粋な短篇集をのぞいて、源氏のごとき長篇小説も五十四帖《じょう》の各挿話《そうわ》から成立ち、西鶴の長篇も連作的形式をとっている。

しかるに西欧では、ギリシャには小説こそなかったが、叙事詩、抒情詩《じょじょうし》、悲劇、喜劇の時代が、おのおの時を追って展開され、散文もまたアッティカにおいて確立された。ジャンルの弁別は古代から明確にはじまり、アリストテレスの百科辞書的研究によって、古代文化の体系が築かれたのである。

これを文化の構成力と呼んでもいいし、歴史を知的に論理的に押しすすめる力と呼んでもいい。まことに分類の精神なしには、綜合《そうごう》の精神はないのである。小説も西欧に生れた芸術である以上、大ざっぱな言い方ではあるが、文化のかかる論理的構造を内包している。それは同時に、小説を小説として成立たせた力であり、小説を他の分野から独立させ、一つのジャンルとして弁別した分類の精神にもとづいている。小説一つをとってみても、世間でまるで新しいビルを一つ建てるように、「長篇小説の構成」などと呼んでいるものの中にも、西欧文化のこのような性格が根本的にひそんでいるのである。

従って私は、日本では、小説が「ドン・キホーテ」のように、「小説の中で行われた小説の批評」として成立する前に、まず「小説とは何ぞや」という問題から、書きはじめられなければならないと思う。この原理的な思索が、実は、小説をわれわれが書く上での根本条件になる。これと同時に、このような思索が、日本においては、既成の自然主義末流小説への「小説の中で行われた批評」になることはティボーデのいうとおりである。「われわれは何故《なぜ》小説を書くか？」という問題は、その後の問題である。

三

私は故意に、精神主義的な議論を避けてきたが、それはあまりに言い古されたことであるし、古ぼけた小説の先生が、二言目にふりまわすのは、小説家としての心の問題であって、日本では生花や長唄の師匠をはじめ、小説でもそういう御託宣が重んじられるのは周知の事実である。

小説家は誠実でなければならないか？　そういう質問の出し方が愚劣なのであって、人間は当然誠実であるべきなのだ。そして少し大胆な言い方がゆるされるなら、人間にとってある場合は正直が美徳であり或る場合は嘘《うそ》も美徳でありうるように、小説家にとってもそうであるにすぎない。小説家だけが誠実を売り物にするのは偽善である。何が小説家の道徳であるかといえば、すべて芸術家の道徳は微妙であって、小説家たるものは、いかに真摯《しんし》に全力をつくして仕事と取組むかということが、最大の道徳である、というほかはなかろう。いくら私生活が修身教科書のようであろうと、小説に対して道徳的でない小説家は、不徳漢である。

私は冒頭で、小説の方法について古今東西の学識をふりまわすのではなく、できるだけ率直に工房を公開する、と書いたが、ここまで読んできた読者は、その点が大いに不満であろうと思う。しかし今まで述べてきた原理的な事柄は、小説を書くに当って、必ず私の念頭に去来する問題である。この問題の複雑さと困難が、私に与える精神的疲労は一通りでない。私の工房を公開するにはこれだけの前置が、どうしても必要な所以《ゆえん》である。

私は小説を書くに当って、まず第一に、大へん困惑している。どう仕様もないほど困惑している。私が日本で、東京の一角で、一篇の小説を書きはじめるということは不可能なのではないかと思われる時がある。だから率直にいえば、私の小説は、この不可能事からの幾分かの妥協にはじまると言っていい。その点で私も不徳漢の一人であろう。

私は少しでもいい小説を書くには、素材を永く温めることが必要であると考えている。それは誰しも考えることであろう。素材に対する鳥瞰《ちようかん》的な立場を獲得するには、時間が要るのだ。素材の各部分の配分、見とおし、構成、ということは、素材が現実の卵の殻をくっつけているあいだにはできにくい。小説は現実を再構成して、紙上に第二の現実を出現させなければならない。

私にとっては、小説の腹案がうかんだとき、短篇では最後の場面、長篇では最も重要な場面のイメージがはっきりうかぶまで、待つことが大切である。そしてそのイメージが、ただの場面としてではなく、はっきりした強力な意味を帯びて来ることが必要なのだ。ある象徴的ではあるが同時に視覚的な一場面がうかんで来ると、それは視覚的でありながら、音楽的な感動を私によびおこす。私はその音楽を咀嚼《そしやく》する。その間《かん》に、おそらくその小説の文体が決定されて来るのだ。というと、小説家は、自分の書く小説のそれぞれに文体を変えうるように誤解されるかもしれないが、われわれが自分の肉体を脱《ぬ》け出せないように、文体も個性から完全に離脱することは不可能である。不可能ではあるが、小説家は別に創造の自由の自覚を持っていて、さほど自分の限界を気にかけない。

さてイメージが或る強力な意味を帯びてくる。そこで主題が決定されて来るのだ。私はその主題をのがすまいとあせり、できるだけ手もとに引きとめておき、できるだけゆっくりと咀嚼する。徐々に主題が、各場面を浮き出させ、各場面及び各人物の濃淡と比重を明確にしてくる。

私はイメージが完了し、小説がすでに書かれた如《ごと》く細部まで浮き上って来るまで待つことはできない。探偵小説なら格別、そうしたあとで書き出しては、創作慾《よく》は減退するし、細部はなおざりにされるであろう。しかし全体の知的な見とおしは出来上っている。修正、時には根本的改訂の可能性は当然あるにせよ、全体の青写真はすでに出来上っている。細部はまだ放置されている。……こんな状態が、小説をいよいよ書き出すときの私の愉快な状態である。

尤《もっと》も書き出すやいなや、この愉快な気持はあとかたもなく消失する。一行一行が壁になり、彫刻家のノミに反抗する大理石になる。この作業が、日々の訓練なのだ。ドイツ語のいわゆるターゲヴェルク（日々の仕事）なのだ。兵士にとって、訓練が実戦であり、実戦が同時に訓練であるように、実戦の経験なしに訓練だけで、よい兵士が作られるわけはなく、小説を書かないで素描だけで小説家になれるわけもない。一つの新しい小説の制作は、一つの新しい訓練の場である。忍耐と意志が必要だ。

長篇小説では、作者自身のためにも読者のためにも、緊張した場面のあとに多く息抜きの場面が作られる。そういうとき、息抜きの場面をしっかりと保持するものは、文体の力のほかにはない。文の各細部は緩急強弱のさまざまなニュアンスをもつけれど、文体はあらゆる細部にわたって、同じ質を持続しなければならない。

長篇小説の各章、各節、各段落の切れ目は、うまく行くときに、作者に限りない愉悦を与える。暗示的な会話で、そういう切れ目を作ることは、最も安易な、また最も効果的な手であって、私はしばしばそれをやった。しかし地の文で切れ目を引きしめるほうが、もっと困難ではあるが、もっと渋いやり方である。

長篇小説の結末のつけ方は大へん困難である。泉鏡花のような浪曼《ろうまん》派の作家は、そこへきて、奇想天外な手を用いる。鏡花の「風流線」などは、通俗小説と呼んでいいものであるが、結末の短い章「大水牛」へきて、ギリシア悲劇の大詰のように、登場人物の大半をバタバタと殺してしまうのである。そして奇妙なことに、このやっつけの大団円のおかげで「風流線」の読後感は、一種荘厳なものになるのである。

独逸《ドイツ》流の教養小説などは、本来、結末のつけられないものであろう。古今東西の大小説家は、大てい主人公の死か、さもなくば出家（パルムの僧院）によってしか、結末をつけることのできなかった作品を沢山書いてある。長篇小説は粋《いき》がって暗示的に終らすよりも、野暮に大時代《おおじだい》に終らすほうが、本筋ではないかと思われる。そこが短篇小説の結末とちがったところである。

さて、作者は小説を書きおわる。最後の一章を書くときの昂奮《こうふん》と幸福感はたとえようもない。しかし書き終って、昂奮のさめやらぬ一夜が明けると、何とも言いようのない虚無感に襲われるのが常である。小説の制作を懐胎と出産にたとえることはよく行われるが、子供を生んでからこんな虚無感に襲われる母親はまずあるまい。この虚無感がもっとも似ているのは、むしろ性交のあとで男性の感じるあの虚無感なのだ。彼は酒を飲む。何日かたつ。そしてまた、同じ虚無感に到達するために、原稿用紙に向うのである。

新ファッシズム論

こんにち、狂気ということが成功を奏するということは、現代の特異性の一つであり、うまく成功を収める型の狂気は、殆《ほと》んど、権力に対する衝動から出てくるものばかりだと云っても過言ではない。

——バートランド・ラッセル「権力」——

私の答案

私がファッシズムに興味を抱いたのは、左翼系の某誌が私をファッシスト呼ばわりしてからであった。大体、左翼の人は「ファッシスト」と呼ぶことを最大の悪口だと思っているから、これは世間一般の言葉に飜訳《ほんやく》すれば「大馬鹿野郎」とか「ひょうろく玉」程度の意味であろう。それにしても、この私が「何とかイスト」呼ばわりされたのははじめてで、これが少々私の虚栄心をくすぐった。共産党よりももっと口の悪い私の友人は、「お前も今までペデラストにすぎなかったが、ファッシスト呼ばわりされれば、はじめてイストに昇格したんだから、大したもんだ」なんぞと云う。私は面倒だから、原書はよまないが、日本語に飜訳されたファッシズム文献はあんまり豊富ではなかった。その読んだ二三のもののうちから、次に書こうとするのが、私の答案である。

私は大体、ファッシズムを純粋に西欧的な現象として、主にイタリーのその本家とドイツのナチズムとに限定して考えるのが、本筋だと考えている。イギリスのコミュニスト、パーム・ダットによると、西欧のファッシズムが政治権力を握る過程には、一定の定型があって、それがほとんど枠《わく》を外れたことがない。

パーム・ダットの「ファッシズム論」は共産党の書いたものであるから、ファッシストを頭のからっぽな暴力団の徒党ぐらいに考えている傾きがあり、その成立の必然性や、インテリゲンチャの思想的共感をいかにして得たか、という点の叙述は閑却されており、すべてがコチコチの唯物《ゆいぶつ》論的弁証法で固められている。初版は一九三四年であるが、ファッシズムの運命に関する限り、この本の言うとおりになったのであるから、古典的名著というのであろう。共産党の悪口に、敵を悉く《ことごと》「神秘主義的」とけなすのが一般に行われ、この本でも、ファッシズムをしきりに神秘主義よばわりしているが、私はあのヒトラアも「我が闘争」の中で、コミュニズムを神秘主義よばわりしているのを読んで、苦笑を禁じえなかった。

さて、パーム・ダットによると、ファッシズムとは、窮地に追いつめられた資本主義の最後の自己救済だというのである。そしてそれが権力を握るにいたるティピカルな過程は、まず共産党が議会の議席の過半数を占め、ゼネ・ストを指導し、正に革命の勃発《ぼっぱつ》寸前というときに、社会民主々義者たちの裏切りによって、革命が挫折《ざせつ》する。その好機を狙《ねら》って、ファッシストが資本家の後援によって登場し反共テロを開始し、一方、社会主義的偽装によって民心をとらえる。そして一旦政権を掌握すると、社会主義理念は名のみにとどまり、独占資本の後楯《うしろだて》になり、今までの無思想の暴力行動に、神秘主義的ファッシズム哲学を以《もっ》て、事後の理論づけを行う、というのである。

この定型を日本にあてはめて見た場合、どうなるかについては後述するが、ファッシズムがいわゆる「世界観」であることがやかましく云われていた時代から、この狂暴な政治形態が深く二十世紀的現象であるということはもっと日本でも究明されてよかった。

前近代的な日本ファッシズム

私は現存の政治形態を、技術的な政治と、世界観的な政治の、二種に大別して考えたらよいと思う。前者の代表としては議会制民主々義があり、永い伝統をもち、今では半ば自然発生的なものと考えられている。フランス革命以前にも、はるか古代に、アテナイの民主政治というものがあった。これは政治が技術的なものと考えられた時代の産物であり、相対主義の上に立ち、近代以降は、政治家という職業自体が、一種の社会的分業の観念を背後に持っていた。政治は世界観ではなく、政教分離以来、道徳は教会の手に委《ゆだ》ねられ、また政治は科学でもなく、ルネッサンス時代の狂暴な都市国家の統治者におけるがような政治という名の芸術でもなかった。政治は一種の高度の生活の技術であった。デモクラシー社会主義もまた、技術的な政治理念の一変種と考えることができる。

第二の世界観的な政治が、二十世紀にいたって、技術的な政治では解決しえない問題の解決に乗り出した。コミュニズムとファッシズムである。前者の信奉する科学と、後者の信奉する神話とは、およそ相容《あいい》れない対照を示しているが、科学というとき、われわれは先験的な認識能力を想起し、神話というとき、われわれは潜在意識的な記憶に思いいたる。人工的な政治理念が、それぞれ源泉的なものを錦《にしき》の御旗《みはた》にして、その人工性を覆《おお》おうとするのである。「資本論」と「我が闘争」は、全く一個人によって書かれた著書にすぎず、ヴォルテエルの著書も決してこのような神格には達しなかった。世界観的な政治の最大特徴は、一個人から生れた思想乃至《ないし》観念の、現実における実現ということであり、権力は技術的なものではなく体系的なものになり、政治理念は、宗教道徳科学芸術あらゆるものを包括し、そのため一見、文化主義のような形をとることとさえある。世界観的な政治は、その発生形態において、個人主義の極致と考えてもよいのである。また芸術的創造がもっとも個性的なものであるという意味で、コミュニズムが政治の科学化、乃至は科学の政治化を企てたとするなら、ファッシズムは、芸術の政治化を企てたものともいえよう。

ここではコミュニズムに触れている暇がないから、ファッシズムにだけレンズの光りを収斂《しゅうれん》するが、正にこういう理由で、日本のいわゆるファッシストたちは二十世紀的現象としてのファッシズムとは縁が遠かったというほかはない。何故《なぜ》なら戦前の日本の右翼は、悉く天皇主義者である。彼らの思想は極度に人工的な体系を欠いていた。つまり議会制民主々義は技術的政治形態であるから、欽定《きんてい》憲法の下でも、いくばくの矛盾を容認しつつ、成立しうる。しかしファッシズムは、人工的な世界観的政治形態であるから、実は自然発生的な天皇制とはもっとも相容れない筈《はず》であった。私は戦時中の日本のファッシズムといわれるものを、その言論統制その他におけるあらゆるナチス化をも含めて、技術的な政治の理論的混乱とより以上は考えないのである。軍部独裁は歴史上にしばしば見られたところで何の新味もなく、統制経済と言論統制は世界観的政治の技術的摸倣《もほう》にすぎず、かれらの犯した悪は、ファッシズムの悪というより、人間悪、権力悪の表現であった。人間悪はファッシズムなんかを乗り超えて広大である。(こういうことをいうと、コミュニストが私を馬鹿にする顔が目に見えるようだ。)

また日本のいわゆるファッシストは、インテリゲンチャの味方を持たなかった。日本のハイカラなインテリゲンチャは、日の丸の鉢巻や詩吟や紋付の羽織袴《はかま》にはついて行かなかった。しかるに西欧のファッシズムは、プチ・ブゥルジョアジーの革命と考えられている。パーム・ダットは、ファッシズムを中間階級の独自的運動と解することを、自由主義者の迷妄《めいもう》と見なし、その本質をブゥルジョア独裁に置くのであるが、ファッシズムが多数の自由職業者・専門家層に呼びかけ、インテリゲンチャの人心を収攬《しゅうらん》したことはたしかであった。

何故か? これが重要だ。ファッシズムはニヒリズムにおもねったからである。

ニヒリストの救い

ムッソリーニは、十九世紀的実証主義に反対して、「ファッシズムは宗教的観念である」と主張する。その理論的指導者ジョヴァンニ・ジェンティーレによれば、イタリア・ファッシズムの源は、詩人・思想家・政治的著作者の少数者の意志が歴史を左右すると考える十九世紀のリゾルギメントーの運動に在ったが、彼はファッシズムの特徴を、ファッシスト国家なるものが、一の徹底した精神的創造である、という点に置いている。同時にそれは反理知主義であり、何らの思弁的体系ではなく、特定のテーゼから出発しているものでもない。思索と行動は常に不可分であり、ファッシズムは行動に移されない思索を尊重しない。

二十世紀初頭の西欧には、ニヒリズムによる反理知主義の風潮が滔々《とうとう》たるものがあった。これにおもねって世に出たのが、フロイドであり、ファッシズムである。その先駆者がニイチエであった。

ヘルムート・ティーリケによれば、無の絶対化によってニヒリストは、自我崩壊と世界崩壊に直面し、機械の一つの歯車にすぎぬところの職務実行者《フンクティオネール》に自らをおとしめ、かくてファッシズムの受入態勢を作った。しかしファッシズムにとっては、かかる羊のような麻薬常習者よりも、ニイチエの亜流のほうが利用しやすかったにちがいない。いわゆる能動的ニヒリズムの一傾向が、ファッシズムを志向したのである。

ニヒリストは世界の崩壊に直面する。世界はその意味を失う。ここに絶望の心理学がはたらいて、絶望者は一旦自分の獲得した無意味を、彼にとっての最善の方法で保有しようと希《のぞ》むのである。ニヒリストは徹底した偽善者になる。大前提が無意味なのであるから、彼は意味をもつかの如《ごと》く行動するについて最高の自由をもち、いわば万能の人間になる。ニヒリストが行動を起すのはこの地点なのだ。

コミュニストはファッシズムの神話の子供だましの荒唐無稽《こうとうむけい》を指摘するが、正にその同じ理由で、ファッシズムはインテリゲンチャを吸収しえた。

またニヒリストは相対主義には決して陥らない。無の絶対化が前提になっているから、どんな理念であろうと、絶対主義こそは、この無の最上のモデルである。

「行動に移されない思索が尊敬されない」となれば、思索することをやめない人間は、何でもよいからたえず行動していなければならない。ある種の精神病の療法のように、ファッシズムはこういう意味でニヒリストの救いであった。

ファッシズムの発生はヨーロッパの十九世紀後半から今世紀初頭にかけての精神状

況と切り離せぬ関係を持っている。そしてファッシズムの指導者自体が、まぎれもないニヒリストであった。日本の右翼の楽天主義と、ファッシズムほど程遠いものはない。

世界をおおう理想主義の害悪

紙数が少いから先を急ぐけれど、民族主義は、実はファッシズムにとって二次的なものであり、その基礎は唯我哲学の拡張にすぎなかった。バートランド・ラッセルも云っているように、「人種とナショナリズムに対する信念は、このようにして唯我哲学の心理的に云って当然の帰結」であった。日本の右翼がファッシズムと相渉《あいわた》るのは、主としてこの二次的な面である。ジェンティーレか、他の論者のように、ファッシズムを社会的民族主義という範疇《はんちゅう》に入れず、民族主義と全体主義との間に、本質的差異を認めたのは正しかった。民族主義はもっとも利用しやすい武器である。

未開の民族のいわゆるエモーショナル・ナショナリズムが、今日ではアジアの革命の心理的基盤になっている。今日のアジアでは革命は都市労働者から勃発するのではなく、組織化された農民一揆《いっき》のような形で勃発する。第二次大戦後のアジアにおける共産主義民族戦線のテーゼは、その魅力で以て、日本の右翼の重要な縄張りを奪ってしまった。

私が右のように問題を限定して来ると、今日ファッシズムの脅威と呼ばれているものは実は疑似ファッシズム、あるいは後述するように、「反映としてのファッシズム」の脅威であることが分明になる。

目下の危険は、ファッシズムや、コミュニズムそのもののなかにあるのではなく、「反共」という観念に熱中して、本来技術的な政治形態が、おのれの相対主義を捨て、世界観的な政治を摸倣するところにある。

二つの世界の対立は、資本主義国家と共産主義国家、民主々義国家と共産主義国家の対立、という風に規定されているけれど、本来別の範疇に属する政治形態の間には、厳密に云って、対立関係というものはありえない。もしあればそれは、理念的対立ではなく、力の対立である。だから本当の危機は単なる力の対立が、理念的対立を装《よそお》うところにあるのだ。

私は「自由世界」という言葉をきくたびに吹き出さずにはいられない。本来相対的観念である「自由」なるものが、このような絶対的な一理念の姿を装《お》うているのは可笑《か》しいことである。絶対主義のこういう無理な摸倣のおかげで、今日世界をおおうているのは、政治における理想主義の害悪なのである。

英国があくまで技術的な政治の伝統に忠実であり、相対主義と現実主義を忘れず、ソヴィエトもまた、マレンコフ以来、技術的な政治理念をもっぱら技術的にとりいれつつある時に、(事実、もし世界の共産化が成功すれば、再び技術的な政治形態が復活するであろうし絶対的な理念は分裂して相対主義に陥るだろう。アジア諸国に、すでにその二つの姿が、並行して現われている)、米国のみが、「反映としての世界観」を固執しているようにみえる。民主々義が道徳と文化を規制し、まことに奇妙なことながら、民主々義それ自体による言論統制さえ行われようとしているのは、こう考えてゆけば、別にふしぎなことでも何でもない。

西欧のファッシズムは、二十世紀前半の尖鋭《せんえい》な歴史的事件であった。それがそのままの形で再現することは、私にはありそうに思われない。

ファッシズムも普遍的だ

そこで話が私のことにもどるが、コミュニスト諸君、人をやたらにファッシスト呼ばわりするのはお止《や》めなさい。ファッシストと呼ばれることが、正にその呼ばれた人間をファッシストにしてしまうのである。共産党が自分の敵に、誰でもやたらにファッシストの貼紙《はりがみ》をぶらさげるので、弁別の能力のない人はいつも同じ形の、伝説的な強制収容所の幻影をえがくのだ。恐怖によってファッシストになることが愚かしいことであるのと同時に、恐怖によってコミュニストになるのも愚かしいことである。実際、諸君の度重なる呼びかけが、疑似ファッシズムでない本物のファッシズムを再現させる一因となるかもしれないのである。

暴力と残酷さは人間に普遍的である。それは正に、人間の直下に棲息《せいそく》している。今日店頭で売られている雑誌に、縄で縛られて苦しむ女の写真が氾濫《はんらん》しているのを見れば、いかにいたるところにサーディストが充満し、そしらぬ顔でコーヒーを呑《の》んだり、パチンコに興じたりしているかがわかるだろう。同様にファッシズムも普遍的である。殊に二十世紀に於《お》いて、いやしくも絶望の存在するところには、必ずファッシズムの萌《ほう》芽《が》がひそんでいると云っても過言ではない。

そこで突然私が「芸術家の存在理由」を持ち出せば、人は又かと云うだろうし、「美がどうとかこうとか」云い出せば、臼井吉見氏のように、「三島が三十面《づら》を下げて、よくも美などと云っていられたものだ」と笑われるだろうが、ニヒリストが絶対主義の政治に陥らぬために、「美」がいつも相対主義的救済の象徴として存在する、という私の持説を附言することをゆるしてもらいたい。美は、ともすると無を絶対化しようとするニヒリストの目を相対性の深淵《しんえん》を凝視することに、連れ戻してくれるはたらきをするのである。そうしてそれこそが今日における芸術の荷《にな》っている急務なのである。

永遠の旅人——川端康成氏の人と作品

一

数日前の新聞によると、川端さんは又、ペンクラブ代表で渡欧されるのを中止されたらしい。毎年、年中行事のように、川端さんがペンクラブ大会へ出席のため、外国へ行かれるというニュースがつたわる。それからしばらくして、これ又年中行事のように、それが中止されたことが報ぜられる。一般読者には何のことかわかるまい。

しかし奇抜なのは、川端さん御自身にもわかっていないらしいことで、何度か私は、

「今年はいよいよいらっしゃいますか」

ときくのだが、

「さあ、わかりませんねえ」

という返事に接するだけである。ギリギリの時でもそうなのである。そして結局、川端さん自身の意向で、中止と相成る。

私は大体、本当に外国へ行くことの必要な文士は、是が非でも行く運命になるという説の持主で、何か支障が生じて行けなかった文士は、その実、本当に外国へ行く必

要のなかった人だという考えだが、この説はどうも川端さんにぴったり当てはまりそうに思える。しかしこの場合私の問題にしているのは、そのことではなく、渡欧及び中止という経過が川端さんをめぐって起るそのいきさつ、及びこうした経過の川端さんに関する一種の法則性なのである。

川端さんの生活、芸術、人生万般がすべてこのデンなのである！　一体川端さんが本当に外国へ行きたいのか、行きたくないのか誰も知らない。川端さん自身も御存知ないことを、誰が知りえようか？

私のようなセカセカした、杓子《しゃくし》定規の、何事も計画的に物を運ばなければいられぬ男から見ると、川端さんは一つの驚異である。神様は人間を作るのに、庭を作るように、いろいろな対比を考えてたのしみながら作り、そのためにこんな極端な性格上の対比が生れたのだろう。東洋流に云うと、私のようなのは小者であり、川端さんは底の知れない、つかみどころのない、汪洋《おうよう》たる大人物である。

しかし川端さんのことを、「肚《はら》のできた人物だ」とか「大度量の人物だ」とかいうのをきくと、又してもそぐわない気持が起る。こういう性格類型から、すぐわれわれは西郷隆盛のタイプを想像してしまうからである。しかるに川端さんは痩軀《そうく》の上に、あの神経的な風貌《ふうぼう》をもち、西郷隆盛とは似ても似つかない。一方にはわれわれは、近代的末梢神経《まつしようしんけい》の病的な鋭敏さというのやら、古美術蒐集家《しゆうしゆうか》の繊細な美意識というのやら、世俗に流布《るふ》されている多くの偏見を以《もつ》て川端さんを見ており、事実川端さんの作品は、豪宕《ごうとう》で英雄的な作品とはいえず、繊巧でおそろしいくらい敏感な作品である。

川端さんという人物の独自さは、こういう不可思議な混合された性格にあるので、それでは氏の生活と作品が全く別物かというと、それが又共通した一本の糸がとおっているからますますふしぎなのである。あの繊巧な作品にも、随所に、投げやりな、大胆きわまる筆触を見出《みいだ》すことができる。

二

川端さんを冷たい人と云い、温かい人と云い、人によってまるでちがった評価をしているが、ごく世俗的な意味で温かい人というなら、氏は温かい義侠《ぎきよう》的な立派な人でもあり、窮境にある者に物質的援助を与えたり、就職の世話をしたり、恩人の遺族の面倒を見たり、その種の美談は氏の半生に山積している。そういう人から見れば、氏は幡随院《ばんずいいん》長兵衛のようにも、清水次郎長のようにも見えるであろう。そしてそういう行為をする氏に些《いささ》かの偽善の匂《にお》いのないことも氏の特質である。現に私が外遊する際にも、川端夫妻がわざわざ拙宅を訪ねられて、激励され、私は心細い一人旅の門出に、どれだけ力強い思いをしたかわからなかった。

しかし一方、ごく世俗的な意味で温かい人の備えている過剰な親切心、うるさい善意の押売、こちらの私生活にどんどん押し入ってくる態度、そういうものが氏には徹底的に欠けている。私は十年間も氏に親炙《しんしゃ》しながら、ついぞ忠告らしい忠告をいただいたことがない。尤《もっと》も私に忠告をしても、どうせ言うことをきくまいから、ムダだと思っていられるのかもしれないが。……氏は下戸であって、酒呑《さけの》みの粗放な附合《つきあい》をされぬことも一因だが、私はこの十年間に、一度も、氏から半強制的に「附合え」と命ぜられたことがないのである。町でパッタリ会っても、若輩の私のほうから、お茶にお誘いするくらいだ。

世間的な、「一杯行こう」とか「附合のわるい奴だな」とかいう生き方をしている人から見れば、こんな川端さんが冷たく見えるのは当り前であろう。私だって、時には氏が、何か陽気の加減で、バカげた相談事をもちかけて下さるのを期待していないではないが、まあそんなことは金輪際あるまい。

或る人が言うのに、

「小説家のお供をして旅行に行くなら、川端さんに限る。あんなに一緒に旅行をして、気骨の折れない人はない。事務的に実に親切だ。それ以外では、完全に放りっぱなしにしてくれる」

　この人の言が真実だとすると、川端さんの人生は全部旅であり、氏は永遠の旅人のようにも思われる。人生の一角に腰をすえてかかろうとするから、つい、隣り近所へ恩を売ったり老婆《ろうば》親切を振舞ったりしたくなるのである。それならいつも旅に出ていれば、川端さんのような生活態度をとれるかというと、そうでもなく、旅に出ればますます周囲をうるさがらせる人物は数多い。

　それにしても、他人に対して、どんな忠告も不要と考える境地に、われわれはなかなか到達することはできぬ。理論的にはあらゆる忠告はエゴイズムの仮装にすぎまいが、われわれは人の忠告に対して又ぞろ、「忠告なんてエゴイズムの仮装にすぎないじゃないか」と忠告しかねない。忠告というような愚劣な社会的連帯の幻影を打ち砕けば、しかし、他のあらゆる幻影も打ち砕かれて孤独になってしまうという恐怖がわれわれには在る。

　川端さんを「孤独」と呼んだり、又別の見地から「達人」と呼んだりする伝説が、ここに生ずる。もちろん製作に孤独は必要だが、力強い製作の母胎をなすような潑剌《はつらつ》たる孤独は、のんべんだらりんとした惰性的孤独感から生れるものでもない。プルウストはコルク部屋に己れをとじこめながらも、ときどき毛皮の外套《がいとう》を着て、仲間の文士の顔を見に行った。まして川端さんは、シンが丈夫なたちで、持病もなければ、めったに風邪も引かれない。人が思い描くような慢性的孤独の中で、世間をあきらめたような顔をしていられるわけがないのである。

川端さんは実によく出かけられる。ポオの「群集の人」ではないが、人の多く集まるところに、川端さんの「孤独な」顔を見出すことは珍らしくない。何が面白いという表情をしていて、そのくせ好奇心の旺盛《おうせい》なタイプに、正宗白鳥氏と共に、氏を数え入れてよいかもしれない。例の鎌倉文庫時代には、精励恪勤《かっきん》の重役として、チャンチャンと社へ顔を出し、食が細くて、一時にたんと上れないところから、小さな弁当を四度にわけて喰《た》べておられた。もう弁当の要る時世ではないが、ペンクラブの例会にも欠かさず出席され、その種々雑多な外部との折衝にも立会っていられる様子である。一二度川端さんと、待合せたことがあり、時間の正確なのにおどろかされたが、一方、すべてがビジネスライクかというと決してそうではない。

お若い時分、家主のおばあさんが家賃の催促に来ると、黙っていつまででも坐っているだけで、おばあさんを退散させたというのは有名な話だが、氏の私生活には、今もあんまり計画性というものは見られない。昔、新進作家時代から、大きな家に住むのがお好きで、熱海に大邸宅を借りられたが、お客が泊るとなると、あわてて奥さんが貸蒲団屋へ走ったなどというのも、たとえ作り話にしても、いかにも川端さんらしい挿話《そうわ》である。一時は、本宅は貸家で、軽井沢には、持家の別荘を三軒もっておられたそうだ。こんな人はそう数多くあるまい。骨董《こっとう》屋なども、氏にかかっては、いろいろ苦労をするだろうと思われる。

就中《なかんずく》ふしぎなのは、氏が来客のために割いている時間である。ほとんどお客を断らない氏のことであるから、在宅の折には、編輯者《へんしゅうしゃ》、若い作家、骨董屋、画商などの、数人、時には十数人の来客が氏をとりまいている。私はたびたびお訪ねして、その末席に連なったが、立場もちがい、用件もちがうそれだけの人の間で、主人側がどんどん捌《さば》いてゆかない限り、話題の途絶えてしまうことは当り前である。一人が何か喋《しゃべ》る。氏が二言三言答えられる。沈黙。又誰かの唐突な発言。又沈黙。……こうして数時間がたって了《しま》う。

私は大体気短かで、人の沈黙に耐えられないタチだが、世間には気の長い人があって、相手が黙っているほど楽であり、黙っている人の相手をしている分には、ちっとも疲れないという人がある。川端さんは大体このタイプに属し、何か別のことを考えておられて、あまりお疲れにならぬらしい。だから川端さん係りの編輯者もそういう人が最適であり、何時間でもぼんやり沈黙の雰囲気《ふんいき》をたのしむ人でなければならぬ。

川端さんが、来客の大ぜい待っている客間へ出て来られて、その中の誰に最初に話しかけられるか、ということについて、或る人から聞いたが、必ず若い女性が優先するのだそうである。

初対面の人に対する川端さんのとっつきの悪さは有名である。黙って、ジロジロ見られるので、気の弱い人は冷汗を拭（ぬぐ）うばかりである。或る若い初心の編輯嬢が、はじめて氏を訪ねて、運悪く、あるいは運よく、他に来客はなかったのだが、三十分間何も話してもらえず、ついにこらえかねて、ワッと泣き伏した、などというゴシップがあるくらいである。

客の中に骨董屋がいて、川端さんのお気に入る名品などを持って来た場合には、氏はそれに没頭して了われて、骨董のコの字も知らない連中までが、ひたすら氏のうしろ姿と古ぼけた名画とを鑑賞しなければならぬ羽目になる。はじめ氏は私を買いかぶっておられたのか、いろいろ所蔵の名品を見せて下さったが、一向私が関心を示さないので、このごろは諦《あきら》めて、見せて下さらなくなった。

新年の二日には、川端家では賀客を迎えるならわしである。戦後はじめてその席に連なったとき、皆の談論風発のありさまを、一人だけ離れて、火鉢に手をかざしながら、黙って見ておられる川端さんに向って、故久米正雄氏が、急に大声で、

「川端君は孤独だね。君は全く孤独だね」

と絶叫するように云われたのをおぼえているが、そのとき私には、川端さんよりも、当の賑《にぎ》やかな久米氏のほうが一そう孤独に見えたのであった。私には一つの確信があるのだが、豊かな製作をしている作家の孤独などは知れている。

私が長々と、氏の客に接する態度などに触れたのは、川端さんは一体時間が勿体《もったい》ないのかしら、という当然の疑問からであった。ビジネスの部分をもっと整理すれば、私生活の時間がいくらでも割けるのが、作家の特典だと思っている私である。それが又、ビジネスの相手の利益にもなることは勿論《もちろん》である。しかし川端さんの生活態度は、やはり冒頭にのべたあの法則に則《のっと》っているのである。成行まかせとしか云いようのないこういう態度、一面から見れば、生活蔑視《べっし》の態度については、後段で整理するつもりで書き進む。

しかし氏の人に接する態度で、つくづくたのしそうな面も見られないではない。それは戦後俄《にわ》かに盛んになった外国人との交際の場面である。氏ほど西洋人を面白がって眺めている人はめずらしい。西洋人の席にいる氏を見ていると、いつも私はそう思うが、それはほとんど、子供が西洋人を面白がってしげしげ眺めているあの無垢《むく》な好奇心に近づいている。

占領中米国大使館にミセス・ウイリアムズという面白いおばあさんがいて、この人が日本語がまるで出来ないくせに川端さんの大ファンになり、氏もよく附合っておられた。ミセス・ウイリアムズは、文学などわかる人ではなく、日本で云えば天理教信者と謂《い》ったMRAの狂信者であり、鷹揚《おうよう》で、いかにもアメリカ的に明るく、気のいい、可愛《かわい》らしい大女のおばあさんであった。この人が川端さんの作品一つ読まずに、川端ファンになってしまい、川端さんも含羞《がんしゅう》から、英会話なんか知っていてもやらない人で、二人はただ目と表情で話すだけなのだが、氏がたのしそうに附合っていられるのが私にはよくわかった。「千羽鶴」が芸術院賞をうけたとき、ミセス・ウイリアムズは、わからぬながらも、わがことのように喜んで、早速祝賀会をひらいたが、行ってみると、用意された大きなケーキに、鶴が一羽しか描かれていない。私が「鶴が一羽だけじゃ、おかしい」と忠告したら、ミセス・ウイリアムズは「どうしておかしい」と反問する。

「それでもおかしいものはおかしい」と私は言った。ミセス・ウイリアムズは、

「だって、千の羽根毛をもつ鶴だから、一羽でいいじゃないか」と言うのであった。

誰かがそういう飜訳をして、おばあさんを文学的誤解に陥らせたものと思われる。

い。

三

ここらで、氏の作品について語らなければならぬ段階だが、今までこんなに砕けた肖像画を描いて来ては、今更目くじらを立てて川端康成論を展開するわけには行かない。

ただ私はこのごろになって、ヴァレリイの「作家の生活が作品の結果なのであって、その逆ではない」という有名な箴言《しんげん》もさることながら、一流の作家の作品と生活は、私小説的な意味ではなしに、結局のところ一致した相似の形を描くものだという確信を抱くようになった。

芭蕉のあの幻住庵《げんじゅうあん》の記の「終《つい》に無能無才にして此《こ》の一筋につながる」という一句は、又川端さんの作品と生活の最後の manifesto でもあろうが、川端さんの作品のあのような造型的な細部と、それに比べて、作品全体の構成におけるあのような造型の放棄とは、同じ芸術観と同じ生活態度から生じたもののように思われる。

たとえば川端さんが名文家であることは正に世評のとおりだが、川端さんがついに文体を持たぬ小説家であるというのは、私の意見である。なぜなら小説家における文体とは、世界解釈の意志であり鍵《かぎ》なのである。混沌《こんとん》と不安に対処して、世界を整理し、区劃《くかく》し、せまい造型の枠内《わくない》へ持ち込んで来るためには、作家の道具としては文体しかない。フロオベルの文体、スタンダールの文体、プルウストの文体、森鷗外の文体、小林秀雄の文体、……いくらでも挙げられるが、文体とはそういうものである。ところで、川端さんの傑作のように、完璧《かんぺき》であって、しかも世界解釈の意志を完全に放棄した芸術作品とは、どういうものなのであるか？　それは実に混沌をおそれない。不安をおそれない。しかしそのおそれげのなさは、虚無の前に張られた一条の絹糸のおそれげのなさなのである。ギリシアの彫刻家が、不安と混沌をおそれて大理石に託した造型意志とまさに対蹠《たいせき》的なもの、あの端正な大理石彫刻が全身で抗している恐怖とまさに反対のものである。

そして氏の作品におけるこの種のおそれげのなさは、氏の生活において云われる、「度胸」とか「肚《はら》」とか「大胆不敵」とかの世俗的表現の暗示するものと、いかにも符節を合している。氏の生活の、虚無的にさえ見える放胆な無計画と、氏が作品を書く態度の、構成の放棄とはいかにも似通っている。今、年譜を綿密に調べないで言うことだから、まちがいであったら訂正するが、氏の作品にはおそらく書き下ろしは一つもなく、悉《ことごと》くがジャーナリズムの要請するままの発表形式で書かれたものである。「雪国」のごときはしかも、永年未完成のままに放置されて、戦後になってから完成され、「千羽鶴」も「山の音」も、もうおしまいかと思うと、又つづきがあらわれて、何年かを経て完成されるが、さて完成されても、ドラマティックなカタストローフは決して設定されず、本当に終ったのかどうか、読者にも疑問に思われる。この点では、一見共通した作風の泉鏡花などが、通俗小説にひとしい「風流線」を、ギリシア悲劇のような急速なカタストローフで結んだのとは反対である。

川端さんのこういうおそれげのなさ、自分を無力にすることによって恐怖と不安を排除するという無手勝流の生き方は、いつはじまったのか？

思うに、これはおそらく、孤児にひとしい生い立ちと、孤独な少年期と青年期の培《つちか》ったものであろう。氏のように極端に鋭敏な感受性を持った少年が、その感受性のためにつまずかず傷つかずに成長するとは、ほとんど信じられない奇蹟《きせき》である。しかし文名の上りだした青年期には、氏が感受性の潑剌たる動きに自ら酔い、自らそれを享楽《きょうらく》した時代もあったことはたしかである。氏がきらいだと言っておられる「化粧と口笛」のような作品では、氏の鮮鋭な感受性はほとんど舞踏を踊り、稀《まれ》な例であるが、感性がそのまま小説中の行為のごとき作用をしている。

氏の感受性はそこで一つの力になったのだが、この力は、そのまま大きな無力感でもあるような力だった。何故《なぜ》なら強大な知力は世界を再構成するが、感受性は強大になればなるほど、世界の混沌を自分の裡《うち》に受容しなければならなくなるからだ。これが氏の受難の形式だった。

しかしそのときもし、感受性が救いを求めて、知力にすがろうとしたらどうだろう。知力は感受性に論理と知的法則とを与え、感受性が論理的に追いつめられる極限まで連れて行き、つまり作者を地獄へ連れて行くのである。やはり川端さんがきらいだと言われている小説「禽獣《きんじゅう》」で、作者ののぞいた地獄は正にこれである。「禽獣」は氏が、もっとも知的なものに接近した極限の作品であり、それはあたかも同じような契機によって書かれた横光利一の「機械」と近似しており、川端さんが爾後《じご》、決然と知的なものに身を背けて身を全《まっと》うしたのと反対に、横光氏は、地獄へ、知的迷妄《めいもう》へと沈んでゆくのである。

このとき、川端さんのうちに、人生における確信が生れたものと思われる。それは突飛な比較かもしれないが、十八世紀のアントアヌ・ワットオが抱いたような確信だった。情念が情念それ自体の、感性が感性それ自体の、官能が官能それ自体の法則を保持し、それに止《とど》まるかぎり、破滅は決して訪れないという確信である。虚無の前に張られた一条の絹糸は、地獄の嵐に吹きさらされても、決して切れないという確信である。これがもし大理石彫刻なら倒壊するだろうが。

こうして川端さんは、他人を放任する前に、自分を放任することが、人生の極意だと気づかれた。その代り他人の世界の論理的法則が自分の中へしみ込んで来ないように警戒すること。しかしその外側では、他人の世界の法則に楽々と附合ってゆくこと。……実際、快楽主義というものは時には陰惨な外見を呈するものだが、ワットオと共に、氏の芸術を快楽的な芸術だと云っても、それほど遠くはなかろう。

そして、何よりも生活は蔑視せねばならぬ。何故なら、一旦放任した自分が生活の上で重要なものになることは危険だからだ。もし放任された自分が、生活を尊重し、生活を秩序立てようとする意志、あるいは破壊しようとする意志を持ち出したら、作品が危険に瀕《ひん》するだろう。この点で川端さんの人生は、悪い言葉だが実に抜け目がなかった。

ここまで言えば、冗《くだくだ》く言う必要もないことだが、川端さんが文体をもたない小説家であるということは氏の宿命であり、世界解釈の意志の欠如は、おそらくただの欠如ではなくて、氏自身が積極的に放棄したものなのである。

抽象観念の城郭にとじこもった人から見れば、川端さんの生き方は、虚無の海の上にただよう一羽の蝶のように見える。しかしどちらが安全か知れたものではない。

そういう川端さんが、完全に孤独で、完全に懐疑的で、完全に人間を信じていないかということになると、それは一個の暗黒伝説にすぎないことは、前にも述べたとおりである。氏の作品には実にたびたび、生命（いのち）に対する讃仰《さんぎょう》があらわれ、巨母的小説家であった岡本かの子に対する氏の傾倒は有名である。

しかし川端さんにとっての生命とは、生命イコール官能なのである。この一見人工的な作家の放つエロティシズムは、氏の永い人気の一因でもあったが、これについて中村真一郎氏が、私に面白い感想を語ったことがある。

「この間、川端さんの少女小説を沢山、まとめて一どきに読んだが、すごいね。すごくエロティックなんだ。川端さんの純文学の小説より、もっと生なエロティシズムなんだ。ああいうものを子供によませていいのかね。世間でみんなが、安全だと思って、川端さんの少女小説をわが子に読ませているのは、何か大まちがいをしているんじゃないだろうか」

このエロティシズムは勿論、大人が読まなければわからないエロティシズムだから、中村氏はそれを逆説的に誇張して言ったのにすぎないが、この感想は甚《はなは》だ私の興味をそそった。

氏のエロティシズムは、氏自身の官能の発露というよりは、官能の本体つまり生命に対する、永遠に論理的帰結を辿《たど》らぬ、不断の接触、あるいは接触の試みと云ったほうが近い。それが真の意味でエロティックなのは、対象すなわち生命が、永遠に触れられないというメカニズムにあり、氏が好んで処女を描くのは、処女にとどまる限り永遠に不可触であるが、犯されたときはすでに処女ではない、という処女独特のメカニズムに対する興味だと思われる。ここで私は、作家と、その描く対象との間の、——書く主体と書かれる物との間の、——永遠の関係について論じたい誘惑にかられるが、もう紙数が尽きた。

しかし乱暴な要約を試みるなら、氏が生命を官能的なものとして讃仰する仕方には、それと反対の極の知的なものに対する身の背け方と、一対をなすものがあるように思われる。生命は讃仰されるが、接触したが最後、破壊的に働らくのである。そして一本の絹糸、一羽の蝶のような芸術作品は、知性と官能との、いずれにも破壊されることなしに、太陽をうける月のように、ただその幸福な光りを浴びつつ、成立しているのである。

戦争がおわったとき、氏は次のような意味の言葉を言われた。「私はこれからもう、日本の悲しみ、日本の美しさしか歌うまい」——これは一管の笛のなげきのように聴かれて、私の胸を搏《う》った。

楽屋で書かれた演劇論

理想の劇場は死んだ

この「芸術新潮」に、フルトヴェングラーの文章が連載されていたが、その中にひどく心を搏《う》たれた一行がある。フルトヴェングラーの文章は難解でもない。逆説的でもない。何ら独創的な思想があるわけでもない。いわば常識に終始している。その常識的な一行が、私の心を搏ったのである。それはニイチェがワグナーを当初あれほど敬愛していながら、やがてワグナーに失望して離反する径路をえがいた件《くだ》りだが、フルトヴェングラーはこう説明している。

「ワグナーは芸術家だったから、理想主義者ではなかった。ニイチェは理想主義者だったから、ワグナーに失望した」

この傍点は私のつけたものだが、私を搏ったのは、かるがると常識的に云われたこの「だったから」である。実はこの「だったから」は、日本では由々しい問題なのだ。日本では「芸術家だから理想主義者ではない」という命題は、少くとも江戸時代には真理だったろうが、江戸時代には、厳密に言って、近代的芸術家も近代的理想主義も存在しなかったから、こんな命題は、本当は成立しない。さて明治以後はどうかというと、「芸術家だから理想主義者だ」という命題は実に頻繁《ひんぱん》にくりかえされるが、「芸術家だから理想主義者ではない」という命題のほうは、今日なお、まるで背理のような感じで耳にうけとられる。フルトヴェングラーがやすやすと、当然の常識としてそう言うのをきいて、我が耳を疑わない日本人はめずらしかろう。

さて、わが新劇界は、現代日本文化における芸術家の位置を、あくまでも、「芸術家だから理想主義者だ」という、反フルトヴェングラー的命題で縛りつけようとする点で、まさに先頭に立っている。ここではまだ明治の開化時代とおなじで、演劇の指導者である劇作家と評論家なるものは、何か一つ語学が達者で、外国の本をたくさん読み、しじゅう芸術的不満に煮立っており、何かに怒っており、否定の情熱を弁当箱のようにぶらさげ、外国の演劇理論や演技理論を丁寧に祖述し、しょっちゅう青年層にむかって媚《び》態《たい》を呈していなければならない。

故加藤道夫氏の生涯を思うたびに、私は彼を囲んでいたこういう環境のことを考える。彼はいつも世俗に傷つけられていると感じていたが、世俗的なものは一劇作家を追っかけて傷を負わせるほど暇ではない。彼を傷つけ彼を追いやったものは、彼自身気づいていたかどうか知れないが、右のような新劇界の風潮そのものだった。しかも彼は、語学の達人で、外国の芝居を読みすぎ、少女のように良心的で、自分が理想家であらねばならぬという当為におびえていた。彼がわざわざエンターテイナアと銘打った「襤褸《ぼろ》と宝石」が、いかに人をたのしませず、いかに彼の悲痛をむきだしにしていたことか！　彼は自分を追っかけてくる芸術家の義務、理想主義者たることからのがれて、一心に、「理想の劇場」を夢みていた。他へはのがれようがなかったのだ。その結果、どうなったかというと、理想の劇場はどこにもみつからず、舞台の上に見る自作はますます彼を傷つけ、ようやく自殺という手段によって、この心やさしい詩人は、「理想の劇場の存在する国」へと旅立った。

さて、ワグナーは、理想の劇場をバイロイトに建設した。こんな地上的大事業を実現した芸術家は、他にはいない。ラインハルトも遠く及ばず、ディアギレフは破産した。しかしフルトヴェングラーの口吻《こうふん》によれば、ワグナーが理想の劇場らしきものを実現したのは、彼が芸術家であって理想主義者ではなかったためらしい。理想主義者でない男が建てた劇場が、客観的にはいかに理想の劇場であっても、彼自身にとっては理想の劇場であったかどうか大へん疑わしい。のみならず彼は自分の金で建てたのではなかった。彼はバカ殿様の懐《ふとこ》ろから莫大《ばくだい》な金を引き出して、湯水のように使う才能をもっていた。又、世間に自分のことを、正真正銘の天才と思い込ませる才能ももっていた。この男は芸術家であったが、理想主義者ではなくて、政治家でもあったらしい。

ここまで来ると私の論理は少々混乱して来る。この地上で自分の意欲を実現する方式に二つはないのではないか？　芸術も政治も、その方式に於《お》ては一つなのではないか？　だからこそ、芸術と政治はあんなにも仲が悪いのではないか？　ただ、いつも必ず失敗し、いつも必ず怒っているのは、理想主義者だけなのである。

ワグナーは、加藤道夫氏とちがって、どうやら、理想の劇場は死んだということを、誰よりも鮮明に、腹の中で知っていた男のように思われる。だから彼の「理想の劇場」が建ってしまったのである。しかしこの壮大な規模の古代祭典劇の再現を自分で見ながら、やはりワグナーは、その友にして仇敵《きゅうてき》ニイチェが荘厳な面持で、「神は死んだ」と言ったように、ニヤリと笑いながら、「理想の劇場は死んだ」と呟《つぶや》いていたかもしれない。

私はワグナーという男のことを考えると、彼の作品のあのような悲愴《ひそう》さにもかかわらず、ワグナー自身は、毫《ごう》も悲愴さを持たぬ人間だったような気がしてならない。それは多分彼が、「芸術家だから理想主義者ではない」という風土に、育ちかつ生きたからであろう。ヨーロッパでは、怪物的理想主義者であり、ワグナーの信者の一人であった悲愴なリラダン伯は、ついに二流の芸術家にとどまっている。さて、「理想の劇場」は死んだのである。これはもう、「神が死んだ」のとおなじくらいたしかなことであり、神が人間の発明であるなら、理想の劇場も人間の発明であり、昔本当にそんなものがあったのか誰も知りはしない。誰も証明することはできない。

劇作家は「理想の劇場」に心中立てすることはないのだ。彼はひたすら自分のために書けばよい。そして私には、劇作と演劇運動とは、互いに仇敵のような関係にあるべきものと思われる。お互いがお互いの裏を掻《か》かなければならないのだ。

舞台における端役の心理

私は毎日第一生命ホールへ行って、幕外幕内の嘲笑《ちようしよう》を浴びつつ、端役の職人になって舞台へ上っているが、私がこういうことをしているのは、自分の書いた戯曲の世界のなかへ、一人物として登場して、生活してみたいという、積年の望みを自ら叶《かな》えたわけである。しかし望外の収穫は、それをつづけているうちに、一人の重要ならざる役の目から見た舞台というものの奇妙な形が目に見えて来たことである。

主役や重要な役の人々は、しじゅう自分の喋《しゃべ》るべきセリフと科《しぐさ》に追いまくられ、いわば奔命に疲れている。そこへ行くと、ほぼ三、四分の出演時間のあいだ、二回ほどセリフのキッカケを与える仕事があるだけで、一言のセリフも喋らず、ほとんど観客に背中を向けて、適当な任意な仕種《しぐさ》でごまかしていればよいこういう端役の目には、舞台は、自分が招かれていない夜会を見るように、一種人のわるいたのしみを以《もっ》て見られる。

私はかねがね日本のオペラの合唱団の行儀のわるさに、非難の声を投げていたが、自分で合唱団的な役処《やくどころ》で出てみると、あの何ともいえない行儀のわるさの原因もわかる。劇は自分のかたわらを疾駆してゆく。たった二つの小さな結び目、たった二つのキッカケだけで、自分は劇と結びついているだけである。

舞台上の劇は、観客には一つの綜合体《そうごうたい》として見え、又そう見えるべきだが、俳優にとっては、自分たちを渦に巻き込みつつ、あちこちに寄り道して、しゃにむに思う方向へ進んでゆく見えない怪獣のようなものである。セリフがあちらへ渡り、こちらへ渡る。そのとき、劇は、しじゅう焦点を変えてとびめぐり、いろんな人物に襲いかかり、時には、舞台の背景の外へ飛び去り、又窓からとび込んで来る。俳優の個人的持続なるものは、必死にもちこたえていなければ忽《たちま》ち崩壊する仮構にすぎぬ。

そうだ。私はたまたま、俳優の個人的持続と言った。その持続を究極のところで保証しているものは、俳優自身は自分の知的に再構成された心理的感覚的持続だと信じているが、実は外面的にアイデンティファイされた存在であるところの彼の肉体の持続に他ならない。そこに正に、俳優芸術の特色のひそむことを、私はさきに、「小説家の休暇」という小著の中で書いた。

さて、端役は出すぎた芝居をしてはならないからエネルギーは余ってしまい、自分の内面を十分に満たし充電するほどの劇の分量を受け持っていない。劇の各登場人物は、かくて、その劇で完全に充電される主役から、ほとんど充電されない端役までの、幾多のニュアンスの較差でもって劇を受持つのであるが、劇を一枚の風景画にたとえるなら、主役は近景のようなものであり、端役は遠景のようなものである。もし画中の人になって、画中の山水を奥深く歩いてゆけば、遠景も、そこまで行けば近景と同じ密度を持った風景に他ならず、この連続感がうまく表現されることによって、劇は厚味を増し、劇の外側の人生をも暗示し象徴することができる。つまり端役は人生(もちろん自分の演ずる役の人生)との接点にいるのであり、彼の立っているのは、風景画が世界を暗示し、劇が人生を暗示する最後の地点である。彼はかくて、人生の見地から劇を眺める権利をも併せ持っている。劇中劇の観客の役を考えれば、その事情はますますはっきりする。

彼は自分の役に於て参画すべき劇を、外側からちらりと垣間見《かいまみ》る。劇が今、主役の女優にむしゃぶりつく。ああ、その瞬間こそ見物《みもの》だ。まるで惨事が起ったかのようだ。しかしわれわれは劇の埒外《らちがい》に冷やかに止《とど》まり、決して救いの手をさしのべてはならない。われわれ端役はかくて事件の惹起《じゃっき》に対して、完全に倫理的義務を免かれている。これが本物の人生で起ったことだったらどうだろう。目の前で子供が川へ落ちる。まさに溺《おぼ》れようとしている。社会的強制力を持った倫理観念がわれわれ見物人を押して、一人一人に重要な役、つまり子供を救う役を演じなければならぬような焦躁《しょうそう》を与える。われわれは、「子供を救う役」を演ずる俳優が圏外から飛び込んで来るのを、のんびり待っているわけにはゆかない。

舞台に人生の介入する瞬間とは何か？　それは俳優が絶句したり、セリフの順序をまちがえたり、キッカケを忘れたりする場合に起る。いわゆる「舞台に穴があく」瞬間である。観客は実に敏感にこの瞬間を嗅《か》ぎ取る。たとえば心理の波紋につれて述べられていたセリフが、一寸《ちょっと》棒読みに堕する時、それは俳優が忘れかけたセリフを危うく忘却から救い上げた瞬間なのだが、それが実によく読みとられる。何故《なぜ》ならその小さな穴から、舞台上の人生ならぬ、実人生の風が忽ち吹き込んで来るからである。今、セリフを忘却から救って狼狽《ろうばい》した俳優の心理は、実人生の心理だからだ。舞台にあく穴は、かくて一種の人生的椿事《ちんじ》であって、この場合こそ、他の俳優が、実人生に必要な機敏な処置によって、臨機応変の才によって、穴を忽ち埋めなければならぬ。しかもその応急処置を、彼、救助者は、実人生の心理と離れた、冷静な舞台上の劇的心理の制約のうちに見事に果たさなければならない。

舞台は観客の目には、一つの客間として映っている。観客は退屈な時しか、時間を意識しない。しかし俳優にとっては、舞台は時間なのだ。舞台の上には時間がすいすいと流れている。小川の目高の群のように。それは旋回し、近くまで来て、また一せいに方向を変え、たゆみなく端役の目前を流れている。

しかしわれわれ端役は毅然《きぜん》としている。「何も冷たい思いをして、そんな流れに、足を濡《ぬ》らす必要はないんだ。」

左の膝《ひざ》の小さな傷あと

「鹿鳴館《ろくめいかん》」の稽古《けいこ》中、杉村春子さん扮《ふん》する朝子が、二十年会わぬ我子久雄（仲谷昇君扮）にむかって、「あなたの左の膝の小さな傷あとを私は知っている。あなたが這《は》い這いをしていてハサミで怪我をしたのだ」と云い、母子の仲を明かすという芝居の個所で、この膝が問題になった。はじめ仲谷君はそのセリフをきいても、一切自分の膝のほうなんか見ず、まして膝に手もふれず、一心に朝子のセリフに聴き入っていた。これは新劇の演技として当然である。

しかしこれを見ていた中村伸郎《のぶお》氏が、「あそこはもし、先代鴈治郎《がんじろう》だったら大変だろう」と言い出して、体をギクシャクさせてハッとなり、手を膝に当てて、大げさに辷《すべ》らせて床に手をつく大芝居を真似《まね》てみせた。

「しかし自分の膝に手をやらないまでも、チラリと見るぐらいのことはしてもいいだろう」というのが、われわれの一致した意見になり、以後仲谷君もそうしており、芝居に身の入りすぎた日は、思わず膝に手をあてたりしていた。

この小さな問題は、実は新劇の演技と称されるものの本質を示唆《しさ》する問題である。第一新劇には、母子の名乗の場面なんてめったにあるものではなく、息子の膝の傷のことなんか云い出して母子の証《あか》しにする大時代《おおじだい》な筋の運びなど、金輪際あるものではない。だから、こんな問題はふだんは顔を出す余地もないのだが、たまたま拙作が風変りな難問を出したわけである。田中千禾夫《ちかお》氏の芝居「三ちゃんと梨枝」では、梨枝の科白《せりふ》に、存分に旧芝居的センスが満溢《まんいつ》させてある。しかしその科白が舞台上に要求するものは、あくまでもサティールの効果である。拙作のように、サティールでなくて、こういう運びや白《せりふ》の出てくるものは新劇では類がない。歌舞伎では枚挙にいとまないほどあるが。

そこで演技のジャンルの問題が当然提起される。解決の一つはこう答えることである。「何事も心持から入ってゆくのが新劇であり、型から入ってゆくのが旧劇であるから、心持から入ってゆけば、どんな常套《じょうとう》的な型になっても可笑《おか》しくはない。」これは云うまでもなく正論である。正論ではあるが、新劇にも厳然として存在するところの、戯曲の要求する演技の型という問題には、何ら触れるところがない。

私は新劇がこの問題を閑却しすぎて来たように思うのである。鹿鳴館時代と限らず、われわれの過去の時代には、たしかに心理の型というものがあった。時候の挨拶《あいさつ》、吉凶禍福の挨拶、すべての挨拶の型からはじまって、日常心理そのものが型によって充足されていた。今ではこんなものは、花柳界や芸人の社会にしか残っていない。そういう時代、そういう社会では、ある突発事件、ある悲劇などが生ずる場合も、型がいちはやくその感情を包みに来て、型による表現そのものが感情の慰藉《いしゃ》になったのである。センチメンタリズムという言葉は、英国十八世紀文学「センチメンタル・ジャーニイ」の流行から生じて、フランスで大衆の好尚に投ずるためにシニシズムが必要であるように、イギリスではセンチメンタリズムが必要だと云われるほどになったが、われわれ日本人の涙というやつも、まぎれもないこの感情の型である。芥川龍之介の短篇小説「手巾《ハンケチ》」は、これに関するすぐれた考察である。

さて、新劇の演技術の成立ちは、近代生活がこのような社会の慣習的な感情類型をぶちこわしたところに生れたと云っていい。たとえば流涕《りゅうてい》の型は、能ではシオルという一つの形しかないが、近代生活はこれに無数のニュアンスを加え、個人的色彩、いわゆる個性を加えたのである。登場人物Aの悲しみの表現は、おのずからBの悲しみの表現とちがっていなければならぬ。感情の反応が無数であるから、その表現も無数である。Aにも通用し、Bにも通用する感情表現というものはない。心理主義的演技術がこうして生れたのである。

今日、新劇が歌舞伎や新派の演技術との断絶の上に成立っていることはよくわかる。歌舞伎や新派の形から入る演技は、形そのものが、かつて観客の住んでいた社会の感情類型から生れたもので、観客もまた、まずこの型への共感から劇の共感へ入ってゆくから、俳優はただその型を充足してゆけばよい代りに、又、観客を型以上のもの、既成の感情類型以上のものでは感動させることができない。かくて劇そのものが、モチーフの発展性をもつことができず、観客の既成の嗜好《しこう》と生活感情を離れることができない。それが商業演劇だからというばかりでなく、こうした演技の性格が、商業演劇たるに適しているのだ。

新劇はそうあってはならない。これは当然のことで、朝子の息子役は、どうあっても、ギックリパッタリで、膝から手を辷らせるべきではない。しかし問題はその先にあるのである。

舞台と観客との感情の交流を調整し規制するものは、新劇では、演技の型ではなくて、戯曲の文体であろう。観客を目ざめさせ、観客自身がその中に眠っている既成の生活感情からよびさますのは、正に戯曲の文体であって、新劇の観客は、演技の型による馴れ合いを求めて見に来るのではなく、呼びさまされるために見に来るのだと云っていい。

しかし、舞台と観客とは、何らかの共分母を持たずしては、その共分母を脱却して、呼びさまされることとは覚束《おぼつか》ない。「八月十五夜の茶屋」の日本初演で、英語の長ゼリフをキョトンとしてきいていた観客の顔は、正にこの共分母の欠如を示していた。それは何かというと、言葉の共分母の欠如に他ならない。新劇では純粋なセリフ劇であると否《いな》とにかかわらず、観客と舞台とは、型の代りに、当然のことながら、言葉で、すなわち日本語で結ばれる。そして言語自体が一つの型なのである。文学としての戯曲は、日本語という共分母の上に、言葉そのものの型のさまざまなヴァリエーションを作り出し、それが固定せぬ新鮮な型として、文体の形で現われる。文体のない戯曲は、かくて、ただ、舞台と観客との既成の日常的感情の馴れ合いをしか生まず、その馴れ合いを排するために、型としての文体が必要になるのである。厳密な定義をすれば、文体をもたない戯曲とは、ナンセンス以外の何物でもなかろう。演技は、だから、戯曲の咀嚼力《そしやくりよく》、その意味の理解と共に、文体の把握《はあく》にかかっている、というのが私の結論である。「左の膝の小さな傷あと」は、文体が与えた一つの問題であるが、その答もまた、文体の中にしかないと、作者の私は思ったのであった。

俳優と生《なま》の人生

リラダンの「人間たらんとする欲望」は、俳優心理のサティールとして、永遠不磨の古典である。有名な悲劇俳優モナントゥイュが、ある深夜、舞台のかえりに、とある街角の鏡に映る自分の顔を見て、一生他人の書いたセリフだけを喋《しやべ》り、他人のこしらえた感情の中にだけ生きた男の、おそろしい荒廃を発見して愕然《がくぜん》とし、「どうしても人間にならねばならぬ。死ぬまでに一度でも、本物の、生《なま》の感情を味わねばならぬ」と決心する。彼は人間たる自分にもっともふさわしい感情「悔恨」を求めて身を隠し、動機なき大犯罪の放火を犯したのち、僻地《へきち》の燈台に隠棲《いんせい》して、「今こそ本物の感情、本物の悔恨が訪れて、その時こそ自分は人間になるだろう」と待ちこがれるが、待てど暮らせど、悔恨は来ず、やがて彼は死ぬ。己れ自身こそ、その求めていたものであることを悟らずに。

——私はこの短篇が、鷗外の「百物語」と双璧《そうへき》をなすものとして好きである。鷗外は専ら外から描き、リラダンは内から描いているが、共に、人間の自己疎外《そがい》の果てに、人間自身が亡霊に化する物語である。

ラジウムを扱う学者が、多かれ少なかれ、ラジウムに犯されるように、身自ら人間でありながら、人生を扱う芸術家は、多かれ少なかれ、その報いとして、人生に犯される。

ラジウムは本来、人間には扱いかねるものである。その扱いには常に危険が伴う。その結果、人間の肉体が犯される。

人間の心とは、本来人間自身の扱うべからざるものである。従ってその扱いには常に危険が伴い、その結果、彼自身の心が、自分の扱う人間の心によって犯される。犯された末には、生きながら亡霊になるのである。そして、医療や有効な目的のために扱われるラジウムが、それを扱う人間には有毒に働らくように、それ自体美しい人生や人間の心も、それを扱う人間には、いつのまにか怖《おそ》ろしい毒になっている。多少ともこういう毒素に犯されていない人間は、芸術家と呼ぶに値いしない。

さて俳優ほど、こういう毒素の危険に、しじゅうさらされている職業もあるまい。(こういう毒素に全く不感症の健康な俳優もいることはいるが)。人生と芸術との堺目《さかいめ》が、ともすればあいまいになる危険な職業。役の感情が楽屋の感情に乗り移り、楽屋の感情が実生活の感情に乗り移って、どこまでが人生だか、どこまでがお芝居だか、けじめのつかなくなる危険な職業。実際、舞台における相手役のセリフは、こちらに向けられているとき、実人生の人物の言葉と同じ比重を持つように思われ、こちらの感情には、いつのまにか、実人生と同じ比重の、いやそれ以上に強烈な反応の生ずる不思議。……しかしこれらの危険は、俳優のみならず、小説家にも詩人にも劇作家にもひそむ危険である。リラダンの小説は、芸術家一般の宿命を諷刺《ふうし》しているのだ。

日本の新劇俳優は、生活のために、舞台がおわると、ラジオのスタジオという嫌悪《けんお》すべき機械的な密室にとじこもって、夜ふけまで、時には夜明けまで、声の嗄《しわが》れるまで、又しても他人のセリフを喋りつづけなければならない。さもなければ映画の夜間撮影というものがある。これが又、怖ろしい人工的作業である。

そして、やっと見つけた生活の閑暇は、俳優たちの集まる酒場での、果てしもしれない演劇論の応酬に費やされる。

誰もこんな生活を良いこととは思っていない。望ましいこととは思ってはいない。しかし集団芸術の魅力にとりつかれて、いつも大ぜい一緒にいなければ不安でたまらず、もし小さな閑暇が生ずれば、それをも煙草《たばこ》の煙と賑《にぎ》やかな口論とで充《み》たしてしまうのである。

生《なま》の生へのはげしい飢渇は、ほとんどここには見られない。表側しかない大道具と、眩惑《げんわく》的なフットライトと、舞台の袖《そで》で出を待つあいだのときめきと、……これら一連のものから逃走の欲求はほとんど見られない。私にはこれは、健全な兆候とは思われぬ。

私は何も、歌舞伎の大名題たちの高級車がしばしばすれちがう、千秋楽の翌日の箱根のドライヴウェイを、新劇俳優たちに、リュックサックを背負わせて、歩かせようというのではない。若い新劇俳優たちはむしろ会話からのがれて、一散に女を抱きに走ればよいのだが、それかと云って、私は月並に、人生経験を積めなどというのではない。生《なま》の生、生《なま》のもの、表側も裏側もある物象、張りボテではない堅固な物体、……こういう存在それ自体への飢渇が見られないのをふしぎに思うのだ。シャイネン（の如《ごと》く見える）の世界の蠱惑《こわく》からのがれて、何度でも、ザイン（存在する）の世界、見られることなしに存在するだけで充足している世界へ還《かえ》って来なければならぬ。さるにしても、シャイネンの世界の魅惑は、社会生活の魅惑の大半を占めている。社会生活も、生《なま》の生と相渉《あいわた》る部分は実に少ない。「の如く見える」ということで十分なのは、芝居だけではない。老人は老人らしく、子供は子供らしく、大臣は大臣らしく、乞食《こじき》は乞食らしく、というのは、社会生活の最初の訓《おし》えであった。舞台は社会生活のこの機能を強調し、芸術化したものだ。観客は或る「らしさ」を求めて劇場に集まり、俳優は或る「らしさ」の具現に精神を傾ける。そして社会生活の「らしさ」は、大抵好い加減な妥協に終るから、観客は真の典型としての「らしさ」を舞台の上に望み、このつかのまの光りと音楽の中に発見するのである。しかし悲しいかな、幕の下りると同時に、舞台の上の典型の「らしさ」は死に、俳優も観客も、不完全な「らしさ」の世界にとりのこされる。それにしてもほんの一瞬でも、観客の目に、真の「らしさ」の幻を見せることができた俳優の喜びは、いつまでもあとを引く。危険な人生観がここにはじまる。シャイネンの人生観。或る完璧な「の如く見えるもの」を具現しただけで、人生の意味はおわったと考える人生観。俳優は衣裳《いしよう》に執着し、軍人は軍服に執着する。そして俳優と軍人ほど、勲章の好きな種族はいない。

俳優は舞台を離れたら、いそいで物の世界へ飛んで行って、そこで人間を取り戻すべきだ。さもないと、あのリラダンの小説の主人公のように、自分自身が物であることに気づかずに一生を終ってしまう。俳優は人工の照明の下の感情の波立ちから、会話から、いそいで逃げ去って、感情も会話もない世界へかえるべきだ。

私が生《なま》の生といい、物の世界といい、感情も会話もない世界というとき、一つのものをさしていることがわかってもらえるだろうか？　つまりそれは、官能が昇華されずに、官能がそれ自体の中に自足しているような世界、芸術家の真の故郷なのである。官能が舞台の上でのように、あのようにいつわりの極致に達し、見られることに自足しているとき、そのときラジウムはもっとも毒害を放つ状態にあるのだが、小説家などは自分の書いてしまった作品世界から、忽《たちま》ちほっぽり出されるから、まだしも救われる。しかし俳優芸術のように、全身が官能をいつわって一つの仮構に奉仕するような世界の危険は重大だ。見られることが彼の官能の条件になってしまう。そして、孤独でいながら、たえず煮えたぎり、たえず吹き出ようとしている官能性こそ、芸術家一般の最後の拠《よ》り処《どころ》であるのに、それすら失ってしまうのである。きくところによるとジェイムス・メイスンという役者は、自宅で一ダースの猫にかこまれて、ひっそり暮している そうだ。

魔——現代的状況の象徴的構図

作家あるいは詩人は、現代的状況について、それを分析するよりも、一つの象徴的構図の下に理解することが多い。それは多少夢の体験にも似ている。ところで犯罪者もこれに似て、かれらも作家に似た象徴的構図を心に抱き、あるいはそのオブセッションに悩まされている。ただ作家とちがうところは、かれらは、ある日突然、自分の中の象徴的構図を、何らの媒体なしに、現実の裡《うち》に実現してしまうのである。自分でもその意味を知ることもなしに。

私はかねがねいわゆる通り魔の心理に興味を抱いている。夜、自転車で疾走しながら、通行中の女性を刃物で刺し、そのままあとをも見ずに、夜の中へ逃走する、という一連の行動の表象には、ありきたりの情熱や必要から出た犯罪以上の意味がひそんでいる。これらは並べてみれば一連の行動であるが、必要な準備行動と必要な逃走とを除けば、すべては刺傷の一瞬に対する犯人の表象から、自然に延長されて出てきたものだということがわかる。しかしこの表象が衝動から直接に発生したというわけには行かない。まず母胎をなす観念があって、彼は観念をあたため、育成し、その現実化の可能性を綿密に検討した末、ついに実行した瞬間、最初の観念を再び生きるのだ。

この種の犯罪の実現の瞬間には、大した陶酔は期待できず、むしろ甘美なものは、実現によって確証を得た「最初の観念」の追体験にひそんでいる。だから犯人は、犯行後、自分の犯行を反芻《はんすう》するために、十分な孤独の時間を持たねばならない。この点でも彼は恵まれているので、たとえ最悪の場合でも、牢獄《ろうごく》生活がそれを保証するであろう。

さて、自分が知られない存在として、全く未知の女性と、刺傷の一瞬に於《おい》てだけ結ばれるという、この戦慄《せんりつ》的なほど高度なエロティシズムの表象は、大都会のみが与えることのできる諸条件の上に成立っているが、彼は暗い衝動に動かされながら、自ら知らずして、現代的状況の象徴的構図を、自分の裡に形づくっていたのである。かくて彼は自ら知らずして、一つの文明批評的観点に身を置くことになる。すなわち、彼にとって、現代的状況とは、人間性の暗い本源的衝動の一定の条件の下における組合せ、その寓話《ぐうわ》的再現に他《ほか》ならないからである。

かくてひとたびこの構図が完成されると、彼は現代的状況の化身になり、この構図に深くからめとられればとられるほど、彼の行為の逐一、彼の存在形態そのものが、現代の問題性と深く関《かか》わることになる。従って「通り魔」という観念をつくりだし、その観念を現実に具現することによって、(その具現自体は本質的なものではない)、ふたたび最初の観念を深化し、その観念の中へより深く立ち戻って、そこに生きようとする彼の意慾《いよく》は、現代という観念をつくりだしたわれわれの生の態度に似て来ざるを得ない。つまり現代という観念を生産し、現代を生きることによって再びその観念の中へ舞い戻り、それを追体験することに生の意味を見出《みいだ》すという、われわれのいわば病的な「歴史に対する態度」に似て来るのである。

そのとき、通り魔はいかに現代的であろう。いかにそれは現代的状況の象徴的構図として完全であろう。行為者の絶対的孤独と、連帯への渇望と殺人への渇望の矛盾した共在、さらに一瞬の連帯意識と殺人の同時の実現、そして逃走……。

もっとも興味があるのは、彼がわが目で殺傷の現場をたしかめる余裕もなく、被害者の顔を見もせぬことだ。遠くから若い女と夜目に知るだけで十分なのだ。一瞬の刃物の擦過、その手ごたえだけが残る。丁度夜の野道を疾走する車の窓から、ヘッドライトに一瞬照らし出された鮮明な野の花を見るようなものだ。彼は被害者の叫び声をさえ聴くことができない。被害者がそのとき洩《も》らすのは小さな愕《おどろ》きの声だけで、痛苦はまだやって来ない。彼はその手を血しぶきに濡《ぬ》らすことすらない。それらはすべて、彼の自転車が夜の奥深く、遠く疾走して去ったあとではじまるのだ。

彼がはっきり犯行に参加したということができようか？　この犯人は証人にさえな

ることができるだろうか？　彼はただ擦過しただけではないか？　こんな犯行によって、彼がたしかに刺したという手ごたえを味わいながら、それでわが手に現実をつかんだということができるかどうかも疑わしい。むしろ彼は自分がたしかに現実をつかみそれを刺したという感覚的実感よりも、むしろ夢と現実の堺《さかい》に位置するところの、一等観念に近い、一等観念によく似た形の現実の実感のほうを、故《こと》ら《さ》選んだというのが当っていよう。それなら彼が刺したのは一体何だろう？　それは他者、正統のエロティシズムにとって必要な他者ですらない。矛盾したことだが、未知の自分が未知の女性に遭遇するという観念の中には、明白に「他者」があらわれているのに、刺傷の一瞬は、この夢を自ら否定してしまうのである。それは生きている肉体の総体でもなく、動き近づきしなだれかかってくる肉体でもなく、そもそも彼と同等の資格で存在する何ものかではない。道のべの草のように、さっと夜の中に擦過するもの。彼は女を、いやむしろ女という観念を、彼自身の内に育てられた一個の観念を斬《き》ったのだ。そしてそれが観念の域を逸脱して、もがき苦しみ血を流す一人の現実の女に変貌《へんぼう》する瞬間、彼はもうそこにはいず、すでに遠くのがれ去っているのである。

かくて通り魔が擦過の瞬間に斬りつけるのは人間ではなくて、観念としての人間であり、そういう観念の育成は、皮肉なことに、彼自身の衝動というよりは、人文主義文化の培《つちか》ったものにちがいないから、彼は、巧みに、人文主義的文化全体にサッと斬りつけたわけである。彼は一瞬の白刃のひらめきで、久しく考えてきた「罪」と接吻するのであるが、これは道徳上宗教上の罪である必要はなく、法律上の罪であるだけで十分で、法律上の罪は人文主義的文化によって代表される社会の規律をあらわしているからだ。

彼は一散に、夜の更に深く更に奥のほうへと遁走《とんそう》する。自分の罪の現実からのがれ、安全な場所で、さらにいきいきと自分の罪の観念を生きるために。彼は自分の手で同時に二つのことを仕遂げたのである。連帯は可能であるという仮説を証明し、同時にそれを最終的に否定すること。その結果、すべては彼の絶対孤独の自己証明に終るのだが、それはもちろんはじめから意図されたことだった。

こうして通り魔は成功した！　あとは警官の仕事が残っているだけだ。

現代的状況の象徴的構図は、はじめに述べたように、犯罪者にだけ抱かれているものではない。作家や詩人の中には、ひとつひとつこうした構図が蔵《しま》われている。しかし一般市民の中にも、犯罪にも芸術にもならない形で、こういう構図が普遍的にひろがっていることは気づかれない。

私はここで又別の、同じように暗黒の色を帯びた象徴的構図を展開しよう。それは、死のフラストレーションとも呼ぶべきものである。それは通り魔とは対蹠《たいせき》的な魔で、声をあげて殺されることを希《のぞ》んでいる。自分でもその意味を知ることもなしに。

それは公開された磔刑《たっけい》への欲求であり、劇的状況の下に殺されることへの欲求であり、かつその欲求不満である。あらゆる社会現象の下にこの欲求はせせらぎのように流れており、それがあまりにもいたるところに瞥見《べっけん》されるので、却《かえ》って気づかれない。

若い不平たらたらなサラリーマンの心には、社長になりたいという欲求と紙一重に、若いままの自分の英雄的な死のイメージが揺曳《ようえい》している。これは永久に太鼓腹や高血圧とは縁のない死にざまで、死が一つの狂おしい祝福であり祭典であるような事態なのである。かつては戦争がそれを可能にしたが、今の身のまわりにはこのような死の可能性は片鱗《へんりん》だに見当らぬ。壮烈な死が決して滑稽《こっけい》ではないような事態を招来するには、自分一人だけではなく、社会全体の破滅が必要なのではあるまいか？

かくて彼には、現代的状況はこのような構図を形づくる。彼が劇的に壮烈無比な死を強いられること。社会は彼が生きるためになら今同様の無関心を持していてもよいが、彼のこのような死のためには、あらゆる犠牲を払うのを辞さないこと。これは通り魔に比べれば抽象的な構図に見えるが、すべてが空想の裡にとどまる以上、それは仕方がない。東京中の連れ込み宿で女と寝ている男のうち、一度でも、それを壮烈なすばらしい死を前にした最後の交合だと夢みたことのない者がいるだろうか？「俺が滅びるのだ。だから世界がまず滅びるべきだ」という論理は、生きるための逃げ口上に使われれば、容易に、「世界が滅びないのなら、俺は滅びることができない」という嗟歎《さたん》に移行する。いずれも死を前提にした論理であるのに、死が死の不可能と固く結びついている。何故《なぜ》ならそこでは特別製の美しい死が選択され、夢みられ、こんな最も稀薄《きはく》な可能性を持った死のほかの死は、すべて拒否されているからである。

私はこれを死の権力意志と名附《なづ》け、それが必ず、「俺か、世界全体か」という大がかりな論理にまで発展するところに、現代的状況の象徴的構図を見る。なぜなら生の権力意志は、網の目のように張りめぐらされた社会機構に制せられて、決してこんな「一か八か」の論理にまで発展することがないからである。

死の権力意志は夢想の上に成立ち、不可能の上に腰を据えている。それは殉教者の死、間諜《かんちょう》の処刑、追いつめられた叛徒《はんと》の自決などに関連しており、これらは歴史上ついい最近に起ったばかりか、地球上の他の国々では今日も現実に起っているのに、われわれの身のまわりだけには起りようがないのである。しかし彼は決して通り魔のようには、ありきたりの刃物の一閃《せん》で、問題の深奥《しんおう》に到達することはできない。何故なら、彼を殺し、あるいは彼に自決を強いる刃物は、「他人の刃物」でなければならず、それもありきたりの刃物ではなくて、劇的な政治的な状況の松明《たいまつ》で照らし出され荘厳《しょうごん》された刃物でなくてはならないからだ。かくて彼は通り魔とはちがって、社会の滅亡を欲求しながら社会に依拠しており、他者を否定しながら絶対の他者を待望している。それは権力に対する待望であると共に、歴史に対する過大な期待である。ある人にとっては歴史的必然に対する過大な期待が、ある人にとっては歴史の犯すヒステリックな過誤に対する過大な期待が、このようにして発生する。それがいずれも死の権力意志から出たことが注目されなくてはならない。そして彼らの特徴は、絶対孤独からのたえざる遁走《とんそう》の欲求にあるのだ。

彼の空想に、ごく微量の実現の蓋然《がいぜん》性を注ぎ入れてみるがいい。赤インキの一滴をコップの水に注いだように、それは確実に彼の現実を変貌させる力をもつだろう。彼がチェックされ、選ばれ、登録され、処刑されるという蓋然性が与えられれば、その怖《おそろ》しい恩寵《おんちょう》はたちまち彼を酔わせるだろう。そうして彼を夜の町へ放ってやるがいい。町は彼の目に、かつて見たこともなかったような姿に変貌するだろう。暗い百貨店や銀行や、すでにはねた映画館の前に、風がころがしている白い紙屑《かみくず》も、政治的な劇的状況の紙屑になるだろう。彼は彼の体が夜のなかへ、ぴったりと、肉感的にめり込むのを感じる。それまで夜の町に何らの魅力を覚えなくなっていた筈《はず》の彼であるのに、この瞬間、夜の町は忽然《こつぜん》として、その冷たい魚の肌のような新鮮さと、本源的快楽と恐怖を取り戻すだろう。暗い濃厚な情緒に咽喉元《のどもと》までたっぷり涵《ひた》されながら、彼がゆくあらゆる町角は、殺意のある口をあんぐりとあけている。その晩彼が会った夜は、正しく本物の夜なのだ。

ここに欠けているのはただ、死刑執行人、犠牲の神官、すなわち「絶対の他者」だけであるが、この「絶対の他者」の出現には、数え切れぬほどの諸条件が充《み》たされねばならず、その条件の充足を一つ一つ夢みるうちに、彼の心は世界革命か世界の滅亡かどちらかまで行かざるを得ない。彼は苛酷《かこく》な法制を要求し、なまぬるい社会構造の根本的な模様替えを要求し、テロルの政治形態を、ついには史上究極の恐怖の王国を要請する。

悲壮美への信仰を中心にしたこの王国では、自己崇拝と英雄崇拝は必然的に一致する。なぜ現代社会で、この二つが決して一致を見ず、どんなに努力しても滑稽視されるだけに終るかといえば、「絶対の他者」が存在しないからである。すべての他者は相対的であり、自己の中へまで他者が滲透《しんとう》していて、それが滑稽の源になるからである。

なるほどエロティシズムの法則は、この限られた人間集団のなかで、さまざまなまがいものの他者に遭遇させる。女ができる。これも相対的他者である。家族ができる。これも相対的他者である。そして自己のなかの他者（これこそ相対的他者の代表である）は、自己の外の他者とお互に馴《な》れ合いの協定を結び、後者があざ笑うものを前者もあざ笑い、「私」は決して英雄になりえない。そしてもし「私」が英雄を装《よそお》えば、それはとたんに、我慢がならないほど滑稽なものになる。

こうして私は二種類の対蹠的な象徴的構図を例示したのであるが、要約すれば、通り魔は、絶対孤独の自己証明であり、彼自身が絶対的他者であることの証明に他ならないが、これは「求められざる」絶対的他者であって、もし彼がどこかから求められていることが判明すれば、彼の夢想も観念もたちまち崩壊するにちがいない。次に、「殺されたい」とねがう人たちは、絶対孤独からのたえざる遁走という存在形態を持っているが、従ってたえず絶対的他者の出現を求めており、その渇望はいよいよつのるままに、絶対的他者は決して出現しない。前者と後者が町角で出会っても、お互を識別することなく終るであろう。そしてお互にこう思うにちがいない。

「俺はどんなことをしても、あんな典型的な『善良なる市民』にはなりたくないもんだ」

第三者の様態として、やっと作家および詩人が登場する。作家は現実の犯罪の手続をとることもなく、又、ただひたすらに孤独から遁《のが》れ去ろうという欲求に身を任せるでもなく、まず、生れながらに、絶対孤独を自分の棲家《すみか》とする。だから、そこに棲んだまま、黙って、何も言わずに、涸化《こか》して死んでしまった作家もある筈だ。一行も書かなかった作家というものもある筈だ。

書かずにはいられないという衝動は、通り魔の衝動と同じことで、実際にそれが「衝動」であるのかどうか誰も見た者はない。作家はむしろ「書く」という固定観念を、自分が置かれた歴史的状況から与えられ、(自分がそれを歴史的状況から奪取したと思うことは自由だが)、自分が生きている時代と絶対孤独との関係をたしかめるために書き出すというほうが当っている。かくて彼の中にも、一人一人それぞれ少しずつちがった現代的状況の象徴的構図が抱かれることになる。彼が設定する環境、彼が考え出すプロットは、すべてこの構図に源しており、あとはおのおのの作品にヴァリエーションが与えられるだけである。しかし作家の特権は、自分が存在であると同時に方法であるということだから、彼は通り魔の構図をも、殺されることを希む者の構図をも、方法によって自由にからめ取り、作品の中に包摂することができる。とはいえ、書かれたそれはすでに作者にとっての構図ではなく、作者の本源的な構図の中へ融解されてしまうのである。

作家はこんなにも沢山、自分の絶対孤独の雛型《ひながた》を作ってどうしようというのであろうか？　私はかつてこんな不気味な漫画を見たことがある。礼服にシルクハットの人形売りが街頭に立っている。彼の足もとには、彼とそっくりな礼服にシルクハットの沢山の小さな人形が、背中のネジを十分に巻かれて、四方八方へ歩き出している。この漫画の惹起《じやつき》する笑いには、ぞっとするようなものが含まれていた。これが大方の作家が心に抱く象徴的構図だと言ってもまちがいではあるまい。他者は永久に来ないことを作家は知っており、連帯の不可能も明らかであり、犯罪は一回きりで終り、劇的な死も一回きりで終るのは明らかである。連帯が不可能なら、自分の絶対孤独の増殖をたくらみ、この間断ない自己生殖によって、退屈な空間を充たせばよいのだ。人形同士に手をつながせればよいのだ。そしてその自分の孤独の雛型の一つ一つが、みんな同じシルクハットをかぶっていることを知っているのは作家ばかりで、世間にはその度毎《ごと》に、完全な一回性の幻を見せなければならぬ。

絶対孤独はいかなる場合も非生産的なものである。しかしこのうつろな非生産性が、歴史に動かされて、もっとも執念深いもっとも持続的な生産者を作り出す。これが作家というものであり、作家がある時代の申し子となるのはこんな事情に依るが、時代のほうでは、それぞれの時代の純粋な絶対孤独の持主に目をつけて、こいつを拾い上げ、こいつに記録者としての全権を委任することがよくあるのだ。時代は孤独者が孤独の雛型を次々と作り上げるのをゆるす。後世にのこすためには冷たいタイルの羅列のほうが長持ちするからだ。

それにしても作家は、自分が生きている時代と絶対孤独との関係については、たえず頭を悩まさざるをえない。これは一体どういう関係であろうか？　それは単に、醜聞のようなものなのか？　書くたびに、書けば書くほど、彼はこのことを思い詰め、このふしぎな疑問が、はては彼の反復される主題にまでなってしまう。

幸福なことに、秘密は彼が書いて書いて死んでしまうまで見事に保たれる。秘密とは？

「そんな関係は何もないのだ」

現代は魔界というもおろかである。われわれ三人はたえず町角で出会っている。しかしただお互がお互を識別しえないだけである。

日本文学小史

第一章　方法論

奥底にあるものをつかみ出す。

そういう思考方法に、われわれ二十世紀の人間は馴《な》れすぎている。その奥底にあるものとは、唯物《ゆいぶつ》弁証法の教えるものでもよい、精神分析学や民俗学の示唆《しさ》するものでもよい、何か形のあるものの、形の表面を剝《は》ぎ取ってみなければ納まらぬ。目に見えるままのものは信じないがよい。そこで視覚を本質とする古典主義は人気を失った。しかるに、形の表面を介してしか魅惑されないというわれわれの官能的傾向は頑固に生きのびており、それが依然として「美」を決定するから厄介なのだ。美術史ならまだしも問題は簡単である。文学史とは一体何なのか。千年前に書かれた作品でも、それが読まれているあいだは、容赦なく現代の一定の時間を占有する。

われわれは文学作品を、そもそも「見る」ことができるのであろうか。古典であろうが近代文学であろうが、少くとも一定の長さを持った文学作品は、どうしてもそこをくぐり抜けなければならぬ藪《やぶ》なのだ。自分のくぐり抜けている藪を、人は見ることができるであろうか。

それははっきりわれわれの外部にあるのか。それとも内部にあるのか。文学作品とは、体験によってしかつかまえられないものなのか。それとも名器の茶碗を見るように、外部からゆっくり鑑賞できるものなのか。

もちろん藪だって、くぐり抜けたそのあとでは、遠眺めして客観的にその美しさを評価することができる。しかし、時間をかけてくぐり抜けないことには、その形の美しさも決して掌握できないというのが、時間芸術の特色である。この時間ということが、体験の質に関《かか》わってくる。なぜなら、われわれがそれを読んだ時間は、まぎれもない現代の時間だからである。

美、あるいは官能的魅惑の特色はその素速さにある。それは一瞬にして一望の下に見尽されねばならず、その速度は光速に等しい。それなら、長篇小説のゆっくりした生成などは、どこで美と結ぶのであろうか。きらめくような細部によってであるか。あるいは、読みおわったのち、記憶の中に徐々にうかび上る回想の像としてであるか。

同じ時間芸術でも、音楽史が、ほとんど文学史や演劇史から独立して論じられない日本では、音の堅固な抽象性と普遍性を羨《うらや》む必要はあるまい。文学史は言葉である。

言葉だけである。しかし、耳から聴かれた言葉もあれば、目で見られることに効果を集中した言葉もある。

文学史は、言葉が単なる意味伝達を越えて、現在のわれわれにも、ある形、ある美、ある更新可能な体験の質、を与えてくれないことにははじまらない。私は思想や感情が古典を読むときの唯一の媒体であるとは信じない。たとえば永福門院の次のような京極《きょうごく》派風の叙景歌はどうだろうか。

「山もとの鳥の声より明けそめて
　花もむら〳〵色ぞみえ行く」

ここにわれわれが感じるものは、思想でも感情でもない、論理でもない、いや、情緒ですらない、一連の日本語の「すがた」の美しさではないだろうか。そういう表現は実にあいまいで、私の好むところではないが、いかに文学的価値なるものが、個々の具体的な作品を通してしか実現されず、又、測定されないにしても、古典主義の主張のように、どこかに一個の絶対的な規範があって、ここからすべての価値が流れを汲《く》んでいると主張しきるわけには行くまい。かつて源氏物語や古今和歌集は、そのような絶対的範例的古典だった。しかし、他の範例、他の美的基準もあることを、人々は徐々に発見した。

一番望ましいのは、プラトンのイデアのような不可見の光源を設定して、その光りに照らして個々の作品を測ってゆけば、簡単に価値の高低が知られることである。このイデアの代りに、ある人は「国民精神」を、ある人は「庶民の魂」を仮構した。その方法は、文学史を書くには具合のいい簡便さを持っているが、証明不可能な仮構の基準を採用するわけには行かない。そういうやり方は、実につまらないものをも大げさにとりあげるというあやまちを生むからだが、それでは逆に、一時代の美的思想的宗教的基準だけを大切にして、その時代の人間の目に成り変ろうと努力すれば、又しても、実につまらないものを大げさにとりあげることになるのである。

われわれは文学史を書くときに、日本語のもっとも微妙な感覚を、読者と共有しているという信念なしには、一歩も踏み出せないことはたしかであって、それは至難の企てのようだが、実はわれわれ小説家が、日々の仕事をするときに、持たざるをえずして持たされている信念と全く同種のものなのである。

かくて、文学史を書くこと自体が、芸術作品を書くことと同じだという結論へ、私はむりやり引張ってゆこうとしているのだ。なぜなら、日本語の或る「すがた」の絶妙な美しさを、何の説明も解説もなしに直観的に把握《はあく》できる人を相手にせずに、少くともそういう人を想定せずに、小説を書くことも文学史を書くことも徒爾《とじ》だからである。享受はそれでよろしい。

しかしいかに作者不詳の古典といえども、誰か或る人間、或る日本人が書いたこと
だけはたしかであり、一つの作品を生み出すには、どんな形でもあれ、そこに一つ
の文化意志が働らいたということは明白である。

私の文学史は、読者には日本語のもっとも高くもっとも微妙でかつもっとも寛容な
感受能力を要求し、一方、私の文学史が論ずる作品の作者には、どんな古い時代に生
きた人でも、それ相応の明確な文化意志を要求する。私はこの文化意志こそ文学作品
の本質だと規定するからであり、文化意志以前の深みへ顚落《てんらく》する危険を細心に避けよ
うと思うからだ。

文化意志以前の深みとは？　私がここで民俗学的方法や精神分析学的方法を非難し
ようとしていることを人は直ちに察するであろう。

私はかつて民俗学を愛したが、徐々にこれから遠ざかった。そこにいいしれぬ不気
味な不健全なものを嗅《か》ぎ取ったからである。

しかしもともと不気味で不健全なものとは、芸術の原質であり又素材である。それ

は実は作品によって癒やされているのだ。それをわざわざ、民俗学や精神分析学は、病気のところへまでわれわれを連れ戻し、ぶり返させて見せてくれるのである。近代の世の中には、こういう種明しを喜ぶ観客が実に多い。

私は一九六七年インドの聖なる町ベナレスの、聖なる河ガンジスのほとりで、居並ぶあまたの癩者《らいしゃ》の乞食《こじき》たちを見た。それは忌《いま》わしく、怖《おそ》ろしく、感覚を逆撫《さかな》でにした。しかし思えば、日本の中世では、いや、つい昭和初年まで、これほど大規模でなくてもこれに似た風景は、諸方の寺門前で見られた筈《はず》である。私はたちまちにして、謡曲「弱法師《よろぼし》」を想起した。愛護若《あいごのわか》伝説の源を辿《たど》って、インドへまで遡《さかのぼ》る手間暇をかけずとも、私に直観されたのは、正に「弱法師」のあの洗煉《せんれん》こそ、目前の現実のこの汚穢《おわい》の中から素手でつかみ出されたものが、強烈な文化意志によって洗い上げられ、今見るような清澄《せいちょう》な能の舞台芸術にまで成ったという、道程を経ているということである。この結果としての作品こそ、文学史が編まれてゆく対象であり、われわれはわざわざ癩者の乞食という現実所与の存在まで下りていってはならないのだ。

民俗学はいつもそこまで下りてゆこうとする。民俗学者は、現実存在まで下りてゆくのではなく、それが Sitte の形態をなすところまで下りてゆくにすぎないと主張するかもしれない。なるほど Sitte は広義の文化に属するであろう。しかし民俗学が狙《ねら》い、かつ、それらの読者が心底に期待するものは、あたかも海底遊覧船のように、その Sitte の硝子《ガラス》を透かして眺められる海底の景色なのである。

そこには何があるか？

民族の深層意識の底をたずねて行くと、人は人類共有の、暗い、巨大な岩層に必ず衝《つ》き当る。それはいわば底辺の国際主義であり、比較文化人類学の領域である。古い習俗のもっとも卑俗なものを究めて行っても、又、逆に、もっとも霊的なものを深めて行っても、同じ岩層にぶつかり、同じように「人類共有」の、文化体験以前の深みへ顚落して行く危険があるのだ。しかも、そこまで行けば、人は「すべてがわかった」気になるのである。

民俗学者の地味な探訪の手続は、精神分析医の地味な執念ぶかい分析治療の手続に似ている。個々の卑小な民俗現象の芥箱《ごみばこ》の底へ手をつっこんで、ついには民族のひろく深い原体験を探り出そうという試みは、人間個々人の心の雑多なごみ捨て場の底へ手をつっこんで、普遍的な人間性の象徴符号を見つけ出そうという試みと、お互いによく似ている。こういうことが現代人の気に入るのである。マルクスとフロイトは、西欧の合理主義の二人の鬼子であって、一人は未来へ、一人は過去への、呪術《じゅじゅつ》と悪魔《あくま》祓《ばら》いを教えた点で、しかもそれを世にも合理的に見える方法で教えた点で、双璧《そうへき》をなすものだが、民俗学を第三の方法としてこれに加えると、われわれは文化意志を否定した文化論の三つの流派を持つことになるのである。

文化とは、創造的文化意志によって定立されるものであるが、少くとも無意識の参与を、芸術上の恩寵《おんちょう》として許すだけで、意識的な決断と選択を基礎にしている。ただし、その営為が近代の芸術作品のような個人的な行為にだけ関わるのではなく、最初は一人のすぐれた個人の決断と選択にかかるものが、時を経《ふ》るにつれて大多数の人々を支配し、ついには、規範となって無意識裡《り》にすら人々を規制するものになる。私が武士道文献を文学作品としてとりあげるときに、このことは明らかになるであろう。

文化とは、文化内成員の、ものの考え方、感じ方、生き方、審美観のすべてを、無意識裡にすら支配し、しかも空気や水のようにその文化共同体の必需品になり、ふだんは空気や水の有難味を意識せずにぞんざいに用いているものが、それなしには死なねばならぬという危機の発見に及んで、強く成員の行動を規制し、その行動を様式化するところのものである。

私の選ぶ文学作品は、このような文化が二次的に生んだ作品であるよりも、一時代の文化を形成する端緒となった意志的な作品群であろう。それこそは私が「文化意志」と名付けるところのものであり、

㈠神人分離の文化意志としての「古事記」
㈡国民的民族詩の文化意志としての「万葉集」
㈢舶来の教養形成の文化意志をあらわす「和漢朗詠集」
㈣文化意志そのものの最高度の純粋形態たる「源氏物語」
㈤古典主義原理形成の文化意志としての「古今和歌集」
㈥文化意志そのもののもっとも爛熟した病める表現「新古今和歌集」
㈦歴史創造の文化意志としての「神皇正統記《じんのうしょうとうき》」
㈧死と追憶による優雅の文化意志「謡曲」
㈨禅宗の文化意志の代表としての「五山文学」
㈩近世民衆文学の文化意志である元禄文学(近松・西鶴・芭蕉)
(十一)失われた行動原理の復活の文化意志としての「葉隠」
(十二)集大成と観念的体系のマニヤックな文化意志としての曲亭馬琴

などが、ほぼ考えられる各時代の文化意志の代表であろう。これにさらに隠者文学の系列を加えることもできれば、幾多の軍記物や、今昔物語のような説話集や、あるいは「梁塵秘抄《りょうじんひしょう》」以降の歌謡も加えることができるであろう。私は今、ただ思いつくままにこの十二の代表を選んでみたのであって、これに終始とらわれるつもりはない。

たまたま、「和漢朗詠集」と「五山文学」が、外来文化に擬して書かれた、いわば日本におけるラテン文学のような観を呈しているところから、文学史における外来文化の影響についても、態度決定をしておかなければならない。

文化の範例への模索自体に、外来文化の影響があった。山の頂きからまず曙《あけぼの》に染められるように、むかしはまず文化と権力の上層部から外来文化に染められて行ったことを考えると、インテリゲンチャが外来文化の紹介と被影響の先駆者となった近代とは、まずその点のちがいがあるが、当初は文化形成の意志と政治意志とは、一つの離れがたい衝動であったろう。

そのときすでに、われわれは詩と政治との発生起源の同一性に思いいたるのである。文化以前の民族的原体験が、ただひとえに世界の謎《なぞ》としか思われないとき、詩と祭祀《さいし》と政治とは、その謎を、何らかの形のある謎にまで築き上げ、言語はおのずから、神秘的感動の組織化（詩）と、呪術（祭祀）と、統治機能（政治）との、未分化の堺《さかい》に力を発揮するだろう。祭政一致的な文化意志、リチュアルとしての文化意志のうちに、文化の形式意欲の最初の芽が萌《も》え出すだろう。外来文化が借用されるのは、まずこのような形式の整備・整合の用のためであり、おそかれ早かれ、形式の必要は到来する。すなわち、民族固有のものの普遍化欲求としての文化意志が、このような形式を必要とする段階が来るのである。

しかし、いうまでもなく外来文化の用は、形式そのものの整備・整合にあって、形式への嗜慾《しよく》は、言語（共通表象）の所有と共に、すでに予定されていた。言語は意味伝達のうちに文化意志を、最初の「形式への嗜慾」を内包していたのである。

文化財の陳列や、文化の発生形態の研究によって、固有なものを探るという試みが、あたかも玉葱《たまねぎ》の皮を剝《む》きつづけるような、不毛の模索に終るのは、「固有なもの」へ消去法によって迫ろうとする方法自体に誤りがあるからである。言語を言語として分解分析して、その源流をたずね、一国民の文化の原体験を探ろうという試みもまた、同じように不毛である。

はじめ個我によく似た民族我は、排他性、絶対的自己同一性、不寛容、などによって他との境界を劃《かく》し、以《もっ》て民族的自覚に到達するが、「我」としての文化、いわば文化我も、排他的な自意識を、最初の文化意志として定立するであろう。しかし、同時に、文化は文化特有の普遍化欲求（表現衝動と形式意慾）の命ずるままに、その最初の文化意志の裡《うち》に、自己放棄の契機を孕《はら》んでいる。外来文化の問題がそのとき顔を出すのだ。

自と他を差別しようという言語の要求は、（日本語が本来これに乏しいことは事実であるが）、一種の言語の権力意志の発生を促し、これが言語の統治機能と結びつき、その整備整合に外来文化が用いられるであろう。古事記序の「邦家之経緯、王化之鴻《こう》基《き》」とはすなわちこれであり、これこそ最初の決然たる文化意志であり、また政治意志であった。

しかし、「古事記」は、前にも触れたように、神人分離の文化意志によって定立されたものだ、と私は見る。祭政一致的な根源的な詩は、このときすでに、リチュアルからの徐々たる背反による抒情性《じよじようせい》の萌芽《ほうが》を「葦芽《あしかび》の如《ごと》く」含んでいた。そのかぎりにおいて、古代文学における抒情の発生は、スポンテイニアスであると共に、強いられたものである。

厳密に言って、一個の文化意志は一個の文学史を持つのである。文化の保護者としての宮廷の、勅撰集《ちよくせんしゆう》のごときアンソロジー編纂《へんさん》の行為は、それ自体が文学史形成の意慾を持った芸術行為であった。ここに、中世の古今伝授にまでいたる日本独特の宗教的な又政治的な文化伝承の問題が起ってくる。

近代の恣意《しい》的な文学史と、中世の伝承による史的形成の文化意志との間には、のりこえられぬ柵《さく》があり、二律背反があると考えてよい。今われわれがこうして個人的な見解による文学史を編みうるという考えは、もしかしたら単なる浪曼《ろうまん》派的偏見かもしれないのである。いくつかの小宇宙を概括する大宇宙の視点を、われわれはまだ獲得したわけではない。しかも、日本の特殊性として、一例が謡曲のごときは、十八世紀の固定した演出の、ほとんどそのままが忠実に伝承されている今日の舞台芸術としての能楽を通じて、それによって触発される情緒をとおしてのみ、読まれるのであるから、鑑賞者のわれわれ自身ですら、どれだけ伝承の小宇宙の外側に立ちうるか疑わしいのである。

いずれにせよ私の文学史は、無限に実証主義から遠ざかるものになるであろう。

第二章　古事記

私がはじめて「古事記」に接したのは、小学生のころ、鈴木三重吉の現代語訳によってであった。そこにあらわれる夥《おびただ》しい伏字が、子供の心に強い刻印を捺《お》した。「古事記」は何か語ってはならない秘密をあからさまに語った本として、まず印象づけられたのである。伏字は、政治的な問題、道徳的な問題、また、官能的な問題にわたっていたから、子供の想像力が読み分けることは至難だった。しかし、これを完本で読む日が来れば、自分は、日本最古の文献のうちに、日本および天皇についての最終的な秘密を知ることになるであろうという予感を抱いた。

この予感は半ば当り、半ば当らなかった。しかし今もなお、私は、「古事記」を、晴朗な無邪気な神話として読むことはできない。何か暗いものと悲痛なもの、極度に猥褻《わいせつ》なものと神聖なものとの、怖ろしい混淆《こんこう》を予感せずに再読することができない。少くとも、戦時中の教育を以てしても、儒教道徳を背景にした教育勅語の精神と、古事記の精神とのあいだには、のりこえがたい亀裂が露呈されていた。儒教道徳の偽善とかびくささにうんざりすればするほど、私は、日本人の真のフモールと、また、真の悲劇感情と、この二つの相反するものの源泉が、「古事記」にこそあるという確信を深めた。日本文学のもっともまばゆい光りと、もっとも深い闇とが、ふたつながら。

……そして天皇家はそのいずれをも伝承していたのである。

「爾《なんぢ》臣民父母ニ孝ニ、兄弟《けいてい》ニ友ニ、夫婦相和シ、朋友《ほういう》相信シ、恭倹己ヲ持シ、博愛衆ニ及ホシ、学ヲ修メ、業ヲ習ヒ、以テ智能ヲ啓発シ、徳器ヲ成就シ、進テ公益ヲ広メ、世務ヲ開キ、常ニ国権ヲ重シ、国法ニ遵《したが》ヒ、一旦緩急アレハ、義勇公ニ奉シ、以テ天壌無窮ノ皇運ヲ扶翼スヘシ。是《かく》ノ如キハ、独リ朕《ちん》カ忠良ノ臣民タルノミナラス、又以テ爾祖先ノ遺風ヲ顕彰スルニ足ラン。

斯《こ》ノ道ハ、実ニ我カ皇祖、皇宗ノ遺訓ニシテ、子孫臣民ノ、倶《とも》ニ遵守《じゅんしゅ》スヘキ所……」

これに比べると、「古事記」の神々や人々は、父母に孝ならず、兄弟垣にせめぎ、夫婦相和せず、朋友相信ぜず、あるいは驕慢《きょうまん》であり、自分本位であり、勉強ぎらいで、法を破り、大声で泣き、大声で笑っていた。あの女にもまがう少年英雄倭建命《やまとたけるのみこと》でさえ、父天皇をたばかってその妾《めかけ》を私《わたくし》しその命に背いた兄宮が、「朝署《あさけ》に厠《かはや》に入りし時、待ち捕へて搤《つか》み批《ひし》ぎて、其《そ》の枝（四肢）を引き闕《か》きて、薦《こも》に裹《つつ》みて投げ棄《う》てつ」というような、残虐《ざんぎゃく》な殺し方をするのである。

戦時中の検閲が、「源氏物語」にはあれほど神経質に目を光らせながら、神典の故《ゆえ》を以て、「古事記」には一指も触れることができず、神々の放恣に委《ゆだ》ねていたのは皮肉である。ともすると、さらに高い目があって、教育勅語のスタティックな徳目を補うような、それとあらわに言うことのできない神々のデモーニッシュな力を、国家は望み、要請していたのかもしれない。古事記的な神々の力を最高度に発動させた日本は、しかし、当然その報いを受けた。そのあとに来たものは、ふたたび古事記的な、身を引裂かれるような「神人分離」の悲劇の再現だったのである。

――「古事記」の全般について縷説《るせつ》するわけには行かないから、私は倭建命の挿話《そうわ》のみをとりあげて、神人分離の象徴的な意味を探りたいと思う。実際、この挿話は全篇のほぼ半ばに位し、神と人との中間に置かれて、その悲劇性は、下巻の「軽太子《かるのみこ》と衣通王《そとおりひめ》」の悲劇性と遠く照応しているように思われるのである。

景行天皇の叙述のほとんどが、倭建命の事跡に占められているのであるが、皇太子倭建命はいつも天皇に准ずる敬語で扱われ、「日本書紀」にも、「是天下、則汝《なんぢ》天下也。是位即汝位也」という景行天皇のお言葉が見られる。そして就中《なかんずく》見落してはならないのは、同じく景行天皇が、倭建命を斥《さ》して、

「形則我子、実則神人」

と言っておられることである。

「日本書紀」によれば、それは倭建命が、「身体長大、容姿端正、力能扛《あげ》レ鼎《かなへを》、猛如二雷電一、所レ向無レ前《かたき》、所レ攻必勝」つからであった。しかし、それればかりではない。天皇は我子に対して、何かこの世のものならぬものを感じておられたのである。

そして「古事記」の景行天皇の一章は、本来の神的天皇なる倭建命と、その父にして人間的天皇なる景行天皇との、あたかも一体不二なる関係と、同時にそこに生ずる

憎悪愛《アムビヴアレンツ》が、象徴的に語られているようにも思われる。命の悲劇は、自己の裡の神的なるものによって惹《ひ》き起されるのである。

その神的なるものの最初の顕現は、兄宮の弑殺《しいさつ》であった。その純粋素朴な怒りが演じた残虐行為は、景行天皇に恐怖を与えた。これが、ただ、我子の人並外れた腕力と、感情の率直さに、父が恐怖を覚えたというのでは足りない。天皇はおそらく、我子の裡《うち》にあるものを、御自身の裡に見られたのである。天皇における統治の抑制が、十六歳の王子の行為に震撼《しんかん》され、自己の裡にたわめられた「神的なるもの」の、仮借のない発現を王子の行為に認められたのである。

景行天皇のなさった行為は、三野《みの》の国造《くにのみやつこ》の祖《おや》、大根王《おおねのみこ》の女、名は兄比売《えひめ》、弟比売《おとひめ》の、二人の乙女に恋着されたことだけであった。御子大碓命《みこおおうすのみこと》に命じて召し上げようとされたのを大碓命はこの二人の乙女をわがものにしてしまい、他の乙女を求めて奉《たてまつ》って、父帝をたばかった。天皇のなさったことは、いつわりを知りながら黙して、ただその乙女を冷然と扱われただけであった。大碓命が罰せられたという記述はない。

天皇は弟宮にして皇太子なる小碓命《おうすのみこと》（倭建命）に、「朝夕の大御食《おおみけ》に兄宮が出て来ないのは何故《なぜ》か。お前からよく言っておけ」と、家長の抑制を以て穏やかに言われた。しかるにただちに、倭建命は、用便中の兄を襲うて、その四肢を引き裂いて殺したのだった。この行為に接したとき、天皇が、あれほどの穏便な命令を倭建命が逸脱したというよりも、むしろ、命が父帝の御顔色を察して、その行為によって逆に父帝の内にひそんでいた神的な殺意を具体化し、あますところなく大御心を具現した、ということに慄然《りつぜん》とされたにちがいない。命は、神的な怒りをそのまま、雷霆《らいてい》の行為に現わしてしまったのであった。しかもその心情、その行動に一点の曇りもなく、力あるものが力の赴くままに振舞って、純一無垢《むく》、あまりにも適切に大御心に添うたことが、天皇をいたく怖れさせたのである。「形則我子、実則神人」という発見はこれを意味したと私は考える。

これがおそらく、政治における神的なデモーニッシュなものと、統治機能との、最初の分離であり、前者を規制し、前者に詩あるいは文化の役割を担《にな》わせようとする統治の意志のあらわれであり、又、前者の立場からいえば、強いられた文化意志の最初のあらわれである、と考えられる。

なぜ軍事的英雄であり、君命を享《う》けて派遣された辺境討伐軍の隊長である倭建命が、文化意志を代表するものとなるのか？　それはただ、抒情詩人として、古代歌謡のうちにいくつかの秀逸をのこした命の詩才にだけ依《よ》るのではない。美夜受比売《みやずひめ》の月経のしるしを見て詠《よ》んだ命の歌、

「ひさかたの　天《あめ》の香具山　利鎌《とかま》に　さ渡る鵠《くび》　弱腰《ひはぼそ》　手弱腕《たわやがひな》を　枕《ま》かむとは　我《あれ》はすれど　さ寝《ね》むとは　我《あれ》は思へど　汝《な》が著《け》せる　襲《おすひ》の裾《すそ》に　月立ちにけり」

又、尾津《おつ》の前の一つ松のもとに疲れ果てて辿《たど》りついた命が、先に食事をしたためときそこに置き忘れた刀が、そのままのこっているのを見て、

「尾張に　直《ただ》に向へる　尾津の崎なる　一つ松　あせを　一つ松　人にありせば　大《た》刀《ち》佩《は》けましを　衣著《きぬき》せましを　一つ松　あせを」

又、能煩野《のぼの》に到《いた》った時の、国しぬびの歌、

「倭《やまと》は　国のまほろば　たたなづく　青垣《あをかき》　山隠《やまごも》れる　倭しうるはし」

「命《いのち》の　全《また》けむ人は　畳薦《たたみこも》　平群《へぐり》の山の　熊白檮《くまかし》が葉を　髻華《うず》に挿《さ》せ　その子」

「愛《は》しけやし　吾家《わぎへ》の方《かた》よ　雲居《くもゐ》起《た》ち来《く》も」

病篤《あつ》くなり、これを歌い竟《おわ》ると共に「崩《かむあが》りまし」た歌。

「嬢子《をとめ》の　床《とこ》の辺《べ》に　我《わ》が置きし　つるぎの大刀《たち》　その大刀はや」

――くりかえして言うが、命はこれらの詩作のみによって、最初の文化意志を代表する者となったのではない。

統治機能からもはやはみ出すにいたった神的な力が、放逐され、流浪《るろう》せねばならなくなったところに、しかも自らの裡の正統性（神的天皇）によって無意識に動かされ

つづけているところに、命の行為のひとつひとつが運命の実現となる意味があり、そのこと全体が、文化意志として発現せざるをえなくなったのだ。神人分離とはルネッサンスの逆であり、ルネッサンスにおけるが如く文化が人間を代表して古い神を打破したのではない。むしろ、文化は、放逐された神の側に属し、しかもそれは批判者となるのではなく、悲しみと抒情の形をとって放浪し、そのような形でのみ、正統性を代表したのである。

命は神的天皇であり、純粋天皇であった。景行帝は人間天皇であり、統治的天皇であった。詩と暴力はつねに前者に源し、前者に属していた。従って当然、貶黜《へんちゅつ》の憂目《うきめ》を負い、戦野に死し、その魂は白鳥となって昇天するのだった。

景行天皇は、その皇太子のこのようなおそるべき「神人」的性格を見抜いたとき、命には「伝説化」「神話化」の運命を課するほかはないと思われたにちがいない。それは又、文化意志を託することでもあった。すなわち詩と政治とが祭儀の一刻において完全無欠に融合するような、古代国家の祭政一致の至福が破られたとき、詩の分離のみが、そしてその分離された詩のみが、神々の力を代表する日の来ることを、賢明にも予見されたにちがいない。

自分の猛々《たけだけ》しい王子《みこ》は、史上初のそのような役割を担うべきである。それはそれ自体が悲境であり、生身の人生を詩と化することであり、孤独であり、流浪であり、敗北でさえあるが、そこにこそ神々にとっての最後の光輝が仰ぎ見られ、後世、自分および自分のおだやかな子孫が統治をつづけるべき国において、それだけが光栄の根源として無限に回帰せられるべきもの、それを正に倭建命において実現させたい、と思われたに相違ない。

それはもはや景行天皇御自身によっては実現されえないものであることを天皇は知っておられ、「それを実現せよ」と意志されることは天皇の御命令だったのである。文化意志はかくて隠密な勅命によって発したのだった。一方からいえば、勅命のみが、このような史上最初の文化意志の発生を扶《たす》けたのである。

倭建命はこれをのこる隈《くま》なく具現した。古事記のもっとも重要な一章を形成し、かくて景行天皇御自身の事蹟《じせき》はかげに隠れた。

古事記は命の最期《さいご》を次のように伝えている。

「嬢子《をとめ》の　床《とこ》の辺《べ》に　我《わ》が置きし　つるぎの大刀《たち》　その大刀はや

と歌ひ竟《を》ふる即《すなは》ち崩《かむあが》りましき。爾に駅使《はゆまづかひ》を貢上《たてまつ》りき。

是《ここ》に倭に坐《いま》す后等《きさきたち》及《また》御子《みこ》等《たち》、諸《もろもろ》下《くだ》り到りて、御陵《みはか》を作り、即ち其地《そこ》の那豆岐田《なづきだ》に匍匐《は》ひ廻《もとほ》りて、哭《なき》為《ま》して歌《うた》曰ひたまひしく、

なづきの田の　稲幹《いながら》に　稲幹に　匍《は》ひ廻《もとほ》ろふ　野老蔓《ところづら》

とうたひたまひき。是に八尋白智鳥《やひろしろちどり》に化《な》りて、天《あめ》に翔《かけ》りて浜に向きて飛び行《い》でましき。爾に其の后及《また》御子等、其の小竹《しの》の苅杙《かりくひ》に、足跳《き》り破れども、其の痛きを忘れて哭きて追ひたまひき。此《こ》の時に歌曰《うた》ひたまひしく、

浅小竹原《あさじのはら》　腰なづむ　空は行かず　足よ行くな

とうたひたまひき。又其の海塩《うしほ》に入りて、那豆美《なづみ》行きましし時に、歌曰《うた》ひたまひしく、

海処《うみが》行けば　腰なづむ　大河原《おほかはら》の　植ゑ草《ぐさ》　海処《うみが》はいさよふ

とうたひたまひき。又飛びて其の磯に居たまひし時に、歌曰《うた》ひたまひしく、

浜つ千鳥《ちとり》　浜よは行かず　磯伝《いそづた》ふ

とうたひたまひき。是の四《よ》歌《うた》は、皆其の御葬《みはふり》に歌ひき。故《かれ》、今に至るまで其の歌は、天皇の大御葬《おほみはふり》に歌ふなり。故、其の国より飛び翔り行きて、河内国の志幾《しき》に留《とど》まりましき。故、其地に御陵を作りて鎮《しづ》まり坐さしめき。即ち其の御陵を号《なづ》けて、白鳥《しらとり》の御陵と謂《い》ふ。然《しか》るに亦《また》其地より更に天《あめ》に翔りて飛び行《い》でましき」

＊

理解の不可能、二つの機能の間、詩と政治の間の理解の橋が断たれたことを、私は

「神人分離」と呼ぶ。そのことが明らかに語られるのが、出雲建《いずもたける》討伐から帰って直ちに、次の困難な平定の戦いを父天皇に命ぜられる命が、伊勢神宮に詣《まい》って、その姨《おば》倭比売命に、次のように言う件《くだ》りである。

「故《かれ》、命《みこと》を受けて罷《まか》り行《い》でまし時、伊勢の大御神《の》宮に参入《まゐい》りて、神の朝廷《みかど》を拝《をろが》みて、即ち其の姨《をば》倭比売《の》命に白《まを》したまひけらくは、

『天皇既に吾《あれ》死ねと思ほす所以《ゆゑ》か、何にしかも西の方の悪《あ》しき人等《ひとども》を撃ちに遣はして、返り参上《まゐのぼ》り来《こ》し間、未《いま》だ幾時《いくだ》も経《あ》らねば、軍衆《いくさびとども》を賜はずて、今更に東の方十二道の悪しき人等を平《ことむ》けに遣はすらむ。此れに因りて思惟《おも》へば、猶吾《なほあれ》既に死ねと思ほし看《め》すなり』

とまをしたまひて、患《うれ》ひ泣きて罷ります時に、倭比売《の》命、草那芸剣《くさなぎのたち》を賜ひ、亦御嚢《またみふくろ》を賜ひて、

『若《も》し急《とみ》の事有らば、茲《こ》の嚢の口を解きたまへ』

と詔《みことの》りたまひき」

この悲傷、この哭泣《こっきゅう》（それはあたかも、上巻の須佐之男命《すさのおのみこと》の地を枯らす哭泣と、正確に照応しているように思われる）には、天皇が倭建命に課した「運命への意志」と文化意志が、なお自覚されていない。命はなぜ父帝の命によって、自分がひたすらに

死のほうへ、悲劇のほうへ追いやられるかがわからないのである。これからの人間の歴史においては、神的なるものは、伝説化され神話化され英雄化され、要するに「犠牲」にされるほかはないのであるが、ほかならぬ自分が、なぜそのような役割に選ばれたかがわからないのだ。この理解の断絶、そして命の心の中には一点の叛心《はんしん》もなく、純粋無垢に勅命を奉ずる気持しかないのに、なお死を命ぜられるということの不可解、……こうした絶対の不可知論的世界へ追い込まれた者の苦悩は、実はこの古事記の一節を嚆矢《こうし》として、日本の歴史に、現代にいたるまで何度となくくりかえされることになり、このような悲劇的文化意志の祖型《アーケタイプ》が、倭建命の物語に定立されたのである。古事記の中でさえ、より純粋さを欠き、より典型性を欠いた形ではあるが、同じような悲劇は繰り返される。

それが下巻の「軽王子と衣通姫」の物語である。

この恋人同士の心中は、おそらく文献上、日本最古の心中であるが、しかもアラビアン・ナイトの有名な物語のように、兄と妹の恋とその死を語っている。すなわち允《いん》恭《ぎょう》天皇の御子である木梨之軽王《きなしのかるのみこ》と、その艶色《えんしょく》が衣をとおして照りかがやくがために衣通姫と呼ばれた妹御子とは、同腹の兄妹の不倫の結婚をする。そのため、天皇崩御後、即位を予定されていた軽王子は、百官および天下の民衆のゆるさざるところとなって、民心は弟宮の穴穂命《あなほのみこと》に帰し、軽王子は大前小前宿禰《おおまえおまえのすくね》の家へ逃げ入って、兵備を整え、穴穂命もまた、兵備を整える。

恋物語全体は、恋のはじめから、歌物語の体裁をとっている。日継の皇子《みこ》と決りながら、まだ皇位に即《つ》かぬ間に、軽王子は、妹の軽大郎女《かるのおおいらつめ》に戯《たわむ》れて、次のように歌った。

「あしひきの　山田を作り　山高み　下樋《したび》を走せ　下娉《したど》ひに　我が娉《と》ふ妹《いも》を　下泣《したな》きに　我が泣く妻を　昨夜《こぞ》こそは　安く肌触れ」

又、

「笹葉に　打つや霰《あられ》の　たしだしに（確実に）　率寝《ゐね》てむ後《のち》は　人は離《か》ゆとも　愛《うるは》しと　さ寝しさ寝てば　刈薦《かりこも》の　乱れば乱れ　さ寝しさ寝てば」

王子は一旦宿禰の家へ逃げ入って、兵備を整えたが、大義名分を説かれて、出て、捕えられたときの歌。

「天飛《あまだ》む　軽《かる》の嬢子《をとめ》　いた泣かば　人知りぬべし　波佐《はさ》の山の　鳩の　下泣きに泣く」

又、

「天飛む　軽嬢子　したたにも（しっかりと）　寄り寝てとほれ　軽嬢子ども」

かくて伊余の湯（道後温泉）へ流されることになった王子の歌。

「天飛《あま》ぶ　鳥も使ぞ　鶴《たづ》が音《ね》の　聞えむ時は　我が名問はさね」

又、

「王《おほきみ》を　島に放《はぶ》らば　船余り　い帰《がへ》り来むぞ　我が畳ゆめ　言《こと》をこそ　畳と言はめ　我が妻はゆめ」

（留守中に敷物を穢《けが》れなく保管することは、旅人の平安を祈る呪術《じゅじゅつ》であった）

衣通姫は次のように歌う。

「夏草の　あひねの浜の　蠣貝《かきがひ》に　足踏ますな　あかしてとほれ」

恋しさに耐えかねて、王子を追って旅に出るときの姫の歌。

「君が往《ゆ》き　け長くなりぬ　山たづの　迎へを行かむ　待つには待たじ」

そしてついに伊余の湯へ到《たど》り着いて、再会したときの姫の歌。

「隠《こも》り国《く》の　泊瀬《はつせ》の山の　大峡《おほを》には　幡《はた》張り立《だ》て　さ小《を》峡《を》には　幡張り立て　大峡にし　なかさだめる　思ひ妻あはれ　槻弓《つくゆみ》の　臥《こ》やる臥やりも　梓弓《あづさゆみ》　起《た》てり起てりも　後《のち》も取り見る（後には相見る）　思ひ妻あはれ」

そして、

「隠り国の　泊瀬の河の　上つ瀬に　斎杙《いくひ》を打ち　下《しも》つ瀬に　真杙《まくひ》を打ち　斎杙には

鏡を懸け　真杙には真玉《またま》を懸け　真玉如《な》す　吾《あ》が思《も》ふ妹《いも》　鏡如す　吾が思ふ妻
ありと言はばこそに　家にも行かめ　国をも偲《しの》はめ」

そう歌って、即ち共に自殺したのである。故国に思う妻があればこそ、家も恋しく国も偲ばれるが、今ここの僻地《へきち》に、再会して共居をしているのであるから、もはや故国にも未練がない、そこで心中をするほかはない、というのは、いかにも奇妙な心理であり論理である。しかし日本最古の心中であるということのほかに、私がもっとも興味を持つのは、道徳に叛《そむ》き共同体から完全に放逐された者同士が、根無し草であることに耐えられず、しかも何ら懐郷の情に駆られるでもなく、そこで追いつめられた者の片隅の幸福と平和に安んずるでもなく、ただちに心中するという心理なのである。

古事記には、しばしば唐突な飛躍がある。しかしこの飛躍の中にこそ、今は忘れられた古代の神的な感情がひそんでいるのである。恋する者を傍らに置き、恋する者のいない故国はもはや郷愁をそそらぬと断言しながら、敢て情死する軽王子の感情には、王位を得なかった絶望や怨嗟《えんさ》はみとめられない。自分たちの恋が、ついに共同体から完全に切り離されて完成することに耐えられなかったからであり、又、共同体の内部において、恋と罪（大祓詞《おおはらえのことば》の「国つ罪」には、但《ただ》し、母子相姦の禁止はあるけれども、兄妹相姦の禁止はない）と王位とを、三つながら一身に具現しようとした軽王子の自然な行為が、もはや実現の道を失ったからである。

倭建命の「暴力」は、この挿話《そうわ》では、「恋」に形を変えている。兄妹の間ではありながら、この恋は自然に芽生えたものであり、又、軽王子は、その出生において、自然に日継の皇子であった。神的な力はこれを庇護《ひご》すべきであり、もし人々が全的に「詩」を認めるなら、この結婚と統治は、神意に基づいていると認められた筈《はず》だったのである。

しかるに「民衆」が登場し、これに支えられた政治が生れ、軽王子の自然な行為は叛乱と規定され、王子はこれに抗《あらが》うことはゆるされず、流謫《るたく》の地でただ「個人的な」恋だけが非公式に許容されることになった。

かくして国偲びという自然な感情にすら、悲痛な逆説が起らざるをえない。それがこの最後の長歌の誇張を形づくる。

国と女とは同一視され、価値観に於《おい》て高低のないものにまで高められている。しかしそれはエロティックなものの高揚ではなくて、実はその挫折《ざせつ》の嗟嘆《さたん》なのである。なぜなら、この長歌は、女あってこそ恋しい故国が、女と切り離せば空疎《くうそ》で無縁なものになると歌いながら、同時に、女と故国との同一化による郷愁の結晶が破壊され、ここに現在ある女の存在は、国の価値の喪失によって、ほとんど無価値になったという絶望が暗示されているからである。王子はエロスの最終的な根拠を失い、失ったがゆえに、その復活のために情死したのであるが、長歌は、反抗的な態度に終始して真情をいつわり、むしろ空無化した国家に対する国家批判的な言辞さえ底にひそめている。道ならぬ恋と王位とを最終的に一致させる国は、その詩と政治との最終的な一致は、王子に拒まれた。それを拒む国は、もはや帰るに価《あたい》しない国であるが、国を失ったときに、この嘗《かつ》ての日継の皇子は死ななければならないのである。これもまた、「神人分離」の一挿話と私が理解する所以《ゆえん》である。

「軽太子と衣通王」は、允恭天皇の御代に起った出来事であり、古事記もすでに下巻である。神人分離の主題が、中巻の倭建命の、あのように英雄的な巨大な取扱いに比して、はるかに末期ロマンティック的な、矮小《わいしょう》なものになっていることは否《いな》めない。それもその筈、この主題は、下巻においては、もはや顕然たるライト・モチーフではなくなっているからである。

倉野憲司氏は言う。

「思うに、下巻を仁徳天皇に始めたのは、この天皇が『聖帝』とたたえられた天皇であったからであって、ここから天皇に対する考え方が変化したからであろう。言い換えると、儒教的聖天子の思想が浸潤して来て、固有の『天神御子』(アマツカミノミコ）という天皇観に変化を来たしたために、これを契機として、儒教渡来の応神天皇の御世を以って中巻を結び、儒教的聖天子の思想で濃く彩《いろど》られた仁徳天皇からを下巻としたものと推測されるのである。」（岩波版　日本古典文学大系）

第三章　万葉集

万葉集が勅撰《ちょくせん》であるか私撰であるかには諸説があるが、外来文化の影響をうけたアンソロジー編纂《へんさん》の文化意志が、同時に、外来文化に対する対抗意識から出たものであることは容易に察せられる。奈良時代中期、すなわち八世紀中葉までの間に成立して、これまでの日本の秀歌を、系統的に編纂したこの集は、次のような二つの特色を持っている。一つは、歌が集団と個の融一から、個の自覚と倦怠《けんたい》へと細まってゆく過程が歴然と見られることである。二つは、作者があらゆる階層にわたると共に、いかに辺境の人の素朴な歌といえども、宮廷文化に対する模倣《まねび》を忘れず、忠と恋との二種の誠実の筋道を通して、いわばローマへ通ずる無数の道のように、中心へ収斂《しゅうれん》していることである。

私は一般に考えられている万葉集の読み方とことなって、壬申《じんしん》の乱以後の人麿《ひとまろ》時代と、ずっとあとの奈良時代中期の防人《さきもり》の歌とを直結し、さらに、別途に相聞歌の系譜を一つながりのものとして辿《たど》る読み方をしようと思う。

壬申の乱（六七二年）以後、奈良時代中期の天平五年（七三三年）にいたるまでの間は、半世紀の時代の経過があり、われわれは巻一の人麿の歌から、ただちに巻二十の防人の歌へ飛ぶのである。

なぜなら、万葉集の本質である集団的感情としての詩は、はじめ高らかに宮廷詩人人麿の口をとおして歌われるが、のちには次第に衰えて、ローマの泰平を支える辺境守備軍のような、奈良朝中期の平和から遠い防人の口をとおしてのみ、歌いつがれるにいたるからであり、防人歌の素朴と真情と集団感情は、繊細なデカダン大伴家持《やかもち》の、遠いあこがれをそそるものとして、遠つ神のような光輝を放って消えてゆくからである。

しかし、人麿の歌のうち、天皇の行幸を讃《たた》える晴れやかな長歌は二首のみで、あとは、旧都の址《あと》を弔い、あるいは貴人の殯宮《もがりのみや》を歌い、あるいは反逆の王子を偲《しの》び、あるいは妻の死を嘆く、悲傷の調べに充《み》たされている。彼はどちらかというと、祝寿のためよりも、哀悼のために招かれたように見えるのである。傑作の名が高い近江《おうみ》荒都の歌よりも、しかし、私はそのような行幸の讃仰歌《さんぎょうか》のうちに、人麿という詩人の、一個人ではない、集団的感情の詩を読むのである。

吉野の宮に幸しし時、柿本朝臣《あそん》人麿の作る歌

やすみしし わご大君の 聞《きこ》し食《め》す 天《あめ》の下に 国はしも 多《さは》にあれども 山川の清き河内《かふち》と 御心《みこころ》を 吉野の国の 花散らふ 秋津の野辺に 宮柱 太敷《ふとし》きませば 百磯城《ももしき》の 大宮人は 船並《な》めて 朝川渡り 舟《ふな》競ひ 夕河渡る この川の 絶ゆることなく この山の いや高知らす 水激《たぎ》つ 滝の都は 見れど飽かぬかも

反歌

見れど飽かぬ吉野の河の常滑《とこなめ》の絶ゆることなくまた還《かへ》り見む

*

やすみしし わご大君 神《かむ》ながら 神《かむ》さびせすと 吉野川 激《たぎ》つ河内に 高殿を高知りまして 登り立ち 国見をせせば 畳《たたな》づく 青垣山 山神《やまつみ》の 奉《まつ》る御《み》調《つき》と 春べは 花かざし持ち 秋立てば 黄葉《もみち》かざせり 逝《ゆ》き副《そ》ふ 川の神も 大御《おほみ》食《け》に 仕へ奉《まつ》ると 上《かみ》つ瀬に 鵜川《うかは》を立ち 下《しも》つ瀬に 小《さ》網《で》さし渡す 山川も 依りて仕ふる神の御代かも

反歌

山川も依りて仕ふる神ながらたぎつ河内に船出せすかも

——ここには個人的感懐は何一つ語られていず、古代歌謡よりも、さらに非抒情的《ひじょじょう》である。安定した古代国家の光輝が、たまたま、詩と政治、しかも詩と平穏にして整然たる統治との一致を成就したのであるが、ここにおける詩は、かつて倭建命《やまとたけるのみこと》や軽《かる》王子《のみこ》の詩が神人分離の嘆きのうちに、詩の源泉として汲《く》み取った、あのおそるべき兇《きょう》暴《ぼう》な神的な力からは、すでに隔てられている。詩はそのような兇暴な源泉から力を汲み取ることを禁じられるにいたった。以後、詩がこうした源泉へ遡《さかのぼ》るには、恋を辿ってゆくほかはない。そして、「わご大君」の光輝は、名誉と栄光の表象として、遠いあこがれの定型化したものとして現われるにいたるのだ。このような距離による聖化が、却《かえ》って辺境の誠実な感情を触発するにいたる経過を、私は巻一と巻二十の間に読むのであるが、これは又、古事記下巻における民衆の勃興《ぼっこう》、政治に対する民衆的意見の不定形な参与が、一つのあこがれや、清澄《せいちょう》な統制的感情へ、醇化《じゅんか》されたことを物語っている。

人麿の吉野宮御幸《みゆき》の歌は、その第一首が滝の都そのものの讃仰であり、第二首が山川草木が神ながら「わご大君」に仕える自然そのものの使命の讃仰である。

詩が自然を統制し醇化し、詩がはじめて自然をして自然たらしめ、こうした手続によって所与の存在を神化する作用、そのために宮廷詩人は招かれていた。彼はあたたかも建築家のように機能していたのだった。すなわち、吉野の宮の高殿の建築が、四周の野山や河川を、「依りて仕ふる」ものとして利用したことは、あたかも人麿が詩の見えざる建築によって、言葉を以《もっ》て、これらの自然の意味を発見し、その自然の使命を確認したことと照応するものだった。ここでは、自然は言葉によって輝やかしく定立され、自然の或る美しさの発見は、ただちに、その美が、神的な使命に充《み》ちたものであるというように讃仰されたのである。これこそは、詩による、言葉による、充ち足りた統治であった。このことの自然な結果として、宮居が統治者の死によって見捨てられれば、同じ山川草木が、荒廃と悲傷の詩的媒体になるのである。

人麿という詩人は、古代世界で、言葉を感情から引き離し、はじめて詩的言語を何ものかの定立のために用いた人だと思われる。もちろんそこには喜悦の感情はあったが、「あな、さやけ、おけ」のような野性的な激しい喜悦とはちがって、しずかなつつましい喜悦であり、讃仰こそはこの言葉の職分だった。それだけに、人麿は、言葉の伝達作用の偉大を認識し、辺境にまでいたる光輝の伝播《でんぱ》には、詩的言語にまさるものはないことを知っていたのである。この見えざる建築のおかげで、吉野の宮の可視的建築は、思いもかけぬ高殿となって天に屹立《きつりつ》し、国のどの隈々《くまぐま》からも仰ぎ見られるものになった。いわば人麿の詩は、言葉によって、物象の可視の光輝を拡大し、これにオプティカル・イリュージョンを与え、そこへ行ってみなければ見られない吉野の宮と、これを囲む自然の清寧の美を、万人のものとしたのである。

防人の歌が、はるかの辺境から、この光輝を仰ぎ見ていたとすれば、私が人麿の歌と防人の歌を連結させようという意図は明らかである。そこではじめて、神聖なものとの間の遠近法が生じたのだ。

巻二十の防人の歌。

天平勝宝七歳乙未《いつび》二月、相替りて筑紫に遣はさるる諸国の防人等の歌。

㈠「畏《かしこ》きや命被《みことかがふ》り明日ゆりや草《かえ》がむた寝む妹《いむ》無しにして」
㈡「わが妻はいたく恋ひらし飲む水に影《かご》さへ見えて世に忘られず」
㈢「大君の命畏み磯に触り海原《うのはら》渡る父母を置きて」
㈣「天皇《すめろき》の　遠《とほ》の朝廷《みかど》と　しらぬひ　筑紫の国は　賊《あた》守る　鎮《おさ》への城《き》そと　聞《きこ》し食《を》す
四方《よも》の国には　人さはに　満ちてはあれど　鶏《とり》が鳴く　東男《あづまをのこ》は　出で向ひ　顧みせずて　勇みたる　猛《たけ》き軍卒《いくさ》と　労《ね》ぎ給《たま》ひ　任《まけ》のまにまに　たらちねの　母が目離《か》れて
若草の　妻をも纏《ま》かず　あらたまの　月日数《よ》みつつ　蘆《あし》が散る　難波《なには》の御津《みつ》に　大船に　真櫂繁貫《まかいしじぬ》き　朝凪《な》ぎに　水手《かこ》整へ　夕潮に　楫《かぢ》引き撓《を》り　率《あども》ひて　漕《こ》ぎゆく君は　波の間《ま》を　い行きさぐくみ　真幸《まさき》くも　早く到りて　大君の　命《みこと》のまにま　大夫《ますらを》

の　心を持ちて　あり廻《めぐ》り　事し終らば　つつまはず　帰り来ませと　斎瓮《いはひべ》を　床辺にすゑて　白栲《しろたへ》の　袖《そで》折り反《かへ》し　ぬばたまの　黒髪敷きて　長き日《け》を　待ちかも恋ひむ　愛《は》しき妻らは」

㈤「今替る新防人《にひさきもり》が船出する海原《うなはら》のうへに波な開《さ》きそね」
㈥「防人の堀江漕ぎ出る伊豆《づ》手舟楫取る間《ま》なく恋は繁けむ」
㈦「水鳥の発《た》ちの急《いそ》きに父母に物言《ものは》ず来《け》にて今ぞ悔しき」
㈧「筑波嶺《つくはね》のさ百合《ゆる》の花の夜床《ゆとこ》にも愛《かな》しけ妹そ昼も愛しけ」
㈨「今日よりは顧みなくて大君の醜《しこ》の御楯《みたて》と出《い》で立つわれは」
㈩「天地《あめつち》の神を祈りて征箭《さつや》貫《ぬ》き筑紫の島をさして行くわれは」

——そして私は、これらの十首に加えるに、大伴家持が、「防人の情《こころ》と為《な》りて思を陳《の》べて作る歌一首」、いわば優雅な宮廷の抒情詩人がフィクションとして作った一首を、対照の面白さのためにあげておこう。

「大君の　命畏み　妻別れ　悲しくはあれど　大夫《ますらを》の　情《こころ》振り起し　とり装《よそ》ひ　門出をすれば　たらちねの　母掻《か》き撫《な》で　若草の　妻は取り附《つ》き　平《たひら》けく　われは斎《いは》はむ　好去《まさき》くて　早還り来《こ》と　真袖持ち　涙をのごひ　むせひつつ　語らひすれば　群鳥《むらとり》の　出で立ちかてに　滞り　顧みしつつ　いや遠《とほ》に　国を来離《きはな》れ　いや高に　山を越

え過ぎ　蘆が散る　難波に来居て　夕潮に　船を浮け居《す》ゑ　朝凪ぎに　舳《へ》向け漕がむ
と　侍候《さもら》ふと　わが居《を》る時に　春霞《はるかすみ》　島廻《しまみ》に立ちて　鶴《たづ》が音《ね》の　悲しく鳴けば　はろ
ばろに　家を思ひ出　負征箭《おひそや》の　そよと鳴るまで　嘆きつるかも
海原《うなはら》に霞たなびき鶴《たづ》が音の悲しき宵は国方《くにへ》し思ほゆ
家おもふと寝《い》を寝《ね》ず居れば鶴が鳴く蘆辺も見えず春の霞に」

巻二十の夥《おびただ》しい防人の歌は、当時四十歳前後で、京にあって、兵部少輔《ひょうぶしょうゆう》の役に就いていた家持の許《もと》へ進達されたものであるが、家持は職業柄、これらの歌に触発されて、これを模して右の一首と短歌二首を作ったのである。

家持のこの歌を手前に置いて、彼方《かなた》に防人の歌を置くと、濾過《ろか》された文学的言語というものが、切実な感情をいかに模し、それをいかに別なものに変えるかという典型的な実例が透かし見られる。実はここに、のちの古今集の発想の源があり、歌からは「切実な感情」の粗野が避けられて、むしろ歌は、切実な感情を表現するには自ら切実な感情を味わってはならない、という古典主義のテーゼへ導かれてゆくのである。

家持の長歌は、本当の防人の歌に比べて、はるかに整然とし、はるかに「詩的」である。それは生な感情を精錬し、いわば製鉄工場のような機能を果している。詩の世界において、原料を輸入し、精製して第二次製品とする新らしい機構が発明されたのだ。そしてかつて国の中枢《ちゅうすう》にあった原料供給地は、はるか辺境へ遠ざかったのであった。

それが万葉集全般とはことなった、全く新らしい文化意志に基づいていることが、家持自身によってどこまで自覚されていたかは定かでない。よかれあしかれ、それは、夥しい相聞歌を挟《はさ》んで、人麿の歌と防人の歌とが遠く相呼応している万葉集の文化意志からは、すでにはみ出したものであった。

防人の歌に杳《はる》かにかすかに尾を引いている記紀歌謡の、あの倭建命の「強いられた抒情」の姿は、家持においては、もはや、意志的な抒情に変っており、しかも抒情が意志的であるということは感情の矛盾であって、抒情は意志的であればあるほど、人工性を増し、本源的な力を減殺される。芸術的な完成度を別とすれば、かくて防人の歌は強く、家持の歌は弱い。なぜなら家持はもはや「運命」を持たぬからであり、防人の歌のそこかしこに煌《きら》めいている、古い倭建命の面影の片鱗《へんりん》すら、家持の歌には失われているからである。もちろん防人の歌における倭建命的なものは、ずっと従順な、ずっと素直な、ずっと人間的な要素であるが、なおそこには、

「吾《あれ》既に死ねと思ほし看《め》すなり」

という根源的な嘆きが底流していたのである。このような正統性をすでに逸した以

上、家持は別のところに、新らしい正統性を打ち樹《た》てねばならない。

　防人の歌㈠㈡㈢の妻や父母に対する恋は、㈣の長歌に集約されているが、いうまでもなく、これらの女々しい未練は、長歌の「顧みせず　勇みたる……任《まけ》のまにまに」等の男性的決意を前提にしてゆるされるものであり、いかめしい巌《いわお》からしみ出る清水のように、防人たちは、こうした抒情の発露が、運命的なものに強いられてのみ可能になることを知っており、その条件下に於《お》いてだけ「詩」が成立することを認識していた。いわばそれはもっとも素朴な詩のライセンスだった。かれらは自分を詩人として登場せしめるものが任務に源し、自分たちは「偶然の詩人」であり、しかも悲傷と抒情の源を、人麿の打ち樹てたあのような光輝の讃仰に見ていた筈《はず》だ。あの喜悦こそ、自分たちの栄光と悲傷の源なのだった。そして「顧みせずて」「任のまにまに」という決意が、逆説的に強いる感情の言挙《ことあ》げに、詩を発見していたかれらは、近代人の解釈のように、そこに人間性（！）を自己発見していたのではなかった。人間とは、かれらにとって、勇躍し、同時に、悲傷に陥る存在だったのであり、このような人間を全的に洩れなく表現しうる機能が、歌の持つもっとも重要な機能なのであった。

　従って、㈤㈨㈩のような、防人の歌全体のなかでむしろ頻度《ひんど》の少ない男性的決意そのままの表出、その単純剛健な感情こそ、実は防人の歌の基調だったのである。これらの歌の背後には、人麿の定立した「高知る」吉野の宮が燦然《さんぜん》と聳《そび》えている。「今日よりは顧みなくて大君の醜《しこ》の御楯《みたて》と出で立つわれは」は、かくて防人の歌を代表し、十二世紀後の今日も人々の口に愛誦《あいしょう》される真の古典になったのである。

＊

古代において、集団的感情に属さないと認められた唯一《ゆいいつ》のものこそ恋であった。しかしそれがなお、人間を外部から規制し、やむなく、おそろしい力で錯乱へみちびくと考えられた間は、（たとえば軽王子説話）、なおそれは神的な力に属し、一個の集団的感情から派生したものと感じられた。このことは、外在魂（たまふり）から内在魂（みたましずめ）へと移りゆく霊魂観の推移と関連している。万葉集は、巻二、巻四（全巻）、巻八（春、夏、秋、冬の相聞）、巻九、巻十（巻八と同じ）、巻十一、巻十二（古今相聞往来《おうらいか》詞類上下）、巻十三（相聞五十七首）という風に夥しい相聞歌を載せている。相聞は人間感情の交流を意味し、親子・兄弟・友人・知人・夫婦・恋人・君臣の関係を含むが、恋愛感情がその代表をなすことはいうまでもない。

記紀歌謡以来、恋の歌は、別れの歌であり遠くにあって偲《しの》ぶ歌であった。抒情の発生が「強いられたもの」であることは、序説にも暗示したが、強いるものが、外的な力であるか、内的な力であるかによって、恋愛歌の性格は異なってくる。さらに、作られたもの（古今集）へと、抒情は曲折して、冷たい完璧《かんぺき》な古典主義へと到達するのだ。

外的な力とは、自然の諸力であり、運命であり、さらには任務（任《まけ》）であった。内的な力とは、自分の内部に自覚された衝動が、自己の存在の秩序を破壊し、外部へさまよい出そうとするのを感じることである。人間が内的な衝動を見出《みいだ》す時期は遅く、見出してからも、久しくそれは外的な力の反映と見られるのであった。しかも、純然たる内的な衝動も、その昂揚《こうよう》は、必ず外的な事情により別れや距離的隔絶によってもたらされることを、人は知るにいたった。相聞歌の文化意志は、このようにして発生したと見るべきであり、人はかくて、外的な事情によってのみ、内的な魂の燃焼を経験するということを、一つの文化体験としたのである。

神的な力は、ここに通路を見出すようになった。すなわち、別離と隔絶に、人間精神の醇乎《じゅんこ》としたものが湧《わ》き上るのであれば、統一と集中と協同による政治（統治）からは、無限に遠いものになり、政治的に安全なものであるか、あるいはもし政治的に危険な衝動であっても、挫折《ざせつ》し、流謫《るたく》されたものの中にのみ、神的な力の反映が迫ると考えられた。政治的に安全なものとは、女性の情念であり、あるいは忠誠の疑いない一兵卒の情念であり、挫折したものとは、政治的敗北者である。われわれは、ふしぎなことに、太古から、英雄類型として、政治的敗北者の怨念《おんねん》を、女性的類型として、裏切られた女の嫉妬《しっと》の怨念を、この二種の男女の怨念を、文化意志の源泉として認めてきたのであり、成功した英雄は英雄とみとめられず、多幸な女性は文化に永い影を引くことがなかった。政治的にもまた、天皇制は堂々たる征服者として生きのびたのではなかった。いかに成功した統治的天皇も、倭建命以来の「悲劇の天皇」のイメージを背後に揺曳《ようえい》させることによって、その原イメージのたえざる支持によって、すなわち日本独特の挫折と流謫の抒情の発生を促す文化的源泉の保持者として、成立して来たのである。

さて、相聞歌は、非政治性の文化意志の大きな開花になった。それは、統治が集中的になればなるほど、そして、「万葉集」のような文化的集大成が行われれば行われるほど、この求心性に対して、つねに遠心力として働らき、拡散と距離と漂泊を代表した。その心は宮廷人の裡《うち》にすら、何か身を漂い出る魂の不安としてとらえられた。恋が、彼らを、不安な、未聞《みもん》の堺《さかい》へ連れ出せば連れ出すほど、そこには幽暗の国に対する懐郷の念《おも》いが生れた。人々はすでに、感情の巨大な力を知ったのである。

万葉集は、人が漠然と信じているような、素朴で健康な抒情詩のアンソロジーなのではない。それは古代の巨大な不安の表現であり、そのようなものの美的集大成が、結果的に、このはなはだ特徴的な国民精神そのものの文化意志となったのである。それなくしては又、(文化に拠《よ》らずしては)、古代の神的な力の源泉が保たれない、という厖大《ぼうだい》な危機意識が、文化意志を強めたと考えられる。のちにもくりかえされるように、一時代のもっとも強烈な文化意志は、必ず危機の意識化だからである。

「万葉集」は、かくて、人麿と防人の歌に代表される求心性と、相聞歌に代表される遠心性との、渾然《こんぜん》たる融合にもなり、又、この両者の緊張関係の上に成立つ最後の橋にもなった。それは又、公的なものと、私的なものとが、詩において分裂してゆく危機の全的表現でもある。「古今集」におけるがほど、公的なものは安堵《あんど》して背後に身を隠してはいない。長歌の衰滅と共に、歌における公的なジャンルは衰退するのであるが、一つの衰退は、同時に、文化に対する政治の安堵と、緊張関係の消滅を意味している。感情の巨大な力は、「万葉集」に於てはなお、このような集大成が必要とされるほどに、怖《おそ》れられていたのである。われわれは今日、このような古い畏怖《いふ》を読みとる力を失っており、それは又、こうした畏怖に基づく文化意志の性質をも誤認させるもとになっているのだ。

「秋の田の穂の上《へ》に霧《き》らふ朝霞何処辺《いづへ》の方《かた》にわが恋ひ止まむ」(巻二・八八)

この磐姫皇后《いわのひめのおおきさき》、すなわち仁徳天皇の皇后であり、日本文学史のもっとも重要な主題である「嫉妬」の、古代における最初の、又、最大の体現者であられた皇后の歌が、「万葉集」の第一期にあらわれているのは、相聞歌というものの運命を暗示している。

これは相聞というには対象の不鮮明な、情念そのものの不安を描いた歌であり、嫉妬はいつもそのようにして皇后の心を苦しめたにちがいないからだ。皇后は情念からの解放を夢みている。しかしその解放は叶《かな》えられない。従ってそれは歌の形に凝縮せざるをえなかったのである。

芸術行為は、「強いられたもの」からの解放と自由への欲求なのであろうか。相聞歌のふしぎは、或る拘束状態における情念を、そのままの形で吐露するという行為が、目的意識から完全に免かれていることである。「解決」のほかにもう一つの方法があるのだ、ということが詩の発生の大きな要素であったと思われる。その「もう一つの方法」の体系化が、相聞だったのである。

それにしても、この歌は美しい。沈静で、優雅で、嫉妬に包まれた女性が、その嫉妬という衣裳《いしよう》の美しさに自ら見惚《みと》れて、鏡の前に立っているような趣がある。自己に属する情念が醜くかろうなどとは、はじめから想像もできない、という点では、女性は今も昔も変りはしない。そして、言葉が言葉の上にかろやかに重なり、イメージがおのずから憂《うれ》いをつもらせ、そこに一人の悩める女の姿を描き出すことで、磐姫皇后は、卓抜な自画像の画家であった。しかしそれは、何ら客観視を要しない肖像画であり、皇后は、一度も自分の情念を、客体として見ているわけではないのである。情念にとらわれた人間にとって、解決のほかにもう一つの方法がある。しかもそれは諦念《ていねん》ではない。……これが詩、ひいては芸術行為の発生形態であったとすれば、「鎮魂」に強いて濃い宗教的意義を認め、これを近代の個性的芸術行為と峻別《しゅんべつ》しようとする民俗学の方法は可笑《おか》しいのである。表現と鎮魂が一つのものであることは、人間的表出と神的な力の残映とが一つのものであることを暗示する。それはもともと絶対アナーキーに属する情念に属し、言語の秩序を借りて、はじめて表出をゆるされたものである。しかしこれを慰藉《いしゃ》と呼んでは、十分でない。それは本来、言語による秩序(この世のものならぬ非現実の秩序)によってしか救出されないところの無秩序の情念であるから、同時に、このような無秩序の情念は、現世的な秩序による解決など望みはしないのである。相聞は、古代人が、政治的現世的秩序による解決の不可能な事象に、はじめから目ざめていたことを語っており、その集大成は、おのずから言語の秩序(非現実の秩序)の最初の規範になりえたのである。人はこの秩序が徐々に、現世の秩序と和解してゆく過程を「古今和歌集」に見、さらにそのもっとも頽廃《たいはい》した現象形態として、ずっと後世、現世の権力を失った公家《くげ》たちが、言語の秩序を以て、現世の政治権力に代替せしめようとする、「古今伝授」という奇怪な風習に触れるであろう。そして「古今和歌集」と「古今伝授」の間には、言語的秩序の孤立と自律性にすべてを賭《か》けようとした「新古今和歌集」の藤原定家のおそるべき営為を見るであろう。

「風をだに恋ふるは羨《とも》し風をだに来むとし待たば何か嘆かむ」（巻四・四八九）

という鏡王女《かがみのおおきみ》の作る一首。

万葉集の相聞をひたすら素朴な恋歌と考える先入主は捨てなければならない。すでにこの一首には、古今集の先蹤《せんしょう》である「理」があらわれている。

この「理」は、単なるサロン風の理智的な技巧ではない。近世芸能におけるクドキにまでいたる源流が、古代相聞歌のこうした「理」の要素にある、というのが私の考えであるが、それはいわば、恋愛における説得の技術なのである。あくまで女性的論理によるこの説得の技術は、女たちが恋愛感情の無秩序と非論理性の中から発掘した最初の知的な技術であった。

鏡王女は、心の無風状態を愬《うった》えているのであるが、この無風状態は、拘束によって起り、拘束は恋によって与えられたのである。風はすなわち自由を意味する。恋に縛られた心の鬱屈《うつくつ》がもたらすこのような無風状態は、そのまま置けば、無限の泥沼に転ずることはあきらかであるから、言葉によって振起するほかはないのであるが、その言葉による振起自体が、理による説得と訴えの調子を持っている。このような論理に対抗できる男は一人もいないことは明らかであるから（いかなる男が女性的論理に対抗できよう！）、従って論理的に言って、男は情を以てこれに応《こた》えるほかはあるまい、という読みがある。この読みは必ずしも正確でないかもしれないが、歌は万分の一の確率に向って、クドキをかけるのだ。相聞歌における理智的要素は、このようにして生れたのである。

「恋ひ死なむ時は何せむ生ける日のためこそ妹を見まく欲《ほ》りすれ」（巻四・五六〇——大宰大監大伴宿禰百代《だざいのだいげんおおとものすくねももよ》の恋の歌）

このような端的な恋歌が、しかし万葉の相聞に多く散見するものである。

「大和へに君が立つ日の近づけば野に立つ鹿も響《とも》みてそ鳴く」（巻四・五七〇——大典麻田連陽春《あさだのむらじやす》）

何というパセティックな別れの予感であろう。別離の兆《きざし》はすでに野にみなぎっており、鹿の声もこの兆に感応を受けてゆく。その野がやがて空虚なものとなることは自明であり、今をつかのまの野の輝きがあふれている。喪失に先立つ喪失の予感が、すでに遠ざかった者への憧憬《どうけい》よりも、詩を成立たせることを知った時、奈良朝の文化は爛熟を知ったのだった。

巻八からはじめて季節に託した相聞があらわれ、この四季別の相聞が、巻九、巻十とつづいている。ここに相聞は、はじめて体系化への道を歩むことになる。現世の秩序に規制されない情念が、はじめて自然の秩序と折合うようになった。四季の推移が与える歓喜と哀傷は、恋愛感情との対比においてとらえられ、人々は、すべての感情が循環することを学び、一定不変のものはこの世になく、時の徐々たる経過が、癒《いや》し手となって働らくことを知る。この残酷な癒し手こそ、これが極点と思われたあらしい情念の、唯一の美的形式であることをさとるのである。

「この頃の恋の繁けく夏草の刈り掃《はら》へども生ひしく如《ごと》し」(巻十・一九八四——よみ人しらず)

類歌性が顕著になり、それと共に、「よみ人知らず」の歌が多く集められていることれらの巻において、この「夏草」の恋歌の一例は、こうした消息をよく示している。恋は繁く心を悩まし、刈れども刈れども生いしげって、心を休ませない。しかもその夏草は、単なる比喩《ひゆ》ではなくて、季節によって制約されているものなのだ。夏草の心象は、かくて、四季別の相聞の、ふしぎな無名性と共に、相聞歌のサロン化、美的形式化を暗示しているのである。

第四章 懐《かい》風《ふう》藻《そう》

家持の死に先立つ八世紀半ばに編まれたわが国最古の漢詩集「懐風藻」は、外来文化の幼稚な模倣として、万葉集に比べて軽視されていたが、このような舶来文化に全的に身を委《まか》せた詩業のアンソロジーは、それが単に流行や時世粧《じせいそう》であったといわばいえるが、或る外来の観念を借りなければどうしても表現できなくなったもろもろのもの堆積《たいせき》を、日本文化自体が自覚しはじめたということにおいて重要である。

はじめそれはもちろん一種のダンディスムだった。ダンディスムは感情を隠すことを教える。それから生な感情を一定の規矩《きく》に仮託することによって、個の情念から切り離し、それ自体の壮麗化を企てることができる。漢文による表現が公的なものからはじまったのは当然であり、公的生活の充実が男性のダンディスムを高めると共に、ますますそれが多用されたのも当然だが、政治的言語として採用されたそれが、次第に文学的言語を形成するにいたると、支那古代詩の流れを汲《く》む「政治詩」の萌芽《ほうが》が、はじめて日本文学史に生れたのだった。

しかし「離騒」以来の慷慨《こうがい》詩の結晶は、「懐風藻」においては十分でなかったのみならず、はるかはるか後代の維新の志士たちの慷慨詩にいたるまで、その自然な発露の機会を見出《みいだ》すことができなかった。きわめて例外的に、又きわめてかすかに、それが窺《うかが》われるのは「懐風藻」の大津皇子《おおつのみこ》の詩である。

その数篇の詩に、「離騒」のような幾多の政治的寓喩《ぐうゆ》を読むことも不可能ではないが、私はこれを読み取ろうとは思わぬ。しかし、ひとたび叛心《はんしん》を抱いた者の胸を吹き抜ける風のものさびしさは、千三百年後の今日のわれわれの胸にも直ちに通うのだ。この凄涼《せいりょう》たる風がひとたび胸中に起った以上、人は最終的実行を以てしか、ついにこれを癒《い》やす術《すべ》を知らぬ。遊猟の一見賑《にぎ》やかな情景の中にも、自然の暗い息吹は吹き通うている。恋によく似て非なるこの男の胸の悶《もだ》えを、国風の歌は十分に表現する方法を持たなかった。外来既成の形式を借り、これを仮面として、男の暗い叛逆の情念を芸術化することは、もしその仮面が美的に完全であり、均衡を得ていれば、人間感情のもっとも不均衡な危機をよく写し出すものになるであろう。それはあの怖ろしい蘭《らん》陵王《りょうおう》の仮面と、丁度反対の意味を担《にな》った仮面なのだ。

七世紀後半のこの叛乱の王子は、天武天皇の長子であった。顔も肉体も逞《たくま》しく、器宇は大きかった。幼年にして学を好み、博覧にして能《よ》く文を綴《つづ》った。成長するに及んで武を好み、剣のよい使い手になった。不羈《ふき》奔放な性格だが、士を迎えることは厚かったので、慕って集る者が多かった。あるとき卜筮《ぼくぜい》に明るい新羅《しらぎ》の僧行心という者が、皇子の相を見て、「この骨法は到底人臣のものではない。これほどの人相を持って永らく下位におれば、却《かえ》って身が危うかろう」と言った。皇子の叛図を抱いた一因はここにあった。皇子は盟友河島皇子に裏切られて、その密告によって捕われ、死を賜わった。時に年二十四。

「懐風藻」にのこる皇子の詩はわずか四首であるから、左にそのまま引用しよう。

　五言。春苑言《しゆんゑんこと》に宴《うたげ》す。一首。

衿《くび》を開きて霊沼《れいせう》に臨み、目を遊ばせて金苑を歩む。澄清苔水《ちようせいたいすい》深く、晻曖霞峰《あんあいかほう》遠し。驚波絃《きやうはいと》の共響《むたな》り、哢鳥《ろうてう》風の与《むた》聞ゆ。群公倒《さかさま》に載せて帰る、彭沢《はうたく》の宴《うたげ》誰か論《かた》らはむ。

（五言。春苑言宴。一首。
開衿臨霊沼。遊目歩金苑。
澄清苔水深。晻曖霞峰遠。
驚波共絃響。哢鳥与風聞。
群公倒載帰。彭沢宴誰論。）

五言。遊猟。一首。

朝《あした》に択《えら》ぶ三能の士《をのこ》、暮《ゆふべ》に開く万騎の筵《むしろ》。臠《れん》を喫《は》みて倶《とも》に豁矣《くわつなり》、盞《さかづき》を傾《かたぶ》けて共に陶然なり。月弓谷裏《こくり》に輝き、雲旌嶺前《うんせいれいぜん》に張る。曦光已《ぎくわうすで》に山に隠る、壮士且《しまし》く留連《とどま》れ。

（五言。遊猟。一首。

朝択三能士。暮開万騎筵。

喫臠倶豁矣。傾盞共陶然。

月弓輝谷裏。雲旌張嶺前。

曦光已隠山。壮士且留連。）

七言。志《こころばへ》を述ぶ。一首。

天紙風筆雲鶴《うんかく》を画き、山機《さんき》霜杼葉錦《さうちよえふきん》を織らむ。

（七言。述志。一首。

天紙風筆画雲鶴。山機霜杼織葉錦。）

五言。臨終。一絶。

金烏《きんう》西舎に臨《て》らひ、鼓声短命を催《うなが》す。泉路賓主《ひんしゆ》無し、此《こ》の夕家《ゆふべ》を離《さか》りて向かふ。

（五言。臨終。一絶。
金烏臨西舎。鼓声催短命。
泉路無賓主。此夕離家向。）

……表面上これらの詩句には、皇子の激越な性格を暗示するようなものは何一つない。すべてはディレッタントの教養の遊び、文飾のたのしみに費やされているように見える。それは一つには心緒をありのままに述べるほどに外来語を駆使するにいたらず、形式上の規矩と、古典主義の美的範疇《はんちゅう》にとらわれすぎていたからともいえよう。しかし、或る詩篇が生み出されるときの感情は、どんな規矩をとおしてもにじみ出る筈《はず》であり、鑑賞者の側から見ても、大津皇子の伝記的事実を先ず《ま》知って読むと、詩句の風趣が別様に匂《にお》い立って来るのである。

「遊猟」の一首には、男性的なたのしみが躍動している。その愉楽の表現を一そう男性的なものとし、その荒々しさにシンメトリーを与えるために、六朝《りくちょう》詩の形式が援用されたのだった。それは軍隊の規律や礼式の成立のように、暴力が詩に到達するための不可欠の手段だった。「朝に択ぶ三能の士、暮に開く万騎の筵」という詩句には、皇子の行動に賭けた青年らしい意気が溢《あふ》れている。と同時に、素朴にはダンディスムが、現実には比喩が、風土的なものには舶来のよそおいが、所与のたのしみには或る遠い美的理想へのなぞらえが、遠心力として作用している。このような、或る範例に準拠しようという教養の要請と、自分の行動を通じて異国の英雄像に同化しようという遠い憧《あこが》れとは、一人の青年の裡《うち》に於て、（一つの文化の裡に於てもまた）、見分けのつかぬものになっていた。文化はなお古今和歌集に見るごとくひたすらな求心的な動きに集中するほど熟してはいないのだ。

この青々とした早期の未熟と、大津皇子の運命とには、一種の抒情的な符合が感じられるので、さればこそ、「月弓谷裏に輝き」などという一句に、いいしれぬ叛逆の孤愁がひらめくのである。

私が大津皇子を重視するのは他《ほか》でもない。皇子に於て、その英雄的心情は詩に、その相聞の私情は歌に、その公的な感慨は詩に、その私的な情念は歌に、そして事敗れた英雄が死に臨んだ絶命詞としては詩に、一方、心やさしい詩人のこの世の自然に対する訣別《けつべつ》の表明としては、「百伝《ももつた》ふ磐余《いはれ》の池に鳴く鴨《かも》を今日のみ見てや雲隠《がく》りなむ」という歌に、という風に、外来の詩的形式と国風の詩的形式を、感懐の性質に応じて使い分けた一青年の明確な意識が見られるからであり、そこには同時にその後のわが文学史を貫流する二元的な文化意志の発祥が窺《うかが》われるからである。舶来と和風との単なる芸術上のジャンルの使い分けが、神人分離以後の、人間の自意識の証拠物件になり、ひいては、統治目的からはみ出した荒々しい叛逆的な魂の詩化を、外来文化の均整と装飾を借りてのみ、成就しうると考えた過渡期の詩人の魂が、そこに透かし見られるからである。

試みに万葉集巻二を繙《ひもと》いて、大津皇子の歌として残された、その巧みな、しかも直《ちよく》截《せつ》にエロティックな、二首の相聞歌を見るがよい。

足日木乃《あしひきの》　山之《やまの》四《し》付二《づくに》　妹待跡《いもまつと》　吾立所《われたちぬれ》レ沾《ぬ》　山之《やまの》四《し》附二《づくに》
大船之《おほふねの》　津守之占爾《つもりのうらに》　将《のら》レ告《む》登《と》波《は》　益為《まさし》爾《に》知而《しりて》　我二人《わがふたり》宿《ね》之《し》

相手の女石川郎女《いしかわのいらつめ》、伝不詳であるが、正式に婚すべくもない「醜聞の女」であったようである。しかも二首の後者の歌では、皇子は、「世間に知られるものなら知られてみろ」と闊達《かつたつ》に揚言しているのである。

因《ちな》みに前者の「山のしづく」の歌に対しては、石川郎女は情感のあふれる美しい歌で、左のように応えている。

吾乎待跡《われをまつと》 君之沾計武《きみがぬれけむ》 足日木能《あしひきの》 山之四附二《やまのしづくに》 成益物乎《ならましものを》

——これらにあらわれた大津皇子の、いかにも万葉的な、飾り気のない素朴な官能の直叙に比べると、「懐風藻」の皇子は、いかに一種の自己劇化のきらびやかさに包まれていることだろう。皇子の政治行為自体が、すでに荒魂の自然な発露としてではなく、このような外来文化による詩的壮麗化の手続を経ることなしには、又、自己英雄化というドラマタイゼイションなしには、発現しなくなっていたのではないかと思われる。

それは現わすことではなく隠すことだった。叛心を隠すという意味ではなくて、個を脱却して、一つの範例に身を託し、自ら情念を超えて、英雄の普遍的心情に身を隠すことだった。「遊猟」の一首には、自ら慕った壮士たちに囲まれて月弓の輝く谷に狩するる凛々《りり》しい騎馬英雄の姿が描かれている。皇子はこのような男性的世界を表現し、かつ自らに納得させるためには、歌では不十分だと感じていたにちがいないのである。

果然その六朝風の臨終詩は、(朱鳥元年十月死を賜わったとき)、自らの短命を客観視して、いささかの抒情もなく、装飾もなく、悲傷もなく、栄光もなく、ただ死の完全な孤絶について歌うのだ。その絶命詞においては、西の辺《べ》の家をうすづく金烏(太陽）があかあかと照らし、時を告げる鼓の声は短命を促し、あの夕狩の雄々しい賑やかな宴楽に引き比べて、主人も客もない死出のひとり旅へと、皇子は家を離れて向う。

しかし「万葉集」に目を転ずると、皇子の死は、二人の女性の情念によって、一方はその殉死の行為により、一方はその悲傷に充《み》ちた歌によって飾られる。殉死したのは、妃山辺の皇女《ひめみこ》である。歌を作ったのは同母の姉大伯《おおく》の皇女である。

朱鳥元年（六八七）九月九日、天武天皇が崩御されるや、大津皇子は、姉が斎宮《いつきのみや》をしておられる伊勢の神宮に下ったが、京に帰ると間もなく、十月三日に刑死した。その十一月十六日に、姉は京に還《かえ》られて、弟の死を悼《いた》んで、尽きせぬ憾《うら》みを次のような歌に託した。これによれば、姉皇女は、京に来るまで、弟の死を詳《つまび》らかにしなかったのではないかと思われる。女の身にとって難儀なその旅は徒労に終ったのである。

神風乃《かむかぜの》　伊勢能国爾母《いせのくににも》　有益乎《あらましを》　奈何可来計武《いかにかきけむ》　君毛不レ有爾《きみもあらなくに》
欲レ見《みまくほり》　吾為君毛《わがするきみも》　不レ有爾《あらなくに》　奈何可来計武《いかにかきけむ》　馬疲爾《うまつからしに》

又、皇子の屍《しかばね》が葛城《かつらぎ》の二上山に移し葬《ほうむ》られたとき、姉皇女はさらに次の哀傷の二首を詠んでいる。

宇都曾見乃《うつそみの》　人爾《ひとに》有吾哉《あるわれや》　従二明日一者《あすよりは》　二上山乎《ふたがみやまを》　弟世登《いろせと》吾将レ見《わがみむ》
磯之於爾《いそのうへに》　生流《おふる》馬酔木乎《あしびを》　手折目杼《たをらめど》　令レ見倍吉《みすべき》君之《きみが》　在常《ありと》不レ言爾《いはなくに》

ふたたびこうして神に仕える古代女性の強い壮大な情念が、霧のように、大津皇子の生涯を、その文武の才幹にまかせて古代支那の教養と古代日本の荒々しい力を一身に融合せしめようとして果さず、若くして殺された皇子の生涯を、背後から包んでしまう。男性的営為は画餅《がべい》に帰した。舶来の教養も青年の膂力《りょりょく》も滅び、古代風な夢と自然と信仰とが、王子の葬られた二上山の山容を、生ける王子そのものに変容させるのだ。

武田祐吉氏はこの二上山移葬について、次のように論じている。

「何故《なぜ》皇子の屍を葛城の二上山の如《ごと》き高処に葬ったかというに、その説明は無いが、皇子の神霊を畏怖《いふ》したのでは無いかとも考えられる。高貴の人を高い山に葬ることは例があるが、それもその神霊を尊んでの事であって、刑死した皇子に対しても特にそういう思想を生ずるに至ったのであろう」

憧憬《どうけい》と抽象願望を二つながら癒やすことが、思うに外来文化の功得だった。宗教を離れて、ただ文化的教養として舶載された外来文化は、こうした効用を以て、男性の消閑の具になった。そしてその大本《おおもと》は、統治機能の整備をその国から学んだことにはじまり、それが統治者たちの文化的教養をも規制するものになったのである。

支那文化によって、日本人は、男性の知的優越と統制的性格をはじめて学んだ。又、創《つく》り上げた民族文化を鳥瞰視《ちょうかんし》する視点を得たのである。ところで、抽象観念というものは、統治にも、このような自己の客観視にも、必須のものであるとわかったときから、政治的言語と文学的言語は、ほとんど共通の有効性を支那文学に見出《みいだ》すようになった。

爾後《じご》明治大正にいたるまで、実に十二世紀の長きにわたって、支那古典文学哲学が男性の必修の教養になり、ヨーロッパの哲学用語も軍事用語も、すべて一旦漢語を濾《ろ》過《か》して日本人の頭脳や感情を占めるにいたる。単なる純官能的存在としての男性を脱却しようと試みた男は、その行動に於ても、思想に於ても、道徳においても、芸術においても、この日本の大地とは無縁な外来文化にたよる以外に、その表現の方法を見出すことがなかった。幕末の国学ですら、志士の漢詩による慷慨《こうがい》という「自然な」表現形式を駆逐するにはいたらなかった。そしてつい戦前まで、詩を書く人ときけば、漢詩人と考えて疑わない老人たちが、われわれの周辺に沢山いたのである。

これを裏からいうと、わが文学史は、男性の行動や理念のための言葉をほとんど発明しないで閑却し、ただ男性の行動や理念を、消失しやすい行動様式としてのみ美的に磨き立て、母国語の機能を、あげて女性的情操の洗煉に費やした、稀有《けう》の文学史だということができる。たとえば「女の嫉妬《しっと》」という情念の表現の洗煉においても、わが文学史は千数百年の連綿たる持続を保っているのである。

問題を限定して、支那の詩文学から日本人がいかなる詩情を探り出したかは、返り点を使った日本的な読み下しという読み方の発明と無縁ではないと思われる。読み下し自体が一種の翻訳であり、原典の韻律はそれによって破壊され、或る舌足らずな翻訳文体のリズムは、そのまま日本語の文体として日本語の中へ融解されてしまう。漢詩がかくて、音楽化される極点が謡曲の文体である。

韻律は失われても、一そう美しい廃墟《はいきょ》のように、構造とシンメトリーは残っていた。大体、支那原典から見れば、日本人の漢詩鑑賞は、廃墟の美の新らしい発見のようにさえ思われる。

大津皇子と等しく叛図《はんと》を罪せられて死にはしたが、その齢《よわい》すでに五十四歳で、決して短かからぬ生涯に、この世の栄華を味わいつくした長屋王《ながやのおおきみ》は、その支那風の豪奢《ごうしゃ》な宴遊、外国使臣をまじえた芸術的交遊、その悠々たる作詩、しかも倦怠《けんたい》をにじませた冷たい形式的な華麗な詩句等で、一世紀後（九世紀初頭）の漢風全盛の時代の、もっとも顕著な予兆をなす。

「景《かげ》は麗《うるは》し金谷《きんこく》の室《むろ》、
年は開く積草《せきさう》の春。
松烟《しようえん》双《なら》びて翠《みどり》を吐き
桜柳分きて新しきを含《ふふ》む。
嶺《れい》は高し闇雲《あんうん》の路《みち》
魚は驚く乱藻《らんさう》の浜。
激泉に舞袖《ぶしう》を移せば
流声松筠《しようゐん》に韵《ひび》く。」

因《ちな》みに、金谷は晋《しん》の石崇の別荘の所在地であり、積草は長安の離宮にある池の名であるが、長屋王は、自らの佐保の邸を佐宝楼《さほろう》と支那風に名付け、嘱目の事物をすべて支那の豪奢の幻影をとおして眺めるのである。

景は麗し金谷の室、年は開く積草の春、……このような体言止の対句から、人はいかなる詩情を感じたろうか。それはこの場にないものに、まだ見たこともないものに、この場にあるものをなぞらえて、未見の典型にわが身をあてはめることであり、日本の古代詩が欠いていた左右相称の知的論理的美学に、一種の「言語の建築美」を発見し、なおかつ、日本語に一つの新らしい冷たい石や金属の響きを導入することだった。硬質の美が柔らかい日本語にはめこまれた。それは又、建築史上、はじめて石材による迫持《せりもち》の技術を外国から学んだようなものだった。模倣であろうと、月並であろうと、当時の知識人は、詩の知的方法論の重要性と、詩が厳密に知的作業であることを学んだのである。逆に言えば、このことは、国風の確立たる古今和歌集、殊《こと》にその序文の批評的性格のかげに、見のがすべからざる要素として隠れていると私は見る。これについては次章で詳述するであろう。

対句的表現によるシンメトリー自体が新らしい美の発見であり、詩のサロン化の大きな布石であった。やがてこれが国風暗黒時代ともいうべき平安朝初期の、純支那風な官吏登庸制度に基づく官僚機構のシンメトリーを用意するのである。すなわち詩を通じて、政治的言語と文学的言語は相補い、政治的言語は詩情を培《つちか》い、培われた新らしい詩情は、さらに整然たる政治的言語の形成に参与するのであった。

第五章　古今和歌集

十世紀初頭の古今和歌集について語るには、このような勅撰集《ちよくせんしゆう》の成立をみちびいた光孝帝（八八五―八八七在位）と宇多帝（八八八―八九七在位）の御代《みよ》、又この両帝の文化意志に注目せねばならない。のみならず、こうした文化意志を促した九世紀全般について語らねばならない。

わが文学史上、九世紀はふしぎな時代だった。桓武《かんむ》天皇の平安奠都《てんと》にはじまるこの世紀は、外来文化による行政機構の整備と、藤原氏による姻戚《いんせき》政治の発展に特徴づけられ、その文学的成果として、「凌雲集《りようらんしゆう》」「文華秀麗集」「経国集」の三つの勅撰詩集が編まれている。

もちろん詩法は成熟し、「懐風藻」に比べて幾多の佳品を生んだ。しかし、一国の文学が一世紀にわたって、（別に軍事的占領をされたわけでもないのに）、外国語による模作の詩に集中したというのは異例の事柄である。しかもそれが勅撰という形で、文化政策的に推進されたのは、異例の事柄である。

日本文学史はそんな風に、久しきにわたって我を忘れることが何度かあるのだった。

それは外来文化に対する政治的陶酔であると共に文学的陶酔であった。九世紀と十世紀を陶酔と覚醒《かくせい》という風に対照させて概括することができるとすれば、それは又、文学的陶酔による批評の喪失が、おのずから方法論と批評の機能を回復させ、古今集という醒《さ》めた詩の達成へみちびいて行った経過として、概観することもできる。

一時代の次の時代が、表面はいかに対蹠《たいせき》的に見えても、前の時代の胚種《はいしゅ》に負うていることとは、十世紀初頭の復古のうごきが、藤原氏の専横に反抗したものの如《ごと》く説明されながら、同時に藤原氏の門閥政治が、漢学による自由な立身仕官の道をふさぎ、ひいては漢学の衰退を促したという要因に負うていることにも見られるのである。

出世主義と陶酔がともすれば同義語であった時代として、われわれはすぐ近くに、明治の文明開化時代を持っている。九世紀はのろいテンポで行われたこのような啓蒙《けいもう》期であり、外来文化への陶酔を一種の自己放棄とすれば、日本人は多分、このような自己放棄と出世主義という自己保全や野心とを、ごちゃまぜにして同時に遂行する民族なのであろう。そしてその果てには、必ず幻滅と復古が待っているのである。

しかし文学史はこうした陶酔を通じて何事かを学んだ。すなわち詩における知的方法論と批評であり、それこそはあのように晴朗闊達《かったつ》、喜びにも悲しみにも溺《おぼ》れがちな万葉集の知らぬところであった。おそらく詩を、出世主義者の功利的な教養から剝離《はくり》させたものは、詩心というよりは、形成された新らしい宮廷文化のディレッタンティスムとダンディスムだったのであろう。

人々は詩の知的制作過程を通じて、何が苦いか何が甘いかの、気むずかしい判断を競うようになった。法則を会得してしまうと、ひたすらニュアンスが重要になり、形式をわがものにしてしまうと、馨《かお》りや姿が大切になった。われわれは紀貫之《きのつらゆき》の古今集序に、このような批評的権威の定立を見るであろう。やがてそれは、しばしばの歌合《うたあわせ》によってサロン的批評を富ませつつ、中世歌学の確立にまでいたるのである。

光孝天皇は御年五十八の崩御まで、両三年しか高御座《たかみくら》に在《おわ》しまさなかった。しかし仁和《にんな》元年正月、天皇は貂裘《ちょうきゅう》の着用を禁じられ、また十月には、太宰府をして唐物私買を禁ぜしめたもうた。次の宇多天皇の寛平年中にいたって、遣唐使留学生の制度も廃せられ、この帝に重用された菅原道真《みちざね》は、次の醍醐《だいご》天皇の御代に失脚する。道真の死の二年後、紀貫之等が勅撰和歌集として完成された古今和歌集を上《たてまつ》るのである。

これらの片々たる歴史的事実にも、文化的自立の機運や門閥政治反対の動きが察知される。光孝、宇多、醍醐三帝によって、紆余《うよ》曲折を経ながらも、復古と自立の文化意志が形成されてゆくのが窺《うかが》われるのである。

紀貫之の古今集序は、戦闘的批評によって古典主義を成立させ、理想的な統治と自立的な言語秩序との照応を企て、「みやび」の現実化として勅撰和歌集の撰にあずかった者の自負と責任に溢《あふ》れている。それは優雅な文章というよりは熾烈《しれつ》な文章である。

「やまとうたは、ひとのこころをたねとして、よろづのことの葉とぞなれりける。世中にある人、ことわざしげきものなれば、心におもふことを、見るもの、きくものにつけて、いひいだせるなり。花になくうぐひす、みづにすむかはづのこゑをきけば、いきとしいけるもの、いづれかうたをよまざりける。ちからをもいれずして、あめつちをうごかし、めに見えぬ鬼神をも、あはれとおもはせ、をとこ女のなかをもやはらげ、たけきもののふのこゝろをも、なぐさむるは哥《うた》なり」

後《のち》になって新古今集の藤原定家が、「明月記」の中に「紅旗征戎非吾事《こうきせいじゅうわがことにあらず》」と書き誌した思想的な根拠、その信念の源泉は、おそらくこの「ちからをもいれずして、あめつちをうごかし」に在るのであろう。

この冒頭の一節には、古今和歌集の文化意志が凝結している。花に啼《な》く鶯《うぐいす》、水に棲《す》む蛙《かわず》にまで言及されることは、歌道上の汎神論《はんしんろん》の提示であり、単なる擬人化ではなくて、古今集における夥《おびただ》しい自然の擬人化は、こうした汎神論を通じて「みやび」の形成に参与し、たとえば、梅ですら、歌を通じて官位を賜わることになるのである。

全自然（歌の対象であると同時に主体）に対する厳密な再点検が、古今集編纂《へんさん》に際して、行われたとしか考えようがない。それは地上の「王土」の再点検であると共に、その王土と正確に照応し重複して存在すべき、詩の、精神の、知的王土の領域の確定であった。地名も、名も、花も、鶯も、蛙も、あらゆる物名《もののな》が、このきびしい点検によって、あるべき場所に置かれた。無限へ向って飛翔《ひしよう》しようとするバロック的衝動は抑えられ、事物は事物の秩序のなかに整然と配列されることによってのみ、「あめつちをうごか」す能力を得ると考えられたのである。これは力による領略ではなくて、詩的秩序による無秩序の領略であった。この「無秩序」と考えられたものの中には、もちろん外来文化崇拝という魂の「あこがれ」と、そのあこがれの上に築かれた全行政機構が含まれていた。

実際、古代の不羈《ふき》な荒魂は、どちらの側により強い投影を揺らしていたのだろうか。それは秩序の担《にな》い手として新たに復活したのか？　いや、古今和歌集の成立と共に、日本の文学史の正統たる「みやび」からは、荒魂が完全に排除され、男性的特色はひたすら知的方法論と統治的性格に限定されたのであった。そしてそれすらも支那から学ばれた方法だというのが私の管見である。

文治の勝利がすなわち詩の勝利であり、「あめつちをうごか」す能力は、こうして定立された純粋な文化的秩序にのみひそむというドグマを、貫之の古今集序は、飽くことなく固執する。それは復古にはちがいないが、あくまで古典主義の確立であり、なまなましい危険な古代そのものの復活ではなかった。文化意志が自意識の果てに、ジャンルの限定を劃《かく》することを何よりも大切と考えたとき、このような日本最初の古典主義の文化意志は、「我」の無限定な拡大の代りに、「我」の限定と醇化《じゅんか》という求心性の極致にいたるのである。古今集序が、地上における歌道の始祖を素盞嗚命《すさのおのみこと》に置いていることは、何か皮肉な感じさえする。

貫之は歌の六種の類別をのべたのち、いよいよ和歌の歴史の概観に入る前に、次のように現代を慨《なげ》いている。

「いまの世中、色につき、人のこゝろ、花になりにけるより、あだなるうた、はかなきことのみ、いでくれば、いろごのみのいへに、むもれぎの、人しれぬこととなりて、まめなる所には、花すゝき、ほにいだすべき事にもあらずなりにたり。そのはじめをおもへば、かゝるべくなむあらぬ。」

『今の世の中は、人心華美に流れ、軽佻《けいちょう》浮薄な歌ばかりに占められているから、「色好みの家」に人知れず潜行するものとなって、まじめな場所では口に出せるものではなくなった。しかしその始源を思えば、歌はこうあってはならぬ筈《はず》のものだ。』というのが大意だが、この一節の前半と後半には論理的矛盾があるように思われる。すなわち、世間が浮華で人心が軽佻なら、浮薄な歌は世にもてはやされこそすれ、「埋れ木の人知れぬこと」となるべき筈はない。なるほど表立った場所で口に出しにくいものになったにせよ、実質は退屈な漢詩を圧倒した筈である。たとえ儒教風な偽善が世間の表面を覆《おお》うていたにもせよ、近代日本で「軟文学」と呼ばれた小説のように、十分青年男女の歓迎するところとなった筈である。近代ジャーナリズムの発達がなかった時代のこととて、その流行の度合は知れているが、それでも、浮華な世相人心と浮華な歌とは、相扶《あいたす》けて隆昌に赴いたとしてもふしぎはなかろう。奇異なのは貫之がこれを非難して、あたかも猥雑《わいざつ》な歌のように、「色好みの家」に秘めて行われた、と言っていることであり、貫之は儒教に味方をして浮華な世相を攻撃しているようでもあり、それなら貫之は公的な漢詩《からうた》の支持者でなければ辻褄《つじつま》が合わぬように思われる。

しかし、読み方を変えれば、次のようにもなる。即《すなわ》ち、「色好みの家に、埋れ木の、人知れぬこととなりて」という一行を、前後と切り離して読むのである。『世相人心が浮華になり、歌も軽薄になったから、(本当の歌は)、埋れ木のように色好みの家に隠れ伝えられて、公式の席上では表明すべからざるものになった』と解するのである。冒頭の「色につき」の「色」と、「色好みの家」の「色」とに、次元のちがいを読み取るのである。

世間の表面上の浮華などとは関《かか》わりのない、由緒《ゆいしょ》正しい、ひそかに伝えられた「色」のほうに、貫之が正統性を見ていたとすれば、漢詩全盛の時代に抑圧されていた正統性とは、秘し隠されては「色」となり、あらわれては「みやび」となる、同一物を斥《さ》していたことになろう。古代の情念が私的な「色好み」にかつかつ保たれてきた時代は、すでに大津皇子《おおつのみこ》の時代にはじまっていた。

しかし男性的な感懐は、のちに武士階級の勃興《ぼっこう》にいたるまで、日本文学史のうちに、正統性の根拠として呼び戻されることはなかった。古事記から万葉集にかけて、あれほど奔逸していた荒魂は、紀貫之の古代復活の文化意志からかえりみられることなく底流し、ついに後年、「優雅の敵」として、みやびの反措定として姿をあらわすことになる。荒魂は辺境の精神になった。荒魂が仮りに宿りを定めた漢文学も永住の棲家《すみか》ではなかった。古今和歌集は、これを排除して、洗煉と美と優雅の中央集権を企てたが、文学史における都鄙《とひ》の別は、この後さまざまな形で、千年にわたって支配的になるのである。

「色好みの家」は、古今集によって公的なものになる日を待ちこがれつつ、一世紀の闇をひたすら私的な伝承に費していた「色」と「歌」との家であった。それは地下水のような優雅であり、辛抱づよく復権を待っていたのである。優雅が切り裂く刃《やいば》になり、外国風なこちたきシンメトリーを打ち破る日を。

さて、たまたま私は、この序が「歌の父母」とほめたたえている古代の二首のうち、母に当る「安《あ》積山《さかやま》」の歌に因《ちな》む能「采女《うねめ》」を見た。万葉集巻十六の、

「あさか山影さへ見ゆる山の井の浅き心をわが思はなくに」

という有名な「采女の戯《たわぶ》れ」の歌である。葛城王《かつらぎのおおきみ》が陸奥《みちのく》へ派遣され、国守のもてなしが疎略《そりやく》だと気分を損ねられた折、采女という女が酒をすすめ、歌を詠《よ》んで、御機嫌を直したという故事にもとづくが、能を見ているうちに、私はこの辺境の抒情《じよじよう》が、あれほど都市的な古今集の中で、かくも重んじられた理由を察したような気がした。

その国守の家こそは、おそらく「色好みの家」の源泉の一つなのだった。それは辺境が悉《ことごと》く荒魂の流謫《るたく》の場所になる前の、或るエロティックな優雅の貯蔵所の夢を充《み》たしていた。能の「采女」のシテはきわめて優雅で美しく、前ジテの紅入唐織も、後《のち》ジテの藤の文様を箔《はく》で置いた長絹も、時間のたゆたいにただ身を委《まか》せた表情の美しいメランコリックな小面《こおもて》を引立たせていた。そしてこの甚《はなは》だ非演劇的な淋しい単調な長い一曲が、悉くただ、采女の美と優雅、心情の豊かさに捧《ささ》げられていたのである。

貫之はこれらの伝承的な物語には寛容だった。「みやび」の原料生産地に対するたしかな目が働らいていて、素朴で純良な原素こそ、いわば「真実」こそ、洗煉のもっ

とも本質的な要素だということを知っていた。彼はなおデカダンではなかった。家持《やかもち》と比べてさえデカダンではなかった。彼はただ「真実」が、それだけでは口に合わないことを知っていたのである。

従って古今集序の六歌仙批判の峻烈《しゅんれつ》さは、同じ都雅なものに対する都雅な歌人の近親憎悪《ぞうお》をよく語っていて、いわば内部の敵の容赦のない剔抉《てっけつ》であった。貫之の立場なるむしろ漢詩《からうた》の批判になるべきところを、これら歌道の半神たちの偶像破壊がこの序を激越なものに見せる一因である。

僧正遍昭《へんじょう》は、真実の稀薄《きはく》な歌人と決めつけられ、「ゑにかけるをうなをみて、いたづらに心をうごかす」ような、芸術を材料にした二重の芸術、人工的な作物と評された。

在原業平《ありわらのなりひら》は、意あまって言葉の足らぬ、技巧的に未熟な、青臭い歌人と評された。

文屋康秀《ふんやのやすひで》は巧言令色のスノッブであり、宇治山の僧喜撰《きせん》はあいまいで構成力に欠け、小町のみが、決して強くはないが、古《いにし》えの衣通姫《そとおりひめ》の流れを汲《く》む、美人憂色の風情《ふぜい》があるとされた。

大伴の黒主《くろぬし》は、「そのさまいやし」く、いわば「薪《たきぎ》負へる山人の、花のかげにやすめるがごと」くであり、多くの有名な歌人がいたけれども、

「うたとのみおもひて、そのさましらぬなるべし」

と貫之は評している。すなわち、都雅そのものが観念主義に陥って、「そのさま」、歌の本来的な姿を忘れたことを弾劾《だんがい》しているのである。

古今集を繙《ひもと》いて、まず巻一巻二の春歌上下百三十四首を読む者は、雪の下に春を待つ心から花散るころの惜春の詩情にいたるまで、あたかも襲《かさね》の色目のように、絶妙のニュアンスを以《もっ》て、少しずつ重なり合い。透かし合いつつ、その重複部分がいつのまにか微妙にずれて行き、そのようにして早春がたけなわの春へ、やがて逝《ゆ》く春へと、正に自然の季節の推移そのままに移ってゆく、精妙きわまる編集に愕《おどろ》かざるをえまい。そのためには、表現も主題も用語もよく似た二首が撰《えら》ばれているのさえ、意味のある重複の効果を帯びている。春は正にこの二巻を、絵巻の中を過ぎるように通りすぎてゆくのである。

百三十四首の春歌の中で、もっとも頻出度《ひんしゅつど》の高い「花」という一語をとってみるだけでも、古今集の特色がわかる。すなわち花は、あの花でもこの花でもなく、妙な言い方だが極度にインパーソナルな花であり、花のイメージは約束事として厳密に固定されている。花についての分析も禁じられ、特殊化、地域的限定（地方色）、種別その他も禁止されている。ここには犯すべからざる「花」という一定の表象があり、

「花」は正に「花」以外の何ものでもなく、従って「花」と呼ぶ以上にその概念内容を執拗《しつよう》に問うことは禁じられており、第一そういう問は無礼なのである。詩的王国の花は、かくて、かすかな金属的な抽象性さえ帯びて見えるけれど、それは決して人工的な造花なのではなく、あらわな「真実」の花なのである。それが真実であることが保証されている世界で、花を花以外の名で呼ぶことは、ルール違反であるばかりか、好んで真実を逸することになるのだった。

よろしい。そこで「花」の独創性は禁止された。歌の中に詠み込まれた花については、すでに歌人の個人的責任はないわけである。歌人はかくて安心して花をめぐる自分の感懐を歌うことになるが、ここでも感情の規矩《きく》は十重二十重に彼をしめつけている。春が来る前には春を待たねばならない。春が去るときには春を惜しまねばならない。詩的感情のこの法則性に背けば、歌は成立しない、というよりは、成立を許されないのだ。あとはいかにこの範例的な感情から、自分独特の感情の「姿」を救い出すかだけが残されている。そしてその「姿」こそ、純粋に言語芸術の数学的厳密性にもとづく「語の配列」の問題なのだった。

語の配列のフレキシビリティーが、条件的仮定法に多く依存することは言うを俟《ま》たない。古今集の歌ほど、条件的仮定法が多用されている歌はないのである。それが万葉集の叙景歌のような目前の風景の直叙から、古今集をはなはだ相隔たる場所に置いた。歌は、現実の感懐を、仮定法によって更に強め、あるいは迂路《うろ》に導いた。導くことによって音楽性を増し、あるいは陰翳《いんえい》を添えた。条件的仮定法によって、古今集の歌人は、これほどきびしく規定された現実の目前の花を、架空の夢幻の花へ転化するよすがを知ったのであった。

（但《ただ》し、そういう操作による傑作は、古今集においてはなお乏しく、その完熟を新古今集に俟たねばならない。架空の夢幻の花の美しさは、却《かえ》って、紀貫之の、次のような無技巧の簡素な歌によくあらわれている。

やどりして春の山辺にねたる夜は
　夢の内にも花ぞちりける）

私は春の遅いこの三月、青年たちと共にしらしら明けから三国峠を出て、ふりしきる雪の中を三国山系の稜線《りようせん》づたいに歩いた。林道の左右の樹氷ははなはだ美しく、どこまで行っても同じ樹氷の花の中をゆく道は、夢幻の裡《うち》をさまよう感を与えた。道すがら私は小枝を折って、これを眺めながら歩いた。小枝はあたかも体温計のように透明な氷の硝子《ガラス》に密封されていた。そしてその赤い目盛のように、氷の中で節々《と》が赤く芽を張っているのが見られた。しばらく指の中でころがしていたけれども、氷は融けなかった。

「霞《かすみ》たち木《こ》の芽《め》も春の雪ふれば
　　花なき里も花ぞちりける」

この紀貫之の歌は、いうまでもなく「芽を張る」を「春」に懸けたばかりの、一見概念的な歌であるが、あのふりしきる雪の「花なき里」では、目前の人の背囊《はいのう》にかかる雪すら清浄で、一片一片の雪が、それぞれことなる形の六花《りっか》を結ぶのまでつぶさに見えるくらいであるから、一切の現実的条件を省いてこれを詩化すれば、貫之の歌になってしまうのを私は感じた。断片的印象を避け、感覚の末梢《まっしょう》的な戯《たわむ》れを捨て、誇らしげな神経の透徹力を放棄し、もしこの朝を「全体」として過不足なく表現しようとすれば、貫之の歌になってしまうのだ。誰がこれに最終的に抗することができよう。古今集が、又、紀貫之が狙《ねら》ったものは、このような詩の普遍妥当性だったのである。

古今集では秩序と全体とは同義語だった。その全体には混沌《こんとん》は含まれていなかった。いや、はじめから混沌は「全体」から注意深く排除されていたのである。それにしても、全体を損ねるようなものを予《あらかじ》め排除して提示される全体、という矛盾した概念以上に、古典主義の本質をよく語るものがあろうか。

「雪のうちに春は来にけり
　　　鶯のこほれるなみだ今やとくらん」
という二条の妃《きさき》の、女らしい感情移入がもたらした美しい独創的なイメージは、古今集春歌のなかではむしろ異例であった。
藤原言直《ことなお》の
「春や夙《と》き春や遅きと聞き分《わ》かん
　　　鶯だにもなかずもあるかな」
という一首や、
凡河内躬恆《おおしこうちのみつね》の
「春の夜のやみはあやなし梅の花
　　　色こそみえね香《か》やはかくるる」
という一首にこそ、古今集の歌の特性が見られるのである。
前者は、散文訳をすればこうなる。
「春の早い遅いをその啼声《なきごえ》から占おうにも、その鶯自体がまだ啼かないのだからなあ」
後者は、

「春の夜の闇はわけのわからぬものだ。梅の花の色ばかり隠しても、香が隠れるわけはないではないか」

前者ではまだ来ぬ鶯に力点が置かれ、後者では闇が隠すすべもない梅が香に重点が置かれている。いずれも自然に対してその願望を述べ、抗議を行い、理非を問い、そういう形で、まだ来ぬ鶯を待ち、闇夜の梅の香をたのしんでいる。現在ここにあるものは、鶯の不在であり、又、見える梅の花の色の不在である。しかるに、いくら抗議をし、いくら自然を非難したり嘲弄《ちょうろう》したりしても、これほど無駄なことはないことはよくわかっているのであるから、それはいわば無効性を承知の戯れであるが、それでもそういう迂路《うろ》を経て抒情を表現するのが歌である、という文化意志からこれらの歌が発していることは明白だ。

作者は現在を歌っているのである。現在の物足りなさを、或るかすかな鬱屈《うっくつ》を歌っているのである。鶯はまだ来ず、梅は香ばかりで色は見えない。現在はかように充たされていない。この充足されない感情は、しかし私情でもなければ、個性的な悩みでもない。「鶯」や「梅」は詩的王国において堂々たる官位を担《にな》い、概念を厳密に限定され、オーソライズされた公的存在になっている。従って歌人は、この公的存在の顕彰において、いささかの後めたさも持つ必要がないのである。その公的存在が所を得ないという嗟嘆《さたん》においては、無駄と知りながら、自然を非難するほかはない。「みやび」を解しないのは、自然が悪いからであり、歌人の責任ではないからである。詩的統治に服しないのは、自然の罪でなければならない。かくて歌は、抒情から出て告発の形をとる。あるいは、告発の形をとることによって、こうした公的な非難を自然に浴びせることによって、はじめて抒情的真実の表現を可能にするのである。これが古今集の抒情を生む心理的パターンだとすれば、自然が不如意《ふにょい》であればあるほど抒情が高まるという法則が成立つであろう。

古今集が理の勝った歌集だという非難は昔からあるが、古今集における「理《ことわり》」は、告発的であっても完全に論理的であるとは言いがたく、告発者自身が、理の無効性を知っているのである。いわば愚痴であり、恨みつらみであり、理それ自体が感情の綾《あや》に包まれている。唯一《ゆいいつ》の恃《たの》みは、このような理の依《よ》って来るところが公的なものだということだけである。

それではこれから公的なものが一切排除されたら何が残るだろうか。私的な問題から抒情を生み出す際に、古今集において正に抒情を成立せしめたところの心理的パターンだけは確実に残るだろう。たとえば「自然」を「男」と入れかえ、公的な告発を私的なルサンティマンと入れかえてみるがいい。いかにも理が勝ってみえる古今集の抒情の心理的パターンは、後代、中世にいたっては謡曲のクドキに、近世にいたっては浄瑠璃《じょうるり》のクドキに、そのまま伝承されるのが見られるであろう。

ここでもまた、公的な知的な方法的な要素は裏切られて、私的な女性的論理を代表するものとなり、女性的な情念は、その表現に、告発的抗議的な論理を装《よそお》うものとなる。

――ふたたび古今集に戻れば、こうした抒情の逆説的法則によって、春歌のなかでも、佳品は、爛漫《らんまん》の春を歌ったものには少なく、なかなか来ない春を待ちこがれる歌と、逝《ゆ》く春を惜しむ歌とに多い。

「春霞たてるやいづこ　みよしのの
　吉野の山に雪はふりつつ」（よみ人しらず）

「梅が枝《え》に来ゐる鶯　春かけて
　なけどもいまだ雪はふりつつ」（同右）

「春立てど花もにほはぬ山ざとは
　物憂《う》かる音に鶯ぞなく」（在原棟梁《むねやな》）

「きみがため春の野にいでて若菜摘む
　わが衣手に雪はふりつゝ」（光孝天皇）

自然の只中にいて春を待つ思いを、今年もまた私は、三月一杯富士山麓《さんろく》にいて味わった。今年の春は特に遅く、たびたびの雪や烈風の中で、苦痛に充《み》ちた春の難産に私は立ち会った。それは春という名がついているだけに、一そう耐えがたい峻烈《しゅんれつ》さを帯びた。もし冬だったら、はじめからそれなりの覚悟があったであろう。そのとき私は「春」という名が古今集の歌人に与えたものの意味を肌から知ったのだった。名が理不尽の感じを呼び起し、春という「名」の秩序が、われわれの心を逆立てるのだった。もし秩序がなかったら、何ら抒情の発想をもたらさぬものが、秩序の存在によって焦《しょう》躁《そう》や怒りや苦痛が生み出され、それが詩の源泉になることを自覚するとき、われわれはすでに古今集の世界にいるのである。

しかし、やがて花は咲く。貫之が又しても実に古今集的な歌で、散る花を遠景の幻のように描く。

「春霞なに隠すらん　さくら花
　散る間をだにも見るべきものを」

「山の桜を見て詠める」という詞書《ことばがき》のついたこの一首は、下の句で、おのずから、遠山の桜が咲いてから散るまで日々目離《めか》れもせず眺めつづけて来た時間の経過を含ませている。霞にしてみれば、「もうこんなに見つづけたのだからもうよいだろう」というので、花を隠すわけである。しかしこちらには貪婪《どんらん》な目があって、散る間《ま》の最後の一瞬一瞬をこそ、さらに注視をつづけたいと願っているのだ。その心事を霞は解さない。

この一首のイメージは、遠山の散る花とこれを隠す霞との、あやうい断続感、危機、それから、霞が晴れている間はとめどもなく散りつづけている遠山桜のいいしれぬ静かな姿、あたかも他界の花を見るような隔絶感などによって、緊密に組み立てられている。

そして春歌二巻は、次のような反語的表現に充ちた「終末の歌」を以て終っている。

「けふのみと春を思はぬ時だにも
　　立つことやすき花のかげかは」（凡河内躬恒）

（春は今日でおわりだ。今日でおわると思わぬ春のさかりでさえ、花のかげは立ち去りにくいのに、まして今日、この春の最後の日には……）

古今集を論じて、巻第十一から第十五まで、五巻にわたる「恋哥」に言及しないでは、公平を欠くことになろう。私は四季の歌の重要性を声高に主張するが、恋歌こそ古今集の普遍妥当性の要請を大きく充たしたのである。

素性《そせい》法師の、伝聞の女に対する恋の歌。

「おとにのみきくのしら露よるはおきて
　ひるは思ひにあへずけぬべし」

「菊」と「聞く」、「置きて」と「起きて」、「思ひ」と「思日《ひ》」、と何段にも懸詞《かけことば》を重ねながら、彫琢《ちょうたく》のあともなく流麗に歌い流されたこの恋歌の美しさ。

壬生忠岑《みぶのただみね》の

「かすが野の雪まをわけておひいでくる
　草のはつかにみえしきみはも」

の清純。

紀貫之の

「山ざくら霞のまよりほのかにも
　みてし人こそこひしかりけれ」

の優婉《ゆうえん》。

同じく貫之の

「あふことはくもゐはるかになる神の
　おとにきゝつゝ恋ひわたるかな」

の簡素な大きさ。

よみ人しらずの

「恋せじとみたらし河にせしみそぎ
　　神はうけずもなりにけらしも」

の清冽《せいれつ》。

エロス（不充足の神）は、これ以上典雅になりえようもないほど典雅な姿をとるが、それが典雅でありえた要因は、いうまでもなくつねにエロスが、修辞法に包まれて、何ものかに託されているからである。恋の直叙はほとんどなく、いわば「顧みて他を言う」ことによってのみ哀切感をみちびき出す。「色好みの家」に伝えられた「色」は、ひとたび表てへ出て、出たばかりか文化の絶頂へ引き上げられたとき、秘し隠されていたときには持たなかった高度の羞恥《しゅうち》をあらわし、この羞恥が優雅の核をなしたのである。

＊

われわれの文学史は、古今和歌集にいたって、日本語というものの完熟を成就した。文化の時計はそのようにして、あきらかな亭午を斥《さ》すのだ。ここにあるのは、すべて白昼、未熟も頽廃《たいはい》も知らぬ完全な均衡の勝利である。日本語という悍馬《かんば》は制せられて、跑足《だくあし》も並足も思いのままの、自在で優美な馬になった。調教されつくしたものの美しさが、なお力としての美しさを内包しているとき、それをわれわれは本当の意味の古典美と呼ぶことができる。制御された力は芸術においては実に稀《まれ》にしか見られない。制御されぬ力と、制御の要のない非力との間に、ともすると浮動することを芸術は選ぶからだ。そして古今集の歌は、人々の心を容易《たやす》く動かすことはない。これらの歌人と等しく、力を内に感じ、制御の意味を知った人の心にしか愬《うった》えない。これらの歌は、決して、衰えた末梢《まつしよう》神経や疲れた官能や弱者の嘆きをくすぐるようにはできていないからだ。古今集の、たとえば「物名《もののな》」の巻のような純粋な戯《たわむ》れは、深刻ぶった近代詩人の貧しい生活からははるかはるか彼方《かなた》にあった。古今集全巻を通して、われわれは、いたましさの感情にかられることもなければ、惨苦への感情移入を満足させられることもないのである。

文化の白昼《まひる》を一度経験した民族は、その後何百年、いや千年にもわたって、自分の創《つく》りつつある文化は夕焼けにすぎないのではないかという疑念に悩まされる。明治維新ののち、日本文学史はこの永い疑念から自らを解放するために、朝も真昼も夕方もない、或る無時間の世界へ漂い出た。この無時間の抽象世界こそ、ヨーロッパ文学の誤解に充ちた移入によって作り出されたものである。かくて明治以降の近代文学史は、一度としてその「総体としての爛熟」に達しないまま、一つとして様式らしい様式を生まぬまま、貧寒な書生流儀の卵の殻を引きずって歩く羽目になった。

古今和歌集は決して芸術至上主義の産物ではなかった。歌として形をなしたものは、氷山の一角にすぎなかった。この勅撰和歌集を支える最高の文化集団があり、共通の文化意志を持ち、共通の生活の洗煉をたのしみ、それらの集積の上に、千百十一首を成立たしめたのだった。或る疑いようのない「様式」というものが、ここに生じたとてふしぎはない。一つの時代が声を合せて、しかも嫋々《じょうじょう》たる声音《こわね》を朗らかにふりしぼって、宣言し、樹立した「様式」が。

次に私は、物語における文化の亭午について語らねばならない。その白昼《まひる》とは、言わずと知れた源氏物語である。

第六章　源氏物語

私は物語の正午の例証として、源氏物語について語ろうと思う。だからまた、私の語るのは、源語の愛読者たちがその哀愁を喜ぶ「須磨」「明石」のような巻についてではない。汗牛充棟もただならぬ源語の研究書に伍《ご》して、五十四帖《じょう》すべてを論じようとしたところで、甲斐《かい》があるまい。私はただ、源氏物語から、文化と物語の正午を跡づければよいのである。

人があまり喜ばず、又、敬重もしない二つの巻、「花の宴」と「胡蝶《こちょう》」が、私の心に泛《うか》んだ。二十歳の源氏の社交生活の絶頂「花の宴」と、三十五歳の源氏のこの世の栄華の絶頂の好き心を描いた「胡蝶」とである。この二つの巻には、深い苦悩も悲痛な心情もないけれども、あくまで表面的な、浮薄でさえあるこの二つの物語は、十五年を隔てて相映じて、源氏の生涯におけるもっとも悩みのない快楽をそれぞれ語っている。源氏物語に於《おい》て、おそらく有名な「もののあはれ」の片鱗《へんりん》もない快楽が、花やかに、さかりの花のようにしんとして咲き誇っているのはこの二つの巻である。それらはほとんどアントワヌ・ワトオの絵を思わせるのだ。いずれの巻も「艶《えん》なる宴」に充《み》ち、快楽《ヴオリユプテ》は空中に漂って、いかなる帰結をも怖《おそ》れずに、絶対の現在のなかを胡蝶のように羽搏《はばた》いている。

このような時のつかのまの静止の頂点なしに、源氏物語という長大な物語は成立しなかった。見方を変えれば、退屈な「栄華物語」のあの無限の「地上の天国」のくりかえしを、凝縮して短かい二巻に配して、美と官能と奢侈《しやし》の三位一体を、この世につかのまでも具現し、青春のさかりの美の一夕と、栄華のきわみの官能の戯れの一夕とを、物語のほどよいところに鏤《ちりば》めることが、源氏物語の制作の深い動機をなしていたかもしれない。逆に言えば、もし純粋な快楽《ヴオリユプテ》、愛の悩みも罪の苦しみもない純粋な快楽が、どこかに厳然と描かれていなかったとしたら、源氏物語の世界は崩壊するかもしれないのである。人はしばしば大建築の基柱にばかり注意するが、「花の宴」と「胡蝶」とは、おそらくその屋根にかがやく必須の一対の鴟尾《しび》である。源氏の罪の意識を主軸にした源語観は、近代文学に毒された読み方の一つではあるまいか。

何らあとに痕跡《こんせき》をのこさず、何ら罪の残滓《ざんし》をあとへ引かない、快楽の純粋無垢《むく》な相がこの世に時折あらわれることを知っていればこそ、源氏の遍歴は懲《こ》りずまになり、それを源氏は二十歳の時と三十五歳の時に知ったのだった。すなわち「花の宴」においては、自分の輝くばかりの青春の美の自意識に支えられ、「胡蝶」においては、この世に足らぬものとてない太政大臣の位と威勢に支えられて。源氏が美貌《びぼう》の徳に恵まれた快楽の天才であるということは、この物語を読むとき、片時も忘れられてはならない。

源氏物語の、ふと言いさして止《や》めるような文章、一つのセンテンスの中にいくつかの気の迷いを同時に提示する文体、必ず一つことを表と裏から両様に説き明かす抒述、言葉が決断のためではなく不決断のために選ばれる態様、……これらのことはすでに言い古されたことである。紫式部が主人公の光源氏を扱う扱い方には、皮肉も批判もないではないが、つねに、この世に稀な美貌の特権をあからさまに認めている。他《ほか》の人ならゆるされぬが、他ならぬ源氏だから致し方がない、という口調なのである。何故《なぜ》なら、源氏にさえ委《まか》せておけば、どんな俗事も醜聞も、たちどころに美と優雅と憂愁に姿を変えるからだ。手を触れるだけで鉛をたちまち金に変える、この感情と生活の錬金術、これこそ紫式部が、自らの文化意志とし矜持《きょうじ》としたものだった。

それは古今集が自然の事物に対して施した「詩の中央集権」を、人間の社会と人間の心に及ぼしたものだったと云えよう。実際、藤原道長が地上に極楽を実現しようとしたことは、日本文学史平安朝篇に詳しい。

解説

田中美代子

三島由紀夫の批評は、ともすればその華やかな作家活動の蔭《かげ》にかくれ、第二義的なジャンルのようにみなされがちであるが、折にふれて発表された評論やエッセイは夥《おびただ》しい数にのぼり、思索の結晶体ともいうべきそれらの文章は、さながら散乱した無数の宝石のように、まばゆく燦然《さんぜん》としている。

複雑な自然の配列のように一句一句は完結し、汲《く》みつくしえないほど稔《みの》り豊かであり、しかも言葉はたがいに衝突し、イメージは交錯してたえず奇蹟《きせき》を惹《ひ》き起こし、創造の不思議は諸々方々で無雑作に語られている。彼は最終的にはより包括的に世界の全体像をとらえる小説のジャンルに本領を発揮したが、それに先立ってまず卓抜な批評家であった。

「小説には古典的方法というものがないから、方法の摸索《もさく》に当って、批評精神が大きな役割を演ずるのである」（『私の小説の方法』）と彼は言う。その作家生活は終始「方法論」への強い関心に裏づけられているが、批評活動は、つねに有機的に世界形成への意志に結びつき、始源にも似た時代の擾乱《じょうらん》を前にして、古典主義を再発見し、これを芸術の唯一《ゆいいつ》の拠《よ》り所とした。言葉が森羅万象を秩序づけ、その混沌《こんとん》を克服すべく鋭く緊張しているとすれば、小説家にとっての方法は、単なる職業上の、技術的な問題にとどまらない。ものを書く場処とは、個体が全世界と相渉《あいわた》る接点であり、創造の核心をなす本質的な思索の営為は、どんな長大な小説にも劣らぬ詩の精髄なのである。

その成果は、たとえばモンテーニュの『随想録《エッセー》』、或はパスカルの『パンセ』にも匹敵するもので、三島由紀夫自身、一個の哲人と呼ばれるにふさわしかったろう。しかしここに見られる目覚しい特徴は、およそ哲学的観照とか冥想《めいそう》とかの言葉につきまとう爺《じじ》むさいニュアンスがみじんもないことだ。これは、決して世捨て人の諦念《ていねん》や隠者の嗟嘆《さたん》ではない。

彼はただ独りで複雑怪奇な現代文明の森をくぐりぬけ、道々出会うあらゆる難問におどりかかっては、たちまちのうちに捻《ね》じふせ、仕留めた獲物《えもの》はあざやかな手捌《てさば》きで腑《ふ》分《わ》けされてしまう。時にそれは余人の目にもとまらぬ早業で、読者はあとになって屠《ほふ》られた獲物の血の滴《したた》りにおどろかされるのである。

ここには時代の病根をなす幾多のテーマが、流行にさきがけて、あらゆる角度から綿密かつ徹底的に分析、検討されている。巨視的な、或は微視的な文明論あり、古今東西にわたる芸術論あり、さらに政治の可能性について、行動の意味について、犯罪について、死について、エロティシズムについて……対象は多種多彩であるが、すべては一貫して実存的、具体的な問題意識につらぬかれ、あくまでも彼一個の若々しい独自な感性と知性によってとらえられた体験的、実際的な考察であり、概論風の知識や、出来合いの学問のしきうつしによるものではない。彼はいわば認識の軌跡がそのまま行動の軌跡でもあるような稀有《けう》な表現の領域を歩んでいるのだ。そこでこの探険の同伴者となった私たちは、突如魔法の眼鏡をかけたように、思いもかけぬ世界の、新たな眺望がひらかれるのに立ち会うのである。彼が幻視者《ヴィジヨネール》と呼ばれるのも理由のないことではない。

だが行動に身を投ずるとは、現実に対して明確な目的をもつこと、その意味で倫理的であることであり、芸術において行動的であるとは言葉の矛盾でしかない。小説はそもそも実際的な目的を持たず、ひたすら美的精練をこととし、窮極において無償性に捧《ささ》げられている。彼はこの二律背反する表現者の永遠の課題を鋭く意識していた。それ故《ゆえ》、時として小説のためのエスキースであり、基礎工事でもあるような評論が、『小説家の休暇』と題されているのは、彼一流のダンディズムの発露かもしれない。

私たちはふつう、こんなにも休むことを知らない、営々孜々《えいえいしし》たる精神の労働者を見たことがないだろう。日記という気儘《きまま》なスタイルをとっているが、日常生活はメモ程度で、ほぼ一日一項目のテーマの考察にあてられている。たゆみなく時は流れ、状況は刻々に移り変ってゆく。誰にとっても、確定的な、不動の、絶対的な真実というものはありえない。それは日々をおくりつつある個人ひとりひとりが、おのれの生を賭《か》けて探究し、発見してゆかねばならないのであり、それが人間の生きることの意味なのであろう。

『小説家の休暇』には、すでに三島文学の全体を形成する基本的な諸要素のすべてが出そろっているといってもよいが、彼の生涯を見渡して、これが昭和三十年、創作力のもっとも充実した黄金期ともいうべき三十歳当時に書かれているのは、注目に価《あた》いする。最期《さいご》に向かっての彼の成熟は、いわばここに播《ま》かれたあまたの観念の種子がやがて殻を破り、次第に生育し、肥《ふと》り、繁茂してゆく過程にことならなかったのだ。

「大体において、私は少年時代に夢みたことをみんなやってしまった。少年時代の空想を、何ものかの恵みと劫罰《ごうばつ》とによって、全部成就してしまった。唯《ただ》一つ、英雄たらんと夢みたことを除いて」

こんな何気ない告白は、読者をはっとさせるに足る。いや無論、ことは『小説家の休暇』にとどまらない。若年のころに書かれた様々のエッセイの到《いた》る処に、私たちは予言的な、謎《なぞ》めいた言葉の数々を見出すだろう。たとえば、『ジャン・ジュネ』の中の次のような文章はどうだろう。

「ボオドレエルが、死刑囚たり死刑執行人たる兼任を自覚したとき、彼は表現という行為がいずれは陥る相対性の地獄を予知していた。そしていずれは、表現のかかる自殺行為が、表現乃至《ないし》は芸術行為を救済する唯一の方途になるであろう逆説的な時代を予感していた」

それにしても彼は、こうした思考の冒険をくりかえしながら、いつも機智と諧謔《かいぎやく》を忘れない。そして理智の健康な晴れやかさとすみずみまで溢《あふ》れる幸福な自在感は、読者を力づけてやまない。だがこれほど見事な理性の統制は、かえって逆に、一方の兇《きよう》暴《ぼう》な自然、情念と官能の嵐を裏切り示すものであり、小説や戯曲に表われる底無しのおそろしい悲劇性は、それを暗示しているというべきなのであろう。小説世界の成立の要諦《ようてい》である批評精神はまた、一瞬のうちに全体を瓦《が》壊《かい》せしめる爆薬であることと矛盾しない。

そして、『日本文学小史』に到るその後の十余年の時代の推移を、読者はある感慨をもって眺めないわけにはいかないだろう。八月四日付けの『小説家の休暇』のさいごで、彼は日本文化の特質が「稀有な、私心なき感受性」にありといい、その将来を次のような明るい確信をもって結んでいるのは印象的だ。

「一見混乱としか見えぬ無道徳な享受を、未曾有の実験と私が呼ぶのは、まさにこんな極限的な坩堝《るつぼ》の中から、日本文化の未来性が生れ出てくる、と思われるからだ。なぜならこうした矛盾と混乱に平然と耐える能力が、無感覚とではなく、その反対の、無私にして鋭敏な感受性と結びついている以上、この能力は何ものかである。世界がせばめられ、しかも思想が対立している現代で、世界精神の一つの試験的なモデルが日本文化の裡《うち》に作られつつある、と云っても誇張ではない。指導的な精神を性急に求めなければこの多様さそのものが、一つの広汎《こうはん》な精神に造型されるかもしれないのだ」

だがこの楽観はやがて微妙に変化し、『日本文学小史』では「厳密に言って、一個の文化意志は一個の文学史を持つのである」という、一種戦闘的な主張となり、危機の自覚が、直ちに積極的な文化創造の意志の定立となる。この特異な理念は、一閃《せん》の犀利《さいり》な刃物のように歴史の断面を切り裂き、来《きた》るべき時代の危機を警告するのである。それまでおのれを開いて、無限の可能性をはらむかにみえた戦後の空前の文化の坩堝は、再び国風暗黒時代ともいうべき閉ざされた生の中に埋没しようとしている。それはやはり「舶来の教養も青年の膂力《りょりょく》も滅び」、男性的営為が画餅《がべい》に帰する時代の到来ではなかったろうか。

　ともかく『日本文学小史』が、まず「方法論」からはじまるのは意味深長だ。文学史はかつてそれぞれの時代に、人々が何の疑いもなく無心に受け継いできた過去の事《じ》蹟《せき》と、学識への信頼によって成立ってきたものである。とすれば、こと新しく「方法論」をたてること自体、従来の日本文学史全体に対する挑戦であり、一つの根本的な革新であるといわねばならない。つまり尖鋭《せんえい》な方法意識の導入によって従来の信念と存在は様相を一変し、実在は新しい思惟《しい》形成によって逆転させられるのである。日本文化は今や負の形で自己自身を発見し、独自の姿と輪郭を明確にしなければならないかのようだ。何故なら伝統というものが、もはや私たちに働きかけるみずみずしい内実をもたず、生気を喪《な》くした死物のように無縁なものと感じられるからであろう。日本の歴史と伝統とを再び現代に奪回するための、それは苦肉の策であった、といってもいいかもしれない。私たちは、古色蒼然《そうぜん》たる日本文学史が、ここにあざやかに息を吹き返し、立ち上り、歩み出すのを見るだろう。

　はじめに全体の構想が提示されるが、第四章懐風藻《かいふうそう》までの第一回分を、昭和四十四年八月号の雑誌「群像」に発表している三島由紀夫は、この文学史をさいごまで書き了《お》える時間のないことを、すでに予期していたのではないだろうか。そう思ってみると、伝説化され神話化され、「要するに『犠牲』にされるほかはない」不可解な古代の英雄の運命は、そのまま彼自身のアポロジーとして読めるだろう。この「白鳥の歌」にも似た絶唱はまた、「芸術による芸術の克服の一線をまっしぐらに走って」、聖性の獲得を目ざし、神との合一を果たした「聖ジュネ」の肖像にも呼応しているはずである。

そして永遠に未完のこの文学史を、作品として「物の世界」にのこすことによって、彼の遺志が受け継がれ、世々に新たに書きつづけられることを願ったのではないだろうか。

（昭和五十六年十二月、文芸評論家）

「小説家の休暇」「ワットオの《シテエルへの船出》」は講談社刊『小説家の休暇』（昭和三十年十一月）に、「重症者の兇器」は要書房刊『狩と獲物』（昭和二十六年六月）に、「ジャン・ジュネ」は新潮社刊『三島由紀夫作品集6』（昭和二十九年三月）に、「私の小説の方法」は河出書房刊『文章講座4』（昭和二十九年九月）に、「新ファッシズム論」は河出書房刊『文学的人生論』（昭和二十九年十一月）に、「永遠の旅人―川端康成氏の人と作品」は村山書店刊『亀は兎に追いつくか』（昭和三十一年十月）に、「楽屋で書かれた演劇論」は新潮社刊『現代小説は古典たり得るか』（昭和三十二年九月）に、「魔―現代的状況の象徴的構図」は講談社刊『美の襲撃』（昭和三十六年十一月）に、「日本文学小史」は講談社刊『日本文学小史』（昭和四十七年十一月）に、それぞれ収められた。

新潮文庫編

文豪ナビ 三島由紀夫

時代が後から追いかけた。そうか！ 早すぎたんだ——現代の感性で文豪の作品に新たな光を当てる、驚きと発見に満ちた新シリーズ。

三島由紀夫著

仮面の告白

女を愛することのできない青年が、幼年時代からの自己の宿命を凝視しつつ述べる告白体小説。三島文学の出発点をなす代表的名作。

三島由紀夫著

花ざかりの森・憂国

十六歳の時の処女作「花ざかりの森」以来、巧みな手法と完成されたスタイルを駆使して、確固たる世界を築いてきた著者の自選短編集。

三島由紀夫著

愛の渇き

郊外の隔絶された屋敷に舅と同居する未亡人悦子。夜ごと舅の愛撫を受けながらも、園丁の若い男に惹かれる彼女が求める幸福とは？

三島由紀夫著

盗賊

死ぬべき理由もないのに、自分たちの結婚式当夜に心中した一組の男女——精緻微妙な心理のアラベスクが描き出された最初の長編。

三島由紀夫著

禁色

女を愛することの出来ない同性愛者の美青年を操ることによって、かつて自分を拒んだ女達に復讐を試みる老作家の悲惨な最期。

三島由紀夫著

鏡子の家

名門の令嬢である鏡子の家に集まってくる四人の青年たちが描く生の軌跡を、朝鮮戦争直後の頽廃した時代相のなかに浮彫りにする。

三島由紀夫著

潮（しおさい）騒

新潮社文学賞受賞

明るい太陽と磯の香りに満ちた小島を舞台に海神の恩寵あつい若くたくましい漁夫と、美しい乙女が奏でる清純で官能的な恋の牧歌。

三島由紀夫著

金閣寺

読売文学賞受賞

どもりの悩み、身も心も奪われた金閣の美しさ——昭和25年の金閣寺焼失に材をとり、放火犯である若い学僧の破滅に至る過程を抉る。

三島由紀夫著

美徳のよろめき

優雅なヒロイン倉越夫人にとって、姦通とは異邦の珍しい宝石のようなものだったが……。魂は無垢で、聖女のごとき人妻の背徳の世界。

三島由紀夫著

永すぎた春

家柄の違いを乗り越えてようやく婚約にこぎつけた若い男女。一年以上に及ぶ永すぎた婚約期間中に起る二人の危機を洒脱な筆で描く。

三島由紀夫著

沈める滝

鉄や石ばかりを相手に成長した城所昇は、女にも即物的関心しかない。既成の愛を信じない人間に、人工の愛の創造を試みた長編小説。

三島由紀夫著

獣の戯れ

放心の微笑をたたえて妻と青年の情事を見つめる夫。死によって愛の共同体を作り上げるためにその夫を殺す青年——愛と死の相姦劇。

三島由紀夫著

美しい星

自分たちは他の天体から飛来した宇宙人であるという意識に目覚めた一家を中心に、核時代の人類滅亡の不安をみごとに捉えた異色作。

三島由紀夫著

近代能楽集

早くから謡曲に親しんできた著者が、古典文学の永遠の主題を、能楽の自由な空間と時間の中に〝近代能〟として作品化した名編8品。

三島由紀夫著

午後の曳航《えいこう》

船乗り竜二の逞しい肉体と精神は登の憧れだった。だが母との愛が竜二を平凡な男に変えた。早熟な少年の眼で日常生活の醜悪を描く。

三島由紀夫著

宴《うたげ》のあと

政治と恋愛の葛藤を描いてプライバシー裁判でかずかずの論議を呼びながら、その芸術的価値を海外でのみ正しく評価されていた長編。

三島由紀夫著

音楽

愛する男との性交渉にオルガスムス＝音楽をきくことのできぬ美貌の女性の過去を探る精神分析医——人間心理の奥底を突く長編小説。

三島由紀夫著
真夏の死
伊豆の海岸で、一瞬に義妹と二児を失った母親の内に萌した感情をめぐって、宿命の苛酷さを描き出した表題作など自選による11編。

三島由紀夫著
青の時代
名家に生れ、合理主義に徹し、東大教授への野心を秘めて成長した青年の悲劇的な運命！光クラブ社長をモデルにえがく社会派長編。

三島由紀夫著
春の雪
（豊饒の海・第一巻）
大正の貴族社会を舞台に、侯爵家の若き嫡子と美貌の伯爵家令嬢のついに結ばれることのない悲劇的な恋を、優雅絢爛たる筆に描く。

三島由紀夫著
奔馬
（豊饒の海・第二巻）
昭和の神風連を志した飯沼勲の蹶起計画は密告によって空しく潰える。彼が目指したものは幻に過ぎなかったのか？ 英雄的行動小説。

三島由紀夫著
暁の寺
（豊饒の海・第三巻）
〈悲恋〉と〈自刃〉に立ち会った本多繁邦は、タイで日本人の生れ変りだと訴える幼い姫に出会う。壮麗な猥雑の世界に生の源泉を探る。

三島由紀夫著
天人五衰
（豊饒の海・第四巻）
老残の本多繁邦が出会った少年安永透。彼の脇腹には三つの黒子がはっきりと象嵌されていた。〈輪廻転生〉の本質を劇的に描いた遺作。

三島由紀夫著

女　神

さながら女神のように美しく仕立て上げた妻が、顔に醜い火傷を負った時……。女性美を追う男の執念を描く表題作等、11編を収録する。

三島由紀夫著

岬にての物語

夢想家の早熟な少年が岬の上で出会った若い男と女。夏の岬を舞台に、恋人たちが自ら選んだ恩寵としての死を描く表題作など13編。

三島由紀夫著

サド侯爵夫人・わが友ヒットラー

獄に繋がれたサド侯爵をかばい続けた妻を突如離婚に駆りたてたものは？　人間の謎を描く「サド侯爵夫人」。三島戯曲の代表作2編。

三島由紀夫著

鍵のかかる部屋

財務省に勤務するエリート官吏と少女の密室の中での遊戯。敗戦後の混乱期における一青年の内面と行動を描く表題作など短編12編。

三島由紀夫著

ラディゲの死

〈三日のうちに、僕は神の兵隊に銃殺されるんだ〉という言葉を残して夭折したラディゲ。天才の晩年と死を描く表題作等13編を収録。

三島由紀夫著

殉　教

少年の性へのめざめと倒錯した肉体的嗜虐の世界を鮮やかに描いた表題作など9編を収める。著者の死の直前に編まれた自選短編集。

小《しょう》説《せつ》家《か》の休《きゅう》暇《か》

新潮文庫　み-3-30

昭和五十七年一月二十五日 発行
平成二十年八月二十五日 十二刷改版
令和四年三月五日 十七刷

著者　三《み》島《しま》由《ゆ》紀《き》夫《お》

発行者　佐藤隆信

発行所　株式会社 新潮社
郵便番号 一六二—八七一一
東京都新宿区矢来町七一
電話 編集部(〇三)三二六六—五四四〇
読者係(〇三)三二六六—五一一一
http://www.shinchosha.co.jp

価格はカバーに表示してあります。

乱丁・落丁本は、ご面倒ですが小社読者係宛ご送付ください。送料小社負担にてお取替えいたします。

印刷・大日本印刷株式会社　製本・加藤製本株式会社

ISBN978-4-10-105030-0 C0195